SAUTER DES GRATTE-CIEL

"Exofictions"

Ouvrage traduit avec le soutien de Pro Helvetia

fondation suisse pour la culture
prohelvetia

Titre original :
Die Hochhausspringerin
Éditeur original :
Carl Hanser Verlag, Munich

ISBN 978-2-330-15101-0

JULIA VON LUCADOU

Sauter des gratte-ciel

roman traduit de l'allemand (Suisse)
par Stéphanie Lux

ACTES SUD

pour Waiteata

The woman is perfected.
Her dead
Body wears the smile of accomplishment,
The illusion of a Greek necessity
Flows in the scrolls of her toga,
Her bare
Feet seem to be saying:
We have come so far, it is over.

Sylvia Plath, *Edge.*

Imaginez le monde.

Imaginez le globe terrestre qui flotte dans l'espace.

De là où vous êtes, le monde est rond et lisse. Savourez cette régularité, imaginez qu'elle n'existe que pour vous. Fermez les yeux un instant, respirez profondément puis, en rouvrant les yeux au bout de quelques secondes, jetez un regard nouveau sur la Terre.

Zoomez un peu, à présent. Vous découvrez des défauts dans la régularité de la surface terrestre, des bosses et des creux. Elles forment un relief doux, ondulé, le passage du rouge au bleu puis au brun esquissant un motif moucheté.

En vous approchant encore un peu, vous verrez une tache argentée émerger de ce dessin couleur terre. Ce que vous voyez là, et qui est encore loin, mais se rapproche inexorablement, est une ville. Elle brille, car elle est faite d'acier et de verre, vous le voyez à présent. La Ville au-dessous de vous est un secret qui ne demande qu'à être dévoilé. N'hésitez pas à zoomer davantage, n'ayez pas peur, vous y avez pleinement droit.

Vous constatez avec soulagement que la Ville obéit elle aussi à une certaine régularité, ses constructions incarnent un style architectural particulier, sont géométriquement ordonnées, en carrés ou en étoiles. Les gratte-ciel presque diaphanes s'élancent d'un commun mouvement vers les nuages, ils sont indissociables.

La Ville se déploie à présent au-dessous de vous telle une mer proprement infinie. Et pourtant, elle a une fin, une limite, là-bas, où des nuages de gaz et de poussière montent vers le ciel. Est-il vraiment nécessaire, vous dites-vous, que cette belle Ville soit abîmée par le spectacle de la saleté, pourquoi faut-il qu'elle s'arrête quelque part ? Mais pouvez-vous envisager la mer sans la plage, la falaise ou la jetée ? Non, sans les Périphéries, sans ses abords repoussants, la Ville, telle qu'elle scintille dans cette lumière orangée de l'après-midi, serait loin d'être aussi belle.

Concentrez-vous sur le centre de la Ville. Un des gratte-ciel domine les autres de plusieurs dizaines d'étages.

Autour du bâtiment, un écart de couleur vous fait d'abord l'effet d'une anomalie, mais en zoomant, vous voyez qu'il s'agit d'une matière mouvante, vivante. Vous distinguez un fourmillement entre les immeubles, des têtes pressées les unes contre les autres, une foule. Elle vibre, les têtes bougent, et vous finissez par voir ce que cette foule rassemblée en bas attend : sur le toit de ce gigantesque gratte-ciel se trouve un objet scintillant.

En gros plan, vous voyez qu'il s'agit d'une femme vêtue d'un costume argenté. Le Flysuit™ s'adapte à ses formes au point qu'on la croirait presque nue, rendant visible la moindre courbe de son corps parfaitement entraîné.

Regardez le visage de cette femme. Quel visage, vous dites-vous, absolument symétrique, comme si on n'en avait créé qu'une moitié pour la reproduire ensuite à l'identique. C'est un visage jeune, vous estimez que la femme a une vingtaine d'années, elle est au zénith de sa beauté, le corps tendu, les yeux grands ouverts. Regardez bien ces yeux, vous n'y découvrirez aucun défaut, ni rougeur, ni trouble de l'iris, ni pupilles asymétriques, non, rien qu'une focalisation parfaite, une extrême concentration. Ce que vous voyez, c'est une sportive de haut niveau en plein travail. Le moindre muscle de cette jeune femme est sous contrôle. Si vous lui demandiez de décrire ce qu'elle ressent dans son gros orteil droit, elle le ferait avec la plus grande précision.

Soudain, une secousse traverse son corps, elle s'avance vers le bord du toit, le moment est venu. Peut-être souhaitez-vous vous éloigner un peu, quitter le gros plan, élargir le regard vers ce qui se trouve au-dessous d'elle. Le canyon qui s'ouvre entre les gratte-ciel est profond de mille mètres, mille mètres exactement, comme le stipulent les directives du Comité mondial de Highrise Diving™.

Les spectateurs retiennent leur souffle tandis que la jeune femme vient se placer tout au bord du toit plat. Son Flysuit™ lui confère un éclat surnaturel. Au sol comme dans les box réservés au public dans le gratte-ciel d'en face et dans la Skybox™ tout en haut, les spectateurs lui tendent les bras.

Le spectacle auquel vous assistez est celui de l'euphorie incarnée qui pulse entre les gratte-ciel. Fermez les yeux. Laissez-vous emporter. Concentrez-vous sur vos sensations, jusque dans le bout de vos doigts, sentez les battements de votre cœur qui se déploient dans votre corps.

Lorsque vous rouvrez les yeux, la jeune femme se jette la tête la première dans le vide.

Vous êtes d'abord en proie à la frayeur. Votre corps se crispe, comme s'il tombait dans le vide avec la jeune femme.

Mais bientôt, vous voyez la sauteuse comme un oiseau en plein vol. Vous sentez sa certitude absolue de rattraper sa chute.

Vous suivez de près ce corps en train de tomber, voyant avec quelle précision parfaite il tourne sur lui-même, à l'horizontale, puis à la verticale, se replie puis se tend, le tout en quelques fractions de seconde. Un instant plus tard, le sol envahit votre champ de vision, vous avez le souffle coupé, elle fonce vers le sol, menace de s'écraser, l'asphalte chauffé par le soleil semble déjà tangible, quand soudain son corps repart à la verticale, emporté par le mode vol du Flysuit™, déclenché au tout dernier moment, quelques fractions de seconde avant l'impact, et vous entendez l'air s'échapper de la bouche ouverte de tous ces gens, un soulagement collectif.

La foule applaudit, la sauteuse est une flèche qui file dans le ciel. Elle défie les lois de la gravité en souriant aux caméras.

Imaginez ce que doit ressentir cette jeune femme, cette chute dans le vide avec cette conviction inébranlable que vous parviendrez à reprendre votre envol. Sans peur aucune de l'impact, de la désintégration.

Vous savourez cette victoire obtenue sur la gravité, la mort ne peut plus rien contre vous. Quelle sensation que l'apesanteur. Quelle sensation grandiose.

Maintenant, éloignez-vous, dézoomez lentement, doucement, sans trembler, le mouvement doit rester agréable à l'œil. Imaginez ce corps qui ne cesse de monter et descendre entre les immeubles, même lorsque vous ne pouvez plus le distinguer en tant que tel, lorsqu'il n'est plus qu'une tache en mouvement, puis un point qui pourrait être une anomalie de pixels, puis plus rien du tout, lorsque vous dézoomez tout à fait, et revoyez flotter le globe terrestre dans l'espace, invariable et silencieux.

Imaginez le corps dans son infinitude, immortel, s'élevant et retombant sans cesse, comme une respiration, une pulsation, et savourez cette pensée, trouvez-y refuge, puisez-y confiance. Là, à ce moment précis où vous vous retirez lentement du monde, la mort n'existe pas, il n'y a que la vie.

1

Riva, aujourd'hui, je la vois qui joue avec une toupie en plastique, comme une enfant. Les jambes écartées, le buste penché en avant. J'entends le bruit de la toupie qui emplit l'appartement, sa vibration monotone. Puis la toupie bascule. La main de Riva la saisit, je vois la main, j'entends la rotation, vibration, silence, rotation, vibration, silence, à l'infini.

Je me demande si on peut qualifier ce jeu de trouble obsessionnel compulsif. Et où elle s'est procuré ce jouet. La toupie connaît peut-être un revival sur un blog lifestyle quelconque, un phénomène de mode qui sera oublié dans quelques mois.

Je vois les longues jambes blanches de Riva. Sa robe d'été qui colle sur sa peau, sa poitrine luisante de sueur. Je note : *Refus de mettre la climatisation* et, dans la colonne Commentaires : *Autoflagellation / Signe de culpabilité ?*

L'image est surexposée. Les vastes baies vitrées des immeubles voisins reflètent les rayons du soleil. Je règle la luminosité de mon écran.

Le bruit de la toupie s'insinue dans mes oreilles. Je sens une légère nausée et une douleur vive au niveau de l'œil droit. Je me concentre sur mon souffle pour éviter une crise, inspiration, expiration.

L'image, à l'écran, devient floue. Les glaçons s'entrechoquent dans mon verre d'eau. Je le presse contre mon front, laisse les gouttes de condensation couler le long de mon nez.

Prévisions météo pour les trois prochains jours : canicule, pas de précipitations. Air quality index médiocre, taux de particules fines élevé.

Une goutte d'eau coule dans mon décolleté. Je pose mon verre pour y remettre des glaçons, et je recommence depuis le début, front, nez, bouche, poitrine.

Soudain, le signal sonore strident d'une notification. Je cherche ma tablette sur mon bureau. Elle clignote silencieusement. Le son ne vient pas d'ici, mais des haut-parleurs de mon écran, légèrement surmodulé. Je détourne la caméra de Riva pour balayer la pièce, découvre sa tablette sur la table du séjour.

Riva ne réagit pas.

Au bout d'une vingtaine de secondes, elle se met à imiter le son, bipant toute seule comme une machine.

Je sens une pulsation dans ma tempe et baisse le niveau du régulateur de volume.

Master m'a dit que mon taux de cortisol était trop élevé. Il faut que vous preniez soin de vous. Méditation, exercices de relaxation. Respirer en conscience. Éviter le bruit.

Sur l'écran, une porte s'ouvre brusquement. Aston apparaît sur le seuil. Il saisit la tablette, appuie sur l'écran tactile. Le bip s'interrompt. Mes muscles cervicaux se détendent.

— Putain, tu pourrais l'éteindre toi-même !

Je note que Riva se détourne, son réflexe de ramener ses jambes contre son buste. J'écris : *Posture défensive* puis, dans la colonne Recherches : *Indice de violences domestiques ?* Jusqu'à présent, l'analyse des données n'a livré aucun élément allant dans ce sens.

Aston met la climatisation. Face à la baie vitrée, il prend son appareil photo et regarde la Ville en contrebas dans son objectif. Depuis le début du projet, je ne l'ai jamais vu dans l'appartement sans son appareil. Il le porte autour du cou, au bout d'une sangle, comme une sorte de proéminence sur son ventre, une tumeur.

C'est lorsqu'il photographie qu'Aston semble le plus vulnérable, qu'il est vraiment en phase avec lui-même, et c'est un moment si intime qu'il m'est presque désagréable de le regarder. Ses lèvres entrouvertes, crispées derrière l'appareil tandis qu'il fait la mise au point puis, une fois qu'il a appuyé sur le déclencheur, la moue qui s'efface, le soulagement.

Vu d'en haut, le séjour s'effiloche sur les bords, en étoile. Pour optimiser l'espace, Aston a installé perpendiculairement au mur plusieurs panneaux permettant d'exposer des cadres photo numériques. Les images changent constamment, comme les panneaux publicitaires sur le toit des taxis. Sa façon de transformer le précieux espace d'habitation commun en salle d'exposition personnelle a quelque chose de narcissique. Tous les soirs, avant de se coucher, il télécharge de nouvelles photos. Les images de ces dernières semaines : la vue toujours semblable de l'immeuble, des gens, des voitures, tels des fourmis ou des jouets vus d'en haut, en formations diverses. Dans mon premier rapport, j'ai émis la théorie de l'exercice d'empathie. Une tentative de se mettre à la place de sa partenaire, dont le seul lien avec le monde extérieur, désormais, est ce qu'elle voit par la fenêtre.

Au centre de la pièce, occupant tout un panneau, le grand œuvre d'Aston, *Dancer_of_the_Sky*™, quatre cadres numériques de trente-deux pouces, qui changent toutes les dix minutes. La série de photos qui l'a rendu célèbre du jour au lendemain, il y a quatre ans. Des photos de Riva en train de plonger, Riva dans les airs, son corps étiré entre les rangées d'immeubles, parfaitement orienté, les bras tendus au-dessus de la tête, les mains jointes, comme une danseuse classique. Son corps moiré, argenté dans son Flysuit™. En jouant sur l'exposition, Aston a manipulé le reflet de la lumière sur les façades des immeubles de manière que le décor, autour d'elle, semble consumé. Une super-héroïne sacrée qui tombe du ciel.

Le déclic régulier du déclencheur de l'appareil d'Aston fait écho au bruit de la toupie inlassablement remise en mouvement par Riva, surfaces sonores aux contours rythmiques, presque mélodieuses. Harmonie involontaire.

Je note cet effet dans une autre colonne de mon rapport. L'augmentation de la masse de données rend nécessaire la création d'un système de marquage, d'un classement facilitant l'analyse. Ce n'est que lorsqu'on a rassemblé suffisamment d'informations que les éléments intéressants apparaissent : les contradictions, les ruptures subtiles, les structures fondamentales, le moteur intérieur.

Cette première étape, cette prise en notes du quotidien, est quasi mécanique. Mes observations se répètent à intervalles aussi réguliers que les photographies d'Aston dans leurs cadres. Riva assise par terre, Riva jouant avec sa toupie, Riva transpirant au soleil. Aston qui sort de son studio, règle la température.

— Tu sais que c'était encore une convocation, dit-il à présent en brandissant la tablette.

Je vois dans mon rapport qu'il a prononcé la même phrase il y a deux jours, formulée exactement de la même manière. Je me demande quelles phrases je répète moi-même quotidiennement sans m'en rendre compte.

Aston a posé la tablette. Il tient son appareil contre son torse. Les autres lui servent seulement de back-up. Celui-ci est un modèle vintage, produit il y a une vingtaine d'années. Le relevé de compte d'Aston indique qu'il l'a acheté il y a trois mois chez le deuxième plus grand online reseller.

— Chaque fois que tu ne réponds pas, tu paies une amende. On paiera jusqu'à ce qu'on n'ait plus rien. Et ensuite, on continuera à payer ailleurs.

Riva fait comme si elle ne l'entendait pas. Elle saisit la toupie, la relance, et Aston doit hausser la voix pour couvrir le bruit.

— Tu n'as pas peur que tes muscles s'affaiblissent ? Un jour, tu n'arriveras même plus à te lever. Ça arrivera plus vite que tu ne le crois.

Riva hausse les épaules, saisit la toupie, l'interrompant dans son mouvement, la relance une nouvelle fois. La dégradation rapide de sa condition physique, l'atrophie musculaire, la perte de poids, tout cela m'inquiète moi aussi. Depuis la rupture de son contrat, Riva refuse de se soumettre aux examens obligatoires et ne porte plus son activity tracker. S'il est impossible de déterminer avec certitude son niveau de forme, il est évident qu'il se dégrade de jour en jour.

— Ton corps a besoin de vitamine D, déclare Aston sur un ton à la fois plus attentionné et plus pressant. Il lui faut plus de lumière naturelle.

Sa disponibilité m'impressionne, la patience avec laquelle il se consacre à elle chaque jour, cherche la réconciliation.

— Il y en a dans l'eau vitaminée, réplique Riva sans le regarder.

Je revois à la hausse son nombre de phrases quotidiennes. Pour l'instant, on ne constate pas d'amélioration notable de sa disposition à communiquer.

Sans que je m'en rende compte, Aston a quitté son poste devant la baie vitrée. Il se tient à un mètre à peu près de Riva, se met à tourner lentement autour d'elle. Il l'observe de tous les côtés, penche la tête, s'accroupit. Puis il commence à la prendre en photo.

— J'ai une idée, pour un nouveau projet, dit-il.

La main de Riva saisit la toupie. Elle lui échappe trop tôt, ne tourne qu'un instant.

J'observe un changement d'humeur sur les traits d'Aston, une impatience, une franche frustration.

— Ce n'est pas parce que tu fous ta carrière en l'air que je dois perdre mon boulot moi aussi. Tu risques ma vie avec la tienne.

Une alarme, une sirène de police retentit au-dehors. Un instant, je ne sais pas si le bruit vient du haut-parleur ou de la fenêtre de mon bureau.

Dans l'appartement, le silence se fait soudain, Riva cesse de ramasser la toupie. Elle regarde par la baie vitrée, mais rien de particulier, apparemment.

J'entends Aston prendre trois, quatre inspirations rapides, bruyantes. À certains moments, il perd son sang-froid, la colère, l'impatience s'emparent brièvement de lui. Les muscles de son visage sont crispés, son corps est tendu.

Puis il se calme, ses épaules retombent, il lève le bras, touche Riva. Il parcourt de l'index son dos légèrement voûté, le long de la colonne vertébrale.

— Tu es trop maigre. On voit tes os.

Riva ne bouge pas.

Je note dans la colonne Commentaires : *Attitude passive, Karnovsky endosse le rôle d'objet.*

— Allez, Riva.

Aston la prend par l'épaule, la secoue doucement, puis abandonne, l'immobilité de Riva semblant vite le décourager.

Il se détourne, se dirige vers la baie vitrée, saisit son appareil sur son ventre. Le cliquetis familier résonne dans la pièce, chacun est à son poste, davantage silhouettes, en contre-jour, qu'êtres humains.

Je m'enfonce dans mon fauteuil et regarde ma personne cible et son partenaire, encadrés par le rectangle de l'écran live. À côté, sur mon écran de travail, une fenêtre de chat clignote ; sur mon bureau, clignotant également, ma tablette et, dessous, un écran plat mis au rebut, prêt à être emporté.

Je regarde les premières secondes des fichiers vidéo du dossier d'archives. L'analyste a téléchargé quatre enregistrements de l'appartement de Riva et d'Aston datés d'avant la rupture de contrat de Riva. Ils proviennent de prestataires privés. Quatre fichiers pour ces quatre dernières années, datés chacun du 1er août, jour de test des systèmes de surveillance de tous les appartements de l'immeuble.

J'ouvre le plus récent sur mon écran de travail. Sur l'écran live, je règle la caméra de manière que les deux écrans me montrent le même plan, une vue d'ensemble de l'appartement en plongée. Sur les deux écrans côte à côte, le décor est presque exactement le même, seuls quelques panneaux photo ont été ajoutés par Aston.

La vidéo d'archives montre d'abord, pendant plusieurs heures, l'appartement vide. En accéléré, seule la lumière naturelle varie. La mise au point automatique de la caméra de surveillance adapte la luminosité de l'image. Ombres mouvantes du mobilier sur le lisse revêtement design.

Vers 19 heures, Riva entre dans l'appartement en tenue d'entraînement. Elle lâche son sac de sport, se dirige vers le coin cuisine et ouvre le robinet d'eau froide. Elle teste la température de l'eau de l'index, puis se lave le visage et se déshabille ; elle garde ses sous-vêtements.

Elle reste plantée là un moment, absente.

Puis elle ouvre le réfrigérateur, y prend une bouteille. Liger™, une boisson énergétique. C'est l'un de ses sponsors.

Elle s'assoit devant la baie vitrée, regarde en bas. Elle est au soixante-quatrième étage. Son corps est en tout point parfait, la colonne vertébrale bien droite, le teint éclatant et lisse. Elle défait sa queue de cheval, ses cheveux tombent en cascade sur ses épaules, brillant dans la lumière du soir. Plus qu'une vidéo de surveillance, on dirait un clip publicitaire. L'éclairage, la posture, l'actrice, tout est parfait.

Assise devant la baie vitrée dans ses sous-vêtements de sport gris clair, Riva boit une gorgée de sa boisson énergétique, regarde en bas. Elle passe sans doute en revue la séance d'entraînement du jour, se remémorant les combinaisons réussies ou ratées, les nouveaux sauts. La vidéo se termine au moment où Aston entre par la porte qui relie son studio au séjour. Il voit sa partenaire, brandit son appareil et appuie sur le déclencheur. Riva, entendant le déclic, le regarde par-dessus son épaule, sourit. J'ai cherché en vain cette photo dans les archives d'Aston. Je rédige une note à l'attention de mon assistant, lui demandant de poursuivre les recherches ; en pièce jointe, j'ajoute une capture d'écran de la scène.

J'aurais aimé observer Riva à l'époque. Je l'aurais regardée s'entraîner, j'aurais étudié le mouvement de ses muscles sous sa peau tendue, la force de ce corps parfaitement maîtrisé.

J'avais six ans lorsque j'ai assisté à mon premier show de Highrise-Diving™. Je me souviens de mon excitation lorsque nous sommes descendus du bus en rangs par deux, tout mon corps tendu, tremblant.

C'était ma première sortie dans le cadre du programme de recherche de jeunes talents. Un avant-goût de l'avenir, si nous avions de la chance. Un Motivation Trip™ censé nous encourager à atteindre de grands objectifs. Qu'est-ce que tu veux faire quand tu seras grande ? Sauter des gratte-ciel. Prendre le risque de tomber pour s'envoler, comme disaient nos career trainers. Plus on frôle la mort, plus on se sent vivant.

Nous avions les billets les moins chers. Nous n'étions pas assis dans un box, mais debout, sur le trottoir. À l'époque, je n'avais pas encore vu de vidéos d'accidents, de défaillances techniques. Les spectateurs éclaboussés de sang, les parois opaques qui sortent du sol, les gens en combinaison imperméable orange.

J'étais seulement excitée d'assister au show. Coincée entre des adultes beaucoup plus grands que moi. Cette odeur de sueur, une odeur de meute, une odeur étrangère qui m'avait surprise.

Du sol, la plate-forme de saut, tout en haut, était invisible. Mais dans l'interstice entre deux messieurs, j'arrivais à voir un coin d'écran qui diffusait l'événement sous différents angles, filmé par plusieurs caméras.

J'ai senti des ondes sonores traverser mon corps. Les cris de joie du public lorsque la première sauteuse est apparue sur la plate-forme. Nous avons tous levé les bras au ciel, le plus haut possible.

Puis le choc lorsque la sauteuse s'est laissée tomber, la vitesse incroyable de la chute.

Ce corps en train de tomber directement sur moi. Le scintillement de la combinaison, les doigts écartés de la sauteuse, mon soulagement lorsqu'elle a pris son envol, à quelques centimètres du sol.

Notre soulagement commun, et son ascension, sous des tonnerres d'applaudissements.

Je devrais partir maintenant si je veux arriver chez moi à temps pour mon service de nuit. Mon second job. Quarante-cinq minutes de trajet, soixante-quinze pour le dîner et mes exercices de mindfulness.

Sur l'écran, le crépuscule a une autre couleur que dans mon bureau. Ça doit être l'angle d'incidence. L'appartement de Riva et d'Aston se situe plusieurs dizaines d'étages plus haut, la différence de luminosité est très nette.

Je me frotte la tempe droite. Le geste est devenu presque involontaire, comme une sorte de tic. Maux de tête permanents, enflant et refluant comme la marée. Une conséquence du stress, selon Master. Méditation, exercices de relaxation. Respirer en conscience. Éviter le bruit.

Une migraine caractérisée sur le chemin de la maison serait vraiment difficile à supporter. Je serais obligée de m'arrêter, de m'allonger sur la banquette arrière. Fermer les yeux. Attendre que ça passe. Impuissante comme face à une catastrophe naturelle.

Je devrais peut-être rester encore quelques minutes. Me masser la nuque. Faire baisser ma fréquence cardiaque, qui indique quatre-vingt-trois sur mon activity tracker. Respirer profondément. Éviter le bruit.

Je règle le régulateur de volume de l'écran sur zéro. Riva s'est remise à faire tourner sa toupie, et je sens une vague de soulagement lorsque le crissement monotone se tait. Il n'y a plus, en fond, que la discrète vibration de mes appareils.

Une coche verte dans la fenêtre de chat indique que mon assistant est encore connecté. Je lui envoie un message.

Are you still there?

Yes.

You can sign off now.

La liste de fichiers de mon SecureCloud™ indique que Master est en train de consulter mon document. S'il est encore au bureau, je devrais peut-être rester encore un peu, pour prouver ma disponibilité. Mais il se peut aussi qu'il soit parti il y a plusieurs heures et se connecte au système de chez lui : il dit rarement au revoir en partant. Je devrais peut-être passer discrètement devant son bureau. Mais comme c'est le dernier du couloir, on devinerait immédiatement mon intention.

Je peux aussi commencer mon service de nuit ici, pourquoi pas, il est rare que j'aie beaucoup d'appels au début. Je pourrais retarder un peu mon dîner et mes exercices de méditation, et s'il le faut, je pourrais m'interrompre pour parler avec un client.

Ces heures supplémentaires vont me faire monter dans le classement des employés. Je me situe dans le tiers supérieur de mon service. Master a très bien noté mes cinq premiers rapports. Sans doute pour me donner un beginner boost. En tout cas, ça a marché. Dans les moments de fatigue, contempler la courbe ascendante de mon graphique me motive davantage que les nootropes.

En regardant l'écran live, je constate qu'Aston et Riva sont toujours dans la même position. Aston devant la baie vitrée avec son appareil photo, Riva assise par terre. Sans la toupie qui décrit ses cercles sur le sol, on pourrait croire que l'image s'est figée.

Archive n° : M14_b
Type de fichier : M-Message™
Expéditeur : @DomWuAcademy
Destinataire : @PsySolutions_ID5215d

Mademoiselle Yoshida,

Vous trouverez ci-joint, comme convenu, mon rapport sur l'entretien mené avec Riva dix jours avant sa rupture de contrat. Je me suis efforcé de rendre les déclarations de Riva et mes impressions aussi fidèlement et de manière aussi détaillée que possible. Je ne peux cependant pas garantir que ces informations, dans la mesure où elles reflètent ma perception personnelle de la situation, soient à cent pour cent exactes. L'entretien n'a malheureusement pas été filmé : nous ne disposons que d'un enregistrement audio. N'hésitez pas à me contacter si vous avez des questions. Nous espérons que vous pourrez réanimer Riva dans les plus brefs délais. Comme je vous l'ai dit lors de la commission de contrôle, je ne me préoccupe pas seulement des importantes pertes financières, ni du fait que mon entreprise et nos sponsors puissent perdre la face ; ce qui m'importe avant tout, c'est la santé de Riva.

Cordialement,

Dom Wu

Pièce jointe : Report_Wu_Karnovsky_I.arc

L'entretien s'est déroulé le 18 juillet à 17 h 30 et a duré une vingtaine de minutes. J'ai fait venir Riva dans mon bureau pour parler de ses scores actuels. Il n'y avait eu ni progrès, ni véritable régression au cours des semaines précédentes, mais un net changement s'était esquissé dans sa nature, c'est-à-dire dans son comportement social et son humeur. Elle se présentait à toutes les séances d'entraînement, mais me paraissait démotivée, ce qui ne correspond pas à sa personnalité. Depuis le début de sa carrière, Riva était quelqu'un de très ambitieux, d'énergique. Elle avait un bon contact avec ses coéquipières et, en dehors des heures d'entraînement, s'intéressait à l'art et à la littérature. Elle me semblait équilibrée, ni excessivement exaltée au sens où elle aurait eu un comportement maniaque, ni en proie à la tristesse. Lorsqu'elle perdait une compétition ou avait de mauvais résultats à l'entraînement, elle surmontait rapidement sa frustration et la transformait en carburant pour l'entraînement.

J'ai évoqué très directement ce changement de comportement. Riva a réagi de manière évasive, essayant d'orienter la conversation sur ses résultats. Je lui ai demandé s'il était arrivé quelque chose. Elle a répondu par la négative, mais en évitant de me regarder dans les yeux.

Je retranscris ici notre conversation à partir de l'enregistrement audio :

— Tu peux me faire confiance. (moi)

— Je sais. Je te fais confiance. (Riva)

— Si quelque chose te préoccupe, nous devons en parler. Tu ne peux pas laisser des problèmes personnels nuire à tes performances.

— Je sais.

— Ça ne va pas ?

— J'ai juste mal à la tête. Je ne me sens pas très bien.

— Tu as vu le médecin ?

— Ce n'est pas si grave.

Le dernier examen obligatoire de Riva datait de quatre jours. Son Vital Score Index™ était aussi élevé que d'habitude. Riva a rarement été confrontée à des blessures ou autres problèmes physiques. Son corps est en parfaite santé.

— Je me fais du souci pour toi. (moi)

— Il ne faut pas. (Riva)

C'est à peu près à ce moment que Riva a pris ma main et l'a serrée dans la sienne. Comme je l'ai déjà évoqué dans des rapports antérieurs, nous avons toujours été très proches. Riva m'a souvent confié des choses personnelles, et si les médias nous ont parfois inventé une liaison, c'est certainement aussi parce qu'au cours de notre longue collaboration professionnelle nous avons construit une relation de familiarité, de proximité, qui n'excluait ni embrassades, ni contacts physiques du même genre. Je me sens lié à elle de manière quasi paternelle, si je me réfère à un idéal désuet et romantisé de bio-paternité. Mais c'est la meilleure comparaison que j'aie trouvée. Je m'occupe de Riva depuis qu'elle a neuf ans, et si je n'estime pas moins les autres filles, elle a toujours eu un statut particulier pour moi. Ce qui est sans doute aussi lié à ses performances exceptionnelles.

J'ai serré sa main dans la mienne et lui ai redemandé ce qui lui arrivait. Je sentais que ses réticences du début commençaient à s'estomper. Elle a répondu longuement, cette fois :

— Tu connais ce sentiment, quand ton credit level augmente et que tu obtiens des privilèges d'habitat vraiment intéressants ? Tu déménages, tu t'installes dans ton nouvel appartement, tu visites ton nouveau quartier, tu montes peut-être au roof garden. Tu vois tout ça pour la première fois, et tu es vraiment emballé, tes vastes baies vitrées, ta vue sur la Ville, les rues propres, les buissons joliment taillés du roof garden, la petite colline avec son banc, etc. Et puis tu vois ça tous les jours, tu t'assois sur ce banc trois fois par semaine, et chaque fois l'image perd un peu de ses couleurs, jusqu'à ce qu'un jour, tout ça – les baies vitrées, les rues, le parc – te sorte par les yeux, tu ne peux plus le voir en peinture.

— Il est tout à fait normal que les choses finissent par nous ennuyer. Vous devriez peut-être déménager.

— Ce n'est pas ça ! Je ne parle pas que de l'appartement, mais de ma vie tout entière. Le saut, Aston, tout.

— Là, tu exagères. Tu es de mauvaise humeur. Tu devrais peut-être prendre un jour de congé, faire une belle sortie, laisser Aston t'inviter quelque part. Je peux aussi te réserver une séance de Happiness Training™. Par exemple.

— Tu ne comprends pas ce que je veux dire.

— Bien sûr que je te comprends, Riva. Ça fait quinze ans que tu sautes, tu te poses des questions. Tu t'ennuies. Tu te demandes peut-être ce que tu feras le jour où ton corps ne suivra plus. Mais tu es en parfaite santé. Tu es en tête de tous les classements. Les jeunes ne t'arrivent pas à la cheville. Tes chances de gagner les Championnats du monde cette année sont tout à fait réelles.

— Quelle différence ça fait que je les gagne ou non ?

J'ai essayé de lui remonter le moral, mais elle remettait tout en question, elle me semblait campée sur ses positions, amère. Je me suis dit que ce n'était qu'une phase, et je l'ai laissée tranquille. Avec le recul, je me rends compte que j'aurais dû insister davantage, lui prescrire un Happiness Training™ sans lui demander son avis.

C'est Riva qui a mis fin à l'entretien. Elle m'a dit qu'elle avait mal à la tête et voulait s'allonger. Nous avons parcouru le plan d'entraînement du lendemain, elle semblait s'être un peu ressaisie.

J'ai repris sa main dans la mienne. Elle l'a ôtée très vite, mais avec un sourire.

— Everything's gonna be okay™. (moi)

— Ça faisait longtemps que tu ne me l'avais pas dit. (Riva, souriant toujours)

— Ça faisait longtemps que tu n'en avais pas eu besoin.

— Ne t'inquiète pas, Dom.

C'est sur cette phrase qu'elle a quitté mon bureau.

J'avais un bon sentiment à l'issue de cet entretien : son sourire m'avait paru authentique, comme si quelque chose de fondamental s'était dénoué en elle.

2

La sonnerie de ma tablette me réveille à 2h33. Depuis que je fais régulièrement des services de nuit, je me débarrasse en quelques secondes du poids du sommeil. Comme un oiseau qui ne dort qu'avec la moitié du cerveau.

Je suis toujours au bureau. J'ai dû m'endormir en consultant les documents d'archives. J'ai mal à la nuque de m'être assoupie dans une position aussi inconfortable, la tête sur le bureau. Le bord de ma tablette a laissé une empreinte sur ma joue droite.

— Qu'est-ce que je peux faire pour vous ?

Mon interlocutrice appelle via la hotline interne Call-a-Coach™ de son employeur, et pourtant, le système ne reconnaît ni son numéro d'identification ni son profil vocal. Je ne comprends pas son nom, sa voix est déformée, entrecoupée de sanglots.

— D'où appelez-vous ?

— De chez moi, je suis chez moi.

— De votre tablette ? Votre numéro n'est pas enregistré.

— Elle est neuve. C'est un appareil neuf.

— OK, je comprends.

— C'est grave ?

— Non. Bien sûr que non. Qu'est-ce qui s'est passé ?

Elle ne cesse de renifler. À ce bruit, mon corps se crispe. Un à un, mes muscles se raidissent, renforçant mes douleurs dans la nuque. Je ne peux m'empêcher de voir la morve de mon interlocutrice remonter dans son nez.

— Essayez de respirer calmement. Inspirez, expirez. Inspirez, expirez. Là, vous voyez.

— Qu'est-ce que je dois faire ? me demande-t-elle d'une voix faible, oppressée. Qu'est-ce que je dois faire ?

— Je peux vous demander de me décrire la situation depuis le début ? Je n'ai malheureusement pas compris votre nom.

— Talin, dit-elle sur un ton officiel qui me surprend. Omega Talin.

Une recherche me donne quinze résultats avec ce nom de famille dans l'intranet de son employeur, mais aucun avec ce prénom.

— Madame Talin, dans quel service travaillez-vous ?

— Kash Talin, répond-elle d'une voix qui s'efface progressivement, comme si quelqu'un réduisait le volume. Je suis la partenaire de Kash Talin, le directeur du service Media Relations App Content.

— Que s'est-il passé exactement ?

Elle respire, avale sa salive, renifle une nouvelle fois.

— Il me trompe. Il a quelqu'un d'autre. Il n'est pas rentré à la maison. J'ai lu ses messages. Qu'est-ce que je dois faire ? S'il me quitte, je vais devoir retourner dans les Périphéries. Nous avons une credit union. J'ai perdu mon boulot il y a trois semaines. Ma vie est foutue.

Sur le formulaire de feedback en ligne, j'évalue le risque de suicide à quarante pour cent, puis me ravise : trente pour cent. Dans la case Motif de l'appel, je note : *Liaison partenaire*, et dans Next Actions : *Informer direction Media Relations.*

Je rédige un bref message à l'attention de Kash Talin, objet : *Urgent !*

— Vous êtes certaine que les messages sont authentiques ? Madame Talin ? Omega ?

Votre femme soupçonne liaison. Appelez-moi. J'appuie sur Envoi.

Mme Talin inspire, expire, inspire, expire. J'imagine sa poitrine qui se soulève et s'affaisse sous sa nuisette humide de la sueur déclenchée par l'angoisse, du stress corporel lié à la panique.

— Je ne sais pas. Ils étaient sur son compte privé… Il n'est pas rentré à la maison.

L'accusé de réception arrive immédiatement. Je tape dans la fenêtre de réponse : *Still on the phone with her, puis : Je vous ferai signe quand la ligne sera libre.*

— Madame Talin, voici ce que nous allons faire : nous allons procéder ensemble à un exercice de relaxation, une visualisation, un petit voyage intérieur. Pour apaiser un peu votre corps et votre esprit. Pour avoir de nouveau les idées claires. OK ?

— OK.

Sa voix est toujours en sourdine.

— Ça va s'arranger.

— OK.

— Tout va s'arranger.

Après avoir raccroché, je m'entretiens brièvement avec Kash Talin.

— Mettez fin à votre liaison, vous savez quel effet la fin d'une relation primaire peut avoir sur la productivité. Demandez-vous à combien de pour cent vous souhaitez rester dans votre relation. Si la réponse dépasse les cinquante, agissez en conséquence.

Je lui envoie les liens de programmes de coaching de couple, des guides en ligne sur les relations longues.

Mon classement sur l'application Call-a-Coach™ s'actualise instantanément sur ma tablette. J'ai obtenu la note maximale de l'évaluation client, *idem* pour celle de mon employeur dans le tracking tool. Plus que quelques séances de coaching et mon profil indiquera Master-Coach. Comme ça ne vaut plus la peine de rentrer à la maison, je passe le reste de la nuit sur une couchette libre du RoomOfRest™.

3

— Je ne te comprends pas, dit Aston.

Ces derniers temps, quand il parle à Riva, il laisse souvent des blancs où pourraient s'insérer des réponses. Comme si on pouvait les rajouter *a posteriori*.

— Tu as absolument tout, reprend Aston. On n'est vraiment pas à plaindre. Pourquoi tu veux tout foutre en l'air ?

Son regard parcourt le mobilier design, le vaste séjour aménagé par un décorateur connu et qui a déjà été présenté sur divers blogs. Dans l'un des districts les plus prisés, réservé aux VIP et aux plus hauts salaires. Riva et Aston sont à trois étages à peine du penthouse. La vue qu'ils ont sur la Ville est à couper le souffle. La lumière qui baigne l'appartement, particulièrement intense aujourd'hui. Dès que je change de caméra, je dois adapter la luminosité de mon écran. J'imagine la lumière du jour qui faiblit à mesure qu'on descend les étages ; au rez-de-chaussée, seule la lumière artificielle existe.

— C'est le fruit de ton travail, tout ça, dit Aston. Tu as travaillé tellement dur.

Riva ne répond pas. Elle est de nouveau assise par terre, mais plus près de la baie vitrée aujourd'hui, elle peut regarder dehors. Aucune trace de la toupie. On ne saurait dire si elle regarde vraiment la Ville ou si elle est plongée dans des images intérieures.

— Et si je ne veux plus travailler dur, dit-elle au bout d'un moment.

Je surligne la phrase en jaune clair.

— Qu'est-ce que tu veux faire d'autre ?

Riva ne répond pas. Je mets le curseur de son compteur de phrases sur 1.

Le profil relationnel, réalisé par l'analyste de données, indique qu'Aston et Riva se sont rencontrés il y a bientôt cinq ans lors d'un vernissage, l'exposition d'un photographe qui venait de publier un long reportage consacré à Riva. Un ancien camarade d'études d'Aston, alors plus connu et coté que lui.

Il y a beaucoup de photos de leur première rencontre, mais assez peu de Papavids™. Une fois établie la marque Rivaston™, les rares documents vidéo n'avaient cessé d'être repostés, remontés et commentés, dans toutes les versions possibles, dans les médias de lifestyle et sur les brand apps de Riva.

Aston l'aura certainement reconnue de loin, Riva Karnovsky, qui sautait des gratte-ciel. Les photos de presse de l'événement en font l'incarnation de la jeunesse. Vivante et impétueuse comme une adolescente dans une robe de créateur trop chère pour elle. Les joues roses, probablement à cause de l'alcool, que son profil nutritionnel ne lui accordait que pour les occasions exceptionnelles.

Quelques jours plus tard, "les joues en feu", selon la rédactrice, Riva avait rapporté sa première conversation avec Aston sur un society blog :

Aston m'a tendu la main et, de l'autre, m'a offert une coupe de champagne. Je ne savais absolument pas qui il était. Son sourire m'a dévastée. Je viens vous voir aussi souvent que je le peux, m'a-t-il dit, votre façon de danser est absolument captivante. De sauter, vous voulez dire. Non, de danser, a-t-il insisté – la manière dont vous évoluez dans les airs, c'est de la danse, on oublie complètement que vous êtes à plusieurs centaines de mètres au-dessus du sol. Quand je vous regarde, j'entends de la musique dans ma tête. Je lui ai répondu : Vous devriez peut-être en parler à un médecin ?

La plupart des photos de la soirée les mettent déjà en scène comme un couple. Riva au premier plan, Aston en retrait, mais toujours bien présent, large d'épaules. Sur certaines photos, on voit l'excitation sur son visage. Il devait se sentir galvanisé par l'attention publique qui lui avait été refusée jusqu'alors.

Certains analystes des médias ont d'abord soupçonné qu'ils se connaissaient depuis plusieurs semaines, voire plusieurs mois. Ils étaient toujours légèrement tournés l'un vers l'autre et leurs gestes avaient presque l'air synchronisés. Riva prenait sa main en orchestrant les VJs, exposant son profil volontaire aux caméras, variant les poses, exprimant quelques statements fantaisistes.

Dès le début de sa carrière, Riva avait fait preuve d'un talent de communication inné. Elle apportait sa touche personnelle aux réponses standard de l'interview guide de l'Académie, si bien qu'elles n'avaient jamais l'air apprises par cœur ni ennuyeuses. À la fin de chaque compétition, elle prenait le temps de parler à ses fans et à la presse, balayant son épuisement d'un sourire. Elle répondait aux questions mille fois répétées avec tout le charme d'une vivacité authentique. Bien avant ses premiers titres internationaux, le montant de ses contrats publicitaires se situait déjà au-dessus de la moyenne de la discipline.

Durant la première année de leur relation, Aston, charmant underdog, était surtout perçu comme l'accessoire de Riva, un boy toy parmi d'autres qui n'est vraiment devenu quelqu'un qu'après la publication de sa série de photos *Dancer_of_the_Sky*™.

— Qu'est-ce que je peux faire, Riva ? Qu'est-ce que tu attends de moi ?

Avec cette caméra en plan large, Aston a l'air plus grand qu'il ne l'est en réalité. Presque surdimensionné comparé à Riva, assise par terre en arrière-plan, penchée en avant.

Les bras d'Aston pendent de part et d'autre de son buste comme des corps étrangers. On dirait qu'il ne sait pas quoi en faire dès lors qu'il ne se sert pas de l'appareil photo accroché à son cou.

— Rien, répond Riva, je n'attends absolument rien de toi, Aston.

Son ton me rappelle les éducatrices du childcare institute lorsqu'elles devaient répondre à nos questions.

La théorie du complot la plus populaire sur internet concernant la défection de Riva défend la thèse du drame amoureux : Riva aurait quitté Aston pour un autre et il la retiendrait contre son gré dans l'appartement. Un célèbre gossip blog publie régulièrement des vidéos de Riva et d'Aston dans leur appartement, prises par des drones et censées prouver de présumées situations de violence. L'examen a montré que si ces images sont récentes, elles ont été manipulées *a posteriori*. De nombreux fans postent quotidiennement des commentaires sur le site officiel de Riva pour lui redonner courage et demander à la police d'arrêter Aston. La société de surveillance en charge de son immeuble a fait état de plusieurs tentatives d'intrusion de fans voulant "libérer" Riva.

Lors de l'entretien d'anamnèse, Dom Wu a évoqué les rumeurs récurrentes de liaisons courant depuis l'année dernière, aussi bien du côté d'Aston que de Riva. L'analyste de données a tagué et analysé tous les posts de blogs et autres articles sur le sujet. Son rapport indique qu'aucun matériel photo ou vidéo exploitable ne vient confirmer ces rumeurs. Les publications relaient exclusivement des ouï-dire ou des commentaires de vidéos anodines lors d'apparitions publiques, montrant Aston et Riva en compagnie de collègues ou de fans.

On ne peut exclure, écrit l'analyste, *que le département Relations publiques de l'Académie ait saisi d'éventuels documents compromettants. Mais on ne dispose d'aucune indication précise allant dans ce sens. Jusqu'à présent, Dom Wu et ses collaborateurs se sont montrés parfaitement coopératifs et conciliants.*

Plusieurs sources insinuent que Wu aurait une liaison avec Riva Karnovsky, mais aussi avec d'autres élèves de l'Académie. Aucune des bases de données juridiques n'a fourni la preuve des procédures judiciaires ou des accords extrajudiciaires évoqués dans ces articles.

L'analyste a associé aux posts en question les méta tags *liaison* et *Dom Wu*. Des photos et des Papavids™ de Riva et lui à l'entraînement, où l'on voit Wu toucher Riva, montés et traités de manière que le contact puisse avoir une connotation sexuelle.

— Tu peux solder notre credit union, si tu veux, dit Riva.

Je place le curseur du compteur de phrases sur 3 et note dans la colonne Commentaires : *Légère amélioration de la volonté de communiquer.*

Aston ne réagit pas tout de suite. Il hausse les épaules, puis se détourne de Riva et se dirige vers l'un des panneaux. Il effleure un des cadres de la main droite. Une photo de la série *Dancer_of_the_Sky*™. On y voit Riva de dos, sur la plate-forme de saut, légèrement floue. Le toit, qui se déploie devant elle comme une piste de décollage, occupe la plus grande partie de l'image. Le cliché est un peu convenu. Ce corps de sauteuse dans son Flysuit™ pourrait tout aussi bien être celui d'une autre.

— Tu étais si heureuse lorsque j'ai pris ces photos, dit Aston sans se retourner. Tu te souviens ? Tu m'as dit : Je suis la personne la plus heureuse que tu aies jamais rencontrée.

Je zoome sur le visage de Riva pour mieux observer sa réaction. Master m'a recommandé d'utiliser le logiciel d'analyse des mimiques. Mais ce sont justement ces moments que j'aime le plus dans mon travail. Ces moments de compréhension immédiate, comme maintenant : Riva laisse tomber son masque d'indifférence apathique et son visage raconte une histoire. Les coins de sa bouche se relèvent de quelques millimètres à peine, en un sourire presque imperceptible. Nostalgique. Le souvenir de temps meilleurs. Puis ses paupières se soulèvent, elle lève les yeux, ses mâchoires se crispent, elle serre les dents. Son regard se dirige vers son partenaire, qui lui tourne toujours le dos. La bouche serrée, elle mord un instant sa lèvre inférieure.

Parfois, l'image haute définition de l'écran me paraît plus claire que la réalité. Plus précise.

Riva se détourne, baisse les yeux, regarde ses mains sur ses genoux. Son visage redevient indifférent, résigné.

Les muscles se détendent, à l'exception des sourcils, légèrement rapprochés.

— C'est vrai, dit-elle. J'ai dit ça.

Aston finit par se tourner vers elle. Il lâche le cadre. Je repasse sur la caméra la plus proche de lui, qui me permet de voir par-dessus son épaule. De voir ce qu'il voit. Riva par terre, en robe d'été, les mains sur les genoux, la tête baissée. Presque un cliché. La petite fille fragile. Qui a besoin qu'on la protège.

Aston entre dans l'image, s'approche d'elle. S'assoit à ses côtés. Il passe son bras autour de sa taille. Pose la tête sur son épaule.

Riva se dégage de son étreinte. Presque au ralenti. Elle s'éloigne lentement de lui et il est contraint de se redresser s'il ne veut pas tomber.

Quelle que soit la tentative de rapprochement entreprise par Aston, la réaction de Riva est toujours la même : une esquive, une dérobade. Jamais un mouvement de recul qui pourrait être interprété comme de la peur ou du dégoût. Mais une retraite neutre, lente, comme un escargot qui se recroqueville dans sa maison, millimètre par millimètre.

Au cours de ces cinq jours et demi d'analyse live, il n'y a eu qu'un seul rapprochement d'ordre clairement sexuel. Le deuxième jour d'observation, à 22 h 17. Riva s'était retirée dans la chambre. Aston l'a suivie. En mode vision nocturne, j'ai observé Aston s'allonger derrière Riva, la prendre dans ses bras. Elle s'est lentement déplacée vers le mur, il s'est rapproché à nouveau. Ils ne parlaient pas. Seul le bruissement de la couette laissait supposer davantage de gestes qu'on ne pouvait voir. Je suis passée sur la caméra placée dans le mur de la chambre, à hauteur du lit. Elle montrait Riva de face, le regard fixe, et derrière elle le visage d'Aston, ses yeux fermés.

Il embrassait sa nuque. Elle ne bougeait pas. N'avait plus d'espace pour lui échapper. Il a soulevé sa chemise de nuit. Le regard de Riva est resté le même. Aston s'est pressé contre elle. J'ai entendu sa respiration enfler, s'accélérer.

Soudain, il a lâché Riva, s'est assis au bord du lit, loin d'elle. Je n'ai décelé aucun changement dans son expression. Elle n'a pas remis sa chemise de nuit, elle est restée dans la même position jusqu'au matin.

Le fichier AM217X dans le dossier d'archives consacré à la vie sexuelle de Riva et d'Aston est une sextape diffusée au cours de la deuxième année de leur relation sur plusieurs fan blogs et sites de journaux sportifs. On ne sait pas vraiment s'il s'agit d'une opération de communication ou si cette publication est le fait d'un hacker. La vidéo paraît à la fois mise en scène et authentique. Elle a été enregistrée par deux caméras et l'éclairage est relativement correct. Pourtant, on ne reconnaît pas toujours Aston et Riva, et ils sont parfois hors cadre. La vidéo, d'une durée de quinze minutes, montre la totalité de l'acte sexuel. C'est Riva qui en a pris l'initiative. Elle se montre joueuse, sûre d'elle. Son expression au timecode 07:32 m'a marquée. Les yeux fermés, elle sourit comme le gourou bouddhiste d'une vidéo de méditation que j'avais vu à sept ans et qui m'avait durablement impressionnée. C'est l'image d'une personne naturellement en harmonie avec elle-même et ce qui l'entoure.

Dans le même dossier : le fichier KM287A, un Papavid™ sans rapport direct avec la relation d'Aston et de Riva, mais pourvu du méta tag *sexual content*. L'analyste l'a trouvé sur un society blog relativement obscur.

Il n'a obtenu qu'un peu plus de deux cent mille likes et n'a presque pas été partagé.

La vidéo montre Riva, au tout début de sa carrière professionnelle, vers l'âge de treize ans, et deux de ses coéquipières, dans un restaurant Viewtower™. Les deux autres ont été exclues de l'équipe peu de temps après en raison de leurs mauvais résultats.

Les jeunes filles tendent chacune leur verre, un cocktail coloré, vers le centre de la table et trinquent en riant. Une infraction évidente au règlement.

Celle que le face tag identifie comme Mercedes Martinova balaie le restaurant du regard. Elle se tord le cou dans toutes les directions. Avise un groupe d'hommes d'une vingtaine d'années et se met à fixer l'un d'entre eux. Les jeunes hommes répondent à l'invite et ne quittent plus les trois jeunes filles des yeux. Ils font envoyer des cocktails à leur table, avant de les rejoindre. Ils serrent les mains qu'elles leur tendent en pouffant de rire. Essaient d'embrasser les joues qui se dérobent.

Riva a l'air plus jeune que les deux autres, plus timide. Son visage est encore celui d'une enfant. Elle rechigne à faire une place à l'un des jeunes hommes à côté d'elle, répond à peine à ses questions. Tire sa robe sur ses genoux.

L'image vacille lorsque le VJ se met à zoomer. Il se concentre sur le visage de Riva, ses paupières baissées. Devine-t-il que Riva est celle d'entre elles qui fera carrière ?

Il dézoome et, soudain, l'ambiance change. Le jeune homme pose à nouveau la main sur le genou de Riva, et cette fois, elle le laisse faire. La main caresse sa jambe scintillante, épilée au laser, afin que le Flysuit™ soit en contact direct avec la peau, comme une seconde peau, perfectionnée.

Riva, assise bien droite, continue à participer à la conversation tandis que la main du jeune homme, pixélisée sous l'effet du zoom, glisse sous l'étoffe de sa robe. Elle rit.

La caméra reste statique jusqu'à ce que Riva se lève, tenant le jeune homme par la main, et quitte le groupe. Elle les suit alors dans le couloir de l'hôtel dont les miroirs courant du sol au plafond les démultiplient, étroitement enlacés à présent.

Le VJ apparaît dans le cadre. Il se tient à distance tandis que Riva et le jeune homme prennent une chambre à la réception et se dirigent vers l'ascenseur, jouant avec leur key card. La démarche de Riva est souple, pleine d'espoir.

Le VJ les perd lorsque les portes de l'ascenseur se referment, et c'est la fin de la vidéo.

En parcourant la masse croissante de données sur le serveur, je me sens soudain perdue, comme si je m'avançais en terrain non cartographié. Et si je manquais l'essentiel, si je ne voyais jamais qu'un fragment de la vérité, dont la signification resterait pour moi un mystère ? Plus j'ai d'informations sur Riva, moins je sais dans quelle direction chercher. Il y a trop peu d'indices clairs de rupture et, dans le même temps, trop d'hypothèses différentes à suivre.

L'idée d'échouer dans ma mission me fait rougir de honte. Je regarde autour de moi dans la pièce, même si je sais pertinemment qu'il n'y a personne.

Je me souviens de ma nervosité quand je suis entrée dans le bureau de Master le jour de mon entretien d'embauche. Je l'avais trouvé au milieu de la pièce, les mains et les pieds par terre, les fesses en l'air, dans la posture du chien tête en bas. Son petit corps mince, nerveux, rappelait une figurine articulée pas tout à fait grandeur nature.

Master suit un plan d'entraînement strict censé l'éloigner chaque jour un peu plus de sa silhouette d'écolier.

— Mindfulness, a-t-il dit en m'entendant entrer, sans lever la tête ni modifier sa posture. Une pratique que nous recommandons à tous nos collaborateurs. Si nous vous engageons, j'installerai le programme sur votre activity tracker.

Ses paroles m'avaient soulagée. Le ton était aimable, comme si la décision de me recruter était prise depuis longtemps. Malgré mon manque d'expérience dans le domaine de l'analyse de données, mon curriculum vitæ encore trop court. La directrice de l'Académie d'économie m'avait recommandée personnellement.

Master était resté en mouvement pendant tout l'entretien. Assis sur son fauteuil de bureau, il se balançait légèrement d'avant en arrière. Ses jambes tremblaient sous l'effet de minuscules mais constantes secousses. Sa main gauche battait la cadence sur sa cuisse. Toutes les soixante secondes, il vérifiait du coin de l'œil sa fréquence cardiaque et son métabolisme lipidique. Son profil forme, dans la banque de données des employés, indique que Master dépense plus de calories en position assise que d'autres en marchant.

Au moment de lui dire au revoir, j'ai voulu imiter la force de sa poignée de main.

— Firm handshake, a commenté Master. I love it.

En quittant son bureau, je sentais l'avenir au bout de mes doigts. La carrière qui avait été tracée pour moi. Le credit score que l'on m'avait prédit.

J'ai été saisie de l'impulsion aussi inavouable qu'incompréhensible de contacter ma bio-mère. De lui envoyer un lien vers la liste des employés et mon contrat signé. *Tu es fière de moi ?*

Archive n° : PMa1
Type de fichier : Urgent-Message™
Expéditeur : @PsySolutions_ID5215d
Destinataire : @dancerofthesky

Riva,

Vous vous ennuyez. Vous ne supportez plus la vue de la baie vitrée de votre appartement. Vous voulez des stimulations nouvelles. Que quelque chose change. Mais vous ne savez pas comment. J'aimerais vous aider.

4

Aston est ponctuel à l'entretien d'anamnèse. Je le regarde marcher dans le hall jusqu'à l'accueil, échanger quelques mots avec la réceptionniste, qui tend le bras en direction de l'ascenseur en lui indiquant l'étage. Il a revêtu une veste de costume sur un tee-shirt uni à col en V, et un jean délavé. Le genre de tenue qu'il porte également lors de petits vernissages. Pour les événements plus importants, il se fait habiller par un styliste connu pour son imprévisibilité, avec qui tout est possible, une version ironique du col roulé noir-béret basque, aussi bien que des vêtements dessinés spécialement pour l'occasion. Pour son premier grand vernissage, celui de *Dancer_of_the_Sky*™, Aston est apparu dans un costume de dragon en coton éponge, la photo a fait la une de la plupart des society blogs. Aston en dragon-doudou vert aux côtés de Riva, éclatant de rire dans sa robe de créateur. La Belle et la Bête.

Aston se place au fond à gauche de l'ascenseur vide. Il regarde autour de lui puis, oubliant de manière tout à fait naturelle la présence de caméras, il s'appuie contre la cloison et se laisse glisser vers le sol. Il reste en position accroupie, les mains jointes sur la tête, les coudes appuyés sur les genoux. Il ne se redresse qu'en entendant le petit tintement qui annonce son étage, lentement, vertèbre après vertèbre, comme à la fin d'un exercice de yoga. C'est la première fois que j'observe un tel comportement chez Aston. Un geste aussi clair de désespoir, d'impuissance.

Je ne peux m'empêcher de penser à Andorra dans l'ascenseur du childcare institute. Andorra qui se met à trembler et se colle contre la paroi, envahie d'une peur soudaine. Que nous restions coincées. Elle craignait les tremblements de terre et autres catastrophes naturelles, était littéralement obsédée par les news articles sur les typhons ou les inondations. Ils étaient classés sur sa tablette en fonction de la nature de la catastrophe, du nombre de morts et de blessés. Même si sa collection démontrait que la plupart des séismes, et les plus sévères, survenaient dans les Périphéries, cette peur ne quittait pas Andorra. Elle me parlait souvent d'un scénario qui la poursuivait : nous deux dans l'ascenseur de l'institut, au trente-quatrième étage. Une secousse, la cabine s'immobilise. Une cage argentée suspendue à un câble au-dessus d'un puits profond d'une centaine de mètres. Qui tangue, abandonnée.

Le comportement d'Aston montre qu'il est plus nerveux que je ne le pensais. Sa réponse laconique à ma demande d'entretien m'avait semblé assez détachée, elle était arrivée rapidement, sans véritable temps de réflexion. À présent qu'il est entré dans le bâtiment, il pense peut-être qu'il est en train de trahir Riva. Il ne lui a rien dit de notre rendez-vous. C'est son choix.

Lorsqu'il sort de l'ascenseur, Aston s'est ressaisi. Sans regarder autour de lui, il se dirige droit vers la salle de thérapie n° 9, comme s'il avait déjà intériorisé le plan de l'immeuble. Il frappe deux coups brefs à la porte, je l'invite à entrer.

Sa poignée de main est ferme. Il ne répond pas à mon sourire et s'assoit dans le fauteuil de thérapie. J'enclenche le mode conférence. Aston salue d'un mouvement de tête Master et Beluga Ganz, qui apparaissent sur les écrans. Master, à qui il suffirait de descendre trois étages pour se retrouver dans la même pièce que ses interlocuteurs, préfère toujours la visioconférence lorsqu'il doit assister à un entretien. Il dit que la qualité de la discussion est meilleure lorsque le client n'est directement confronté qu'à la seule thérapeute. Je m'étonne souvent de constater que les clients se mettent presque immédiatement à ignorer les écrans pour concentrer leur regard uniquement sur moi.

— Merci de vous être déplacé.

Le visage d'Aston ne trahit pas encore vraiment sa position vis-à-vis de moi et de la situation.

— Si nous vous avons fait venir aujourd'hui, dis-je en suivant le protocole type de ce genre d'entretiens, c'est pour nous entretenir avec vous de l'état de votre partenaire, Riva Karnovsky.

Une nouvelle fois, Aston ne réagit pas à mon sourire.

Je marque une brève pause au cas où il voudrait dire quelque chose, avant de poursuivre, pour éviter qu'un silence désagréable ne s'installe.

— Nous voulons vous aider à aider Riva. Ce qui nous importe avant tout, c'est d'aider Riva à sortir de cette situation de stress intense – de cette crise. Nous sommes inquiets pour elle.

— Nous, c'est-à-dire ?

Au vu de notre communication jusqu'à présent, je ne m'attendais pas à une attitude de confrontation de la part d'Aston. Son regard est offensif. Il me fixe, droit dans les yeux. Il m'avait pourtant semblé poli et coopératif dans ses messages. J'avais le sentiment qu'il était reconnaissant d'avoir reçu cette demande.

— Hitomi Yoshida, dis-je, lui tendant à nouveau la main pour le saluer.

Il la serre rapidement. Je lui adresse mon sourire le plus cordial.

— PsySolutions travaille depuis plusieurs dizaines d'années avec des gens comme Riva. Si vous nous aidez, nous pouvons vous promettre qu'elle ira mieux rapidement.

— Nous, c'est-à-dire ?

Aston semble tendu. Sa voix est crispée, la répétition de la question a quelque chose d'agressif. J'essaie de conserver un ton aussi neutre et aimable que possible.

— Je vous présente Hugo M. Master, directeur du département Psychologie du sport, et Beluga Ganz, de l'Assurance qualité.

Ganz salue Aston d'un signe de tête, Master a l'air ailleurs.

— Nous voulons tous aider Riva, dis-je. Les fans de Riva sont inquiets, comme le seraient les vôtres si vous cessiez subitement de photographier.

— Ce sont les fans de Riva qui vous ont embauchée ?

Je regarde l'écran de Master du coin de l'œil. Son expression est neutre. Il ne me regarde pas.

— Pas exactement, non. Cette mission nous a été confiée par l'Académie. Mais nous la considérons comme une réaction directe aux milliers de messages des fans.

Nouveau regard vers Master, capté par Aston. Master esquisse un signe de tête.

— C'est Dom Wu qui vous a embauché ?

Aston s'est adressé à Master.

— C'est l'un de nos interlocuteurs au sein de l'Académie, oui, dis-je rapidement.

Master ne réagissant pas, Aston se retourne vers moi.

— Dom ne m'a rien dit.

Je sens une inquiétude. Un changement de paradigme.

— Manifestement, pour l'instant Riva ne parle à personne de ce qui s'est passé, dis-je. Or parler aide à s'en sortir, c'est aussi simple que ça. Si nous parvenons à faire en sorte que Riva se confie à vous ou à Dom, elle a une chance de guérir.

— Comment ça : ce qui s'est passé ? Qu'est-ce qui s'est passé ? Qu'est-ce que vous savez de ce qui s'est passé ?

S'il a l'air furieux, ses questions me paraissent déjà moins agressives.

— C'est justement ce qu'il s'agit de découvrir. Nous supposons qu'un événement de vie critique a pu jouer un rôle de déclencheur. Un coup du sort, si vous voulez. Avez-vous une idée de ce que ça pourrait être ?

Aston ne répond pas.

À partir de mes observations, je l'estime émotionnellement stable. L'épisode de l'ascenseur est le premier signe que la crise de Riva est une source de stress pour lui aussi. La plupart du temps, il travaille entre dix et seize heures par jour dans son studio. Si la défection de Riva, le privant de son plus gros projet, semblait tout d'abord avoir provoqué un blocage artistique, il prospecte actuellement pour plusieurs nouveaux contrats. Au vu de son output, il connaît selon toute apparence une phase particulièrement créative.

Du coin de l'œil, je vois Master qui bouge la tête.

— Aston, dis-je, vous êtes dans une situation très difficile. Vous ne pouvez compter que sur vous-même. Nous voulons vous aider.

— Je croyais que c'était moi qui devais vous aider.

— Ce n'est pas de nous qu'il est question ici. Mais de Riva. De Riva et de vous.

Je vois Master qui acquiesce, je poursuis :

— Saviez-vous que le mot chinois signifiant “crise” se compose des idéogrammes “danger” et “opportunité” ? Une crise est une opportunité de changement, Aston.

— Vous êtes chinoise ?

— Non.

La question me paraît tellement absurde que j'éclate de rire. Je vois du coin de l'œil les muscles du visage de Master se crisper. Lors de mon entretien d'embauche, il est revenu plusieurs fois sur l'importance de suivre à la lettre le protocole type des entretiens. Une réaction émotionnelle spontanée telle que le rire est un no go. À moins que le client ne rie le premier.

— Riva traverse une phase dépressive sévère, dis-je. Pour peu que nous puissions l'évaluer de l'extérieur, son état s'est passablement dégradé au cours des derniers jours. Elle n'est actuellement pas en mesure de demander elle-même de l'aide, de se confier à quelqu'un. Vous êtes la personne la plus proche de Riva, elle vous fait confiance. Nous pouvons vous aider à renforcer cette confiance.

Aston a les yeux rivés au sol. Il hausse les épaules, secoue la tête. En l'espace de quelques minutes, son langage corporel est passé de la défense agressive à l'impuissance. Je sens qu'il est en train de baisser la garde. Pendant ma formation, c'est ce qu'on appelait le “breaking point” : le moment où une personne cible peu coopérative au départ commence à reconnaître le rôle supérieur du thérapeute.

Avec beaucoup de clients, on n'en arrive jamais là : même lors de thérapies prescrites contre leur gré, les personnes cibles se montrent plutôt coopératives. Je suis toujours étonnée de voir avec quelle sincérité et quel sérieux mes interlocuteurs de Call-a-Coach™ étalent devant moi les détails de leur problème. Ils tiennent à ce que je dispose de toutes les informations pour pouvoir rendre un jugement qualifié. Je les écoute et classe les fragments de leur passé en plusieurs catégories : important, éventuellement important, sans importance. Un homme d'environ cinquante-cinq ans dont les liaisons extraconjugales nuisaient à ses performances professionnelles m'a un jour fait la liste nominative de toutes les femmes qui comptaient pour lui. Il y en avait cinquante-trois. Je l'ai laissé parler, j'ai noté tous les noms, avant de rayer au cours des séances suivantes ceux qui ne revenaient plus dans ses récits. À la fin, il n'en restait plus que trois. Totalement surpris de ce résultat, il m'a remerciée très chaleureusement, comme si je l'avais enfin libéré du poids de la responsabilité envers ces autres femmes.

— En cas de défection, Riva est contractuellement tenue de participer à plusieurs entretiens de coaching visant à constater une incapacité de travail. Si elle persiste à ignorer nos convocations, nous serons contraints de prendre des mesures.

— Quel genre de mesures ?

Aston lève les yeux, me regarde.

— Médication. Relocalisation. Vous n'allez pas pouvoir garder l'appartement bien longtemps.

— Elle ne sort plus. Elle ne se présentera pas aux entretiens.

— Alors nous ferons un entretien vidéo. Ou audio. Ce n'est pas un problème.

— Elle ne répondra pas au téléphone.

— Alors c'est vous qui répondrez. Aidez Riva.

— Vous envisagez ça comment ? demande Aston.

Il semble disposé à m'écouter.

— En coopérant, dis-je. Je vous aide à vous y prendre avec Riva. Et vous répondez à nos questions.

Aston acquiesce imperceptiblement.

— Y a-t-il eu des changements dans votre vie ou celle de Riva ces dernières semaines ou ces derniers mois ? Vous êtes-vous disputés, par exemple ?

— Pas vraiment, dit Aston. Elle n'était peut-être pas tout à fait comme d'habitude.

— Comment cela s'est-il manifesté exactement ?

— Lors du dernier accident survenu pendant un diving show. Une jeune collègue que Riva connaissait bien. Lorsqu'on a appris qu'elle n'avait pas survécu, Riva a éclaté de rire. Puis elle a dit : Si seulement.

— Si seulement ?

— Oui. Au sens de : Moi aussi, j'aimerais bien avoir un accident.

— Vous avez cherché à en savoir plus ?

— J'ai jugé qu'elle ne pensait pas ce qu'elle disait.

De retour à l'étage où se situe mon bureau, Master m'intercepte dans le couloir.

— Où en êtes-vous dans l'analyse des données ? me demande-t-il.

— J'avance tout doucement. L'analyste n'a pas encore terminé le data mining.

— Mettez-lui la pression.

Le nœud de cravate de Master est de travers. Il a dû le desserrer un moment puis oublier de le remettre. Je me demande si je dois lui en faire la remarque.

— Plus que cinquante-huit heures avant la deadline, dit Master comme s'il était en train de me lire les consignes.

J'acquiesce.

— S'agissant des mesures à prendre, il nous faut l'entière coopération du partenaire de Karnovsky, ajoute-t-il.

Et cessez de rire. Pendant les entretiens clients, je veux dire. Ça mine votre autorité. Vous n'avez aucun intérêt à sembler peu sûre de vous.

J'acquiesce une nouvelle fois. Master me contourne et se dirige vers son bureau. De dos, comme on ne voit pas sa cravate de travers, il a l'air parfaitement interchangeable, dans son élégant costume en laine vierge marine. Je l'imagine entre deux réunions, porte fermée, s'enfoncer dans son fauteuil de bureau et tirer sur sa cravate pour respirer quatre fois à fond.

Lorsque je télécharge le rapport de la séance sur le SecureCloud™, Master se met immédiatement à y apporter ses corrections. À chaque rectification, je ressens un élancement, comme s'il la marquait sur mon corps avec une aiguille.

5

J'aime retrouver mon appartement. Le déclic, le son clair de la porte qui s'ouvre lorsque j'introduis mon key fob dans la serrure provoque en moi un sentiment de fierté. Mon appartement se situe dans le vingt-quatrième district, à quatre districts seulement des premiers flagship buildings. J'étais sur liste d'attente depuis le début de ma formation à l'Académie d'économie. Ma mission VIP pour PsySolutions m'a qualifiée pour l'obtenir. Chaque fois que j'ouvre la porte, je m'arrête un instant sur le seuil pour contempler mon petit royaume, intimement convaincue d'être sur le bon chemin.

Avant d'activer ma tablette pour mon service de nuit chez Call-a-Coach™, je prends le temps de m'asseoir un moment sur un tabouret dans le coin cuisine. De prendre un dîner léger.

En mangeant, je lève de temps en temps les yeux des sites de news pour regarder par la baie vitrée les fenêtres éclairées des immeubles. Dans les rues, les mouvements sont presque imperceptibles, les gens se distinguant à peine des véhicules dans l'obscurité. Toutes les nuits, dans la tour de bureaux, en face, certains étages ou boxes restent éclairés : on continue manifestement d'y travailler. Je n'ai pas encore réussi à distinguer un pattern, une fenêtre derrière laquelle la lumière serait allumée toutes les nuits. Je me rends compte que cette irrégularité m'angoisse. Petite, je passais souvent des heures, la nuit, à observer les lumières dans les appartements d'en face. La vue d'une fenêtre éclairée dans la nuit me donnait un sentiment de bien-être. Je m'imaginais vivre là, m'installer à table avec ces gens dont je devinais les silhouettes. Aujourd'hui, au contraire, j'éprouve le sentiment d'une distance infranchissable. Les habitants des autres bâtiments me font l'effet de personnages sur un écran, d'ensembles de pixels existant indépendamment de corps réels.

La plupart du temps, je m'acquitte des exercices de méditation de mon programme de mindfulness assise au comptoir de la cuisine, les yeux ouverts. J'aime sentir le monde extérieur devenir de plus en plus flou, mon regard se tourner vers l'intérieur quand je me détends. Entendre, au lieu du bourdonnement de la climatisation, un bruissement dans mes oreilles qui me rappelle celui de la mer, même si je sais que ce n'est que ma propre circulation sanguine.

La dernière fois que je suis allée à la mer, j'étais encore une enfant. Chaque année, l'institut nous emmenait dans le même resort. Il y avait une plage gris-blanc et plusieurs piscines. Les autres enfants préféraient les piscines, l'eau chlorée et claire, les toboggans et les plongeoirs. Moi, je me sentais inexplicablement attirée par la mer. J'avais un peu honte, mais chaque jour, j'allais à la plage, seule, et je m'asseyais dans un coin caché, à côté de la barrière, pour regarder l'eau.

Je me sers de ce souvenir dans mes exercices de visualisation. Je démarre l'appli de méditation, le métronome me donne un rythme, et je me rends en pensée sur cette plage. Comme autrefois, j'observe la mer et ses vagues complexes, sa surface qui se brise sans cesse. L'écume blanche, les algues et le bois flotté, qui de loin m'évoquait les bras de créatures océaniques.

Seule Andorra quittait la piscine de temps en temps pour venir s'asseoir à côté de moi. Nous restions en tailleur pendant plusieurs minutes, si près l'une de l'autre que nos genoux se touchaient. Mais elle s'ennuyait vite, à rester assise comme ça, elle préférait entrer dans la mer. Il m'arrivait de me laisser convaincre de la suivre, mais je le regrettais toujours. Une fois que j'avais plongé en elle, la mer n'avait plus rien de grandiose, elle était froide, soudain, salée et sale, et me collait à la peau même après que je m'étais longuement rincée et lavé les cheveux.

Je n'arrive pas à méditer. Mes pensées dérivent. Riva s'impose à moi, assise par terre dans son appartement, refusant obstinément de parler, de s'expliquer, de manger, de boire. Je vois sa mince silhouette perdre de sa substance. Je la vois devenir transparente, son squelette apparent sous la peau et les vêtements.

J'essaie de me concentrer sur mon lieu sûr, mais Riva apparaît à côté de moi sur la plage telle une ombre pixélisée. Si près que je sens son corps crispé contre le mien. Sa tension me contamine comme un virus.

Je secoue la tête et les bras, m'agite sur mon tabouret jusqu'à trouver le bon équilibre. Puis je redémarre l'appli, recommence l'exercice, mais mes pensées dérivent une nouvelle fois, des images indésirables s'imposent à mon esprit. Je n'arrive pas à lâcher prise.

Je parcours ma to-do list pour ce soir. Dans quatre-vingt-quinze minutes, j'ai rendez-vous avec un homme recommandé par une agence de rencontres. Voir un partenaire potentiel ne me fait pas peur, mais là, tout de suite, ce rendez-vous m'ennuie. Je ne suis pas d'humeur. J'ai mal à la tête, mon corps est tendu. Cet homme verra immédiatement que j'ai raté ma méditation.

J'envisage de lui écrire pour annuler. Mais à moins de télécharger un certificat médical, l'annulation me vaudra des points négatifs sur mon profil.

Je n'ai pas échangé beaucoup de messages avec cet homme, son screen name m'échappe, mais le profil que l'agence avait établi à partir de ses données personnelles m'avait semblé sympathique, sérieux. Comme moi, il s'était donné la peine de compléter le profil généré automatiquement, de combler les éventuelles lacunes. Dans la rubrique Signes particuliers, il avait évoqué une aversion pour le surnaturel, ce qui m'avait plu. Je ne pourrais pas avoir une relation avec quelqu'un de superstitieux ou d'ésotérique.

Les sujets évoqués lors de nos brefs chats modérés étaient avant tout d'ordre organisationnel : le choix de la date de notre première rencontre en comparant nos emplois du temps professionnels, nos préférences sexuelles et, plus généralement, notre conception de la sexualité. L'échange de nos tests MST et de nos certificats de stérilisation. Nos préférences en matière de cadeaux. L'objectif envisagé pour nous par l'agence était une relation longue, sans nécessaire mise en commun de l'habitat, l'indépendance étant un des tout premiers critères de nos listes de valeurs respectives.

Je redémarre une nouvelle fois l'appli de méditation. Je prends une profonde inspiration, laisse les contours de mon appartement devenir flous. Je retourne vers mon lieu sûr, je visualise la mer, le sable, le cri des mouettes.

Je sens de nouveau une personne à mes côtés, j'espère qu'il s'agit d'Andorra, cette fois. Sa silhouette enfantine apparaît souvent dans mes visualisations. Elle accentue le sentiment de bien-être. Lorsque je me tourne vers elle, c'est Riva qui me regarde, qui regarde à travers moi, comme si je n'étais pas là. Quand nous étions petites, Andorra me regardait parfois de cette façon, elle aussi.

Je lui demandais alors à quoi elle pensait.

— À rien, répondait-elle. À toi quand je parle avec toi.

Je me disais qu'elle mentait, que sa bouche disait n'importe quoi, tandis que son cerveau était complètement ailleurs. Peut-être avec un garçon.

— Arrête de mentir.

Andorra était populaire auprès des garçons de l'institut. Pas seulement parce qu'elle était belle, avec ses traits parfaitement symétriques et ses épais cheveux noirs qu'elle nouait en d'innombrables petites tresses chaque matin. Dès qu'elle arrivait quelque part, toute l'attention se concentrait sur elle, même celle des adultes. Les éducatrices la soupçonnaient souvent de mettre elle-même en scène les petits drames qui se jouaient en sa présence. Son énergie débordante semblait se communiquer aux autres comme du courant électrique. Moi aussi, je me sentais contaminée par son besoin d'activité. Sans Andorra, j'aurais sans doute passé mon enfance dans un ennui profond, sans même m'en rendre compte.

Mais plus nous grandissions, plus je prenais conscience de nos différences. On ne nous traitait pas du tout de la même manière. Tandis que les autres, à l'institut, ne m'adressaient presque jamais la parole, la simple présence d'Andorra provoquait chez eux des réactions extrêmes. Les uns se bousculaient pour parler ou jouer avec elle et gravaient son nom sur les murs des toilettes. D'autres se cachaient dès qu'ils la voyaient. C'est moi qui ai appris à Andorra que certains enfants avaient peur d'elle.

— Aux toilettes, quelqu'un m'a raconté que tu préparais un meurtre et que, l'an dernier, tu avais cassé la figure à Bentley dans le placard à balais.

Nous chuchotions, allongées côte à côte dans son lit.

— Ce n'est pas vrai, a dit Andorra.

— Je sais.

Andorra et moi dormions souvent dans le même lit. Nous discutions à voix basse jusqu'à ce que ses yeux et sa bouche se ferment. Je la regardais être emportée dans le monde du sommeil. Elle tressautait toujours au début, comme si elle était en train de tomber. Puis sa respiration s'apaisait. Quand elle rêvait, ses lèvres bougeaient et, plus tard, si je restais éveillée suffisamment longtemps, c'était au tour de ses yeux sous les paupières. Souvent, quand elle dormait comme ça à côté de moi, je lui caressais les cheveux, je m'imaginais être sa biomère veillant sur elle.

Je mets fin à mon exercice de méditation et place mon assiette dans le lave-vaisselle. Il me reste plus de temps que prévu pour me préparer à mon rendez-vous. Pour prendre une douche, me maquiller, mettre du spray dans les cheveux et sur le corps. Une fois douchée, j'enfile rapidement la tenue préparée ce matin. Je suis plutôt satisfaite de mon corps, mais trouve désagréable d'être nue ou juste en sous-vêtements.

J'ai choisi un tailleur-pantalon gris-bleu et un chemisier blanc, et non une robe, afin de signaler que je ne souhaite pas de contact sexuel ce soir. J'ai prévu un rendez-vous assez bref nous permettant de faire connaissance et de réfléchir jusqu'à la prochaine fois à une possible relation.

L'homme porte lui aussi une tenue de business, costume sur mesure, chemise blanche et cravate. Nous échangeons un sourire, soulagés. Il se présente : Royce Hung. Nous nous serrons la main, puis esquissons deux bises. Il sent bon, un parfum de créateur dont le nom m'échappe. Le restaurant, choisi par l'agence en fonction de nos préférences, nous plaît à tous les deux. C'est un restaurant Viewtower™ qui tourne sur lui-même. Royce fait un commentaire sur la beauté de la Ville et nous trinquons, il a commandé du champagne.

Pour préserver le caractère spontané du premier rendez-vous, la plupart du temps, je ne lis pas tout le profil de mon partenaire potentiel. J'essaie d'imaginer ce que pourrait être le métier de Royce Hung, qui est probablement cadre moyen dans une entreprise de taille moyenne. Nos credit scores sont équivalents, c'était indiqué dans la proposition de l'agence.

— Qu'est-ce que vous faites dans la vie ? dis-je pour engager la conversation.

— Directeur relations publiques chez Demi & White.

— Les cosmétiques ?

— C'est ça.

— Vous recevez beaucoup d'échantillons ?

Il sourit, acquiesce.

— La prochaine fois, je vous en apporterai. Envoyez-moi une wish list.

Il me ressert, j'ai bu trop vite et je sens mes joues rosir.

— Et vous ?

— Psychologue d'entreprise.

— Ah, fait-il. Pas d'échantillon pour moi, merci. Ça doit être un secteur très intéressant.

Je ris pour lui donner le sentiment qu'il a dit ce qu'il fallait.

— Pas toujours, dis-je. Ça dépend des clients. Vous vous imaginez discuter processus de travail avec un comptable ?

Royce rit à son tour. C'est un beau rire, presque un roucoulement, qui semble venir du plus profond de son corps.

J'utilise souvent la blague du comptable pour briser la glace, même si elle n'est pas vraie, ou peut-être justement parce qu'elle n'est pas vraie. Ma seule analyse live d'un comptable à ce jour, pendant ma formation, était vraiment passionnante. J'aurais pu passer des années entières à le regarder ranger des chiffres dans des tableaux. Petite, j'aimais beaucoup classer les objets. Des sacs de perles en plastique, par exemple, que je triais par couleurs ; la répétition des processus mentaux et l'établissement d'un ordre visible m'apaisaient.

— Où avez-vous étudié ? me demande Royce.

— Bowen Institute of Business.

— Pas mal. Vous faisiez sûrement partie de ces enfants surdoués qui obtiennent une place pour étudier dans la Ville dès leur premier casting.

— Je n'ai pas grandi dans les Périphéries.

— Quoi ?

Il me dévisage, incrédule. Je vois littéralement son cerveau traiter cette information insolite. J'aurais dû mentir. Ça m'a échappé. J'ai honte d'avoir fait cette erreur. Je bois une grande gorgée de champagne, m'efforce de sourire.

— Wow, dit-il après un silence. Je croyais que ce n'étaient que des rumeurs. Vos parents travaillent pour le gouvernement ?

— Ils sont lobbyistes pour S&P.

— Ne me dites pas que vous avez vécu avec vos parents ?

— Non !

J'éclate de rire, le regrette aussitôt. L'alcool entrave mes mécanismes de contrôle. Le regard de Royce Hung a changé, je sens une distance s'installer entre nous.

— J'étais dans un foyer de la Ville, dis-je, mais ma mère venait parfois me voir.

Ma bio-mère qui entre dans le parloir de l'institut, toujours en retard d'une demi-heure car sa réunion a duré plus longtemps que prévu, en parlant dans sa tablette à voix basse. Et moi, à qui on a enfilé ma robe de visite pour l'occasion et mis deux nœuds dans les cheveux, comme un cadeau.

Elle est jolie, disait-elle immanquablement à l'éducatrice avant de s'approcher de moi, m'observant un instant avant d'écarter les bras. J'attendais ce moment depuis qu'on m'avait installée dans le parloir. Je devais me retenir de courir me jeter dans ses bras et avancer vers elle d'un pas mesuré pour m'appuyer contre la surface de son corps ainsi offerte. Sentir ses bras minces se refermer sur moi. L'éducatrice avait déjà quitté la pièce. S'il n'y avait pas d'autres visites, nous étions seules. J'imaginais que nous vivions ensemble dans cette pièce, ma mère et moi, qu'elle venait juste de rentrer du travail et que la vraie journée commençait. Avec des jeux, des conversations, la révision de mes matières préférées.

— Un foyer dans la Ville. Ça devait coûter une fortune en credits, commente Royce, interrompant mon silence.

Je hausse les épaules, souris. J'aimerais changer de sujet, mais je sens que je ne vais pas pouvoir réprimer sa curiosité. C'est ma faute.

— Mais sans contrat de travail, impossible d'obtenir l'autorisation de vivre dans la Ville, non ?

— Nous étions tous enregistrés dans les Périphéries sous des adresses fantômes, et on participait aux castings obligatoires tous les six mois.

— La Sécurité doit forcément s'en rendre compte.

Une nouvelle fois, je ne peux m'empêcher de rire. J'ai peur qu'il ne croie que je me moque de lui, alors j'effleure le bout de ses doigts sur la table.

— La Sécurité est au courant, évidemment. C'est pour ça que ça coûte si cher, dis-je de ma voix la plus confidentielle, ma voix de travail.

Son regard m'invite à en dire davantage.

— Si les parents ne suivent plus financièrement, on se fait pincer. J'ai vu un certain nombre d'enfants transférés du jour au lendemain. On leur inflige une procédure pénale, et ni leurs parents ni eux n'arrivent jamais à revenir. Je crois que ma mère n'avait pas conscience des risques au début. Elle regrettait sa décision, elle avait une peur panique de devoir retourner dans les Périphéries. Elle ne me l'a jamais pardonné.

— Alors vous êtes en contact avec vos bio-parents ?

— Avec ma mère seulement. Rarement.

Je ne sais plus quand exactement j'ai entendu la voix de ma bio-mère pour la dernière fois. Dans mon souvenir, elle se confond avec celle de son assistante. *Elle est en réunion. Mais je lui transmettrai.*

— Je n'arrive même pas à imaginer, dit Royce. Connaître ses bio-parents.

— Ce n'est pas si spécial que ça. C'est juste qu'on a de meilleures opportunités de carrière si on a grandi dans la Ville. Mais vous, vous avez réussi malgré tout.

Il rit, nous rions ensemble, nous avons trouvé un rythme. Nos doigts se touchent au milieu de la table. Je regrette presque d'avoir mis un tailleur au lieu d'une robe. Mais je n'aime pas changer de plan à la dernière minute.

Les règles d'un rendez-vous réussi veulent que ce soit le tour de Royce à présent : à moi de lui poser des questions sur le début de sa carrière, ses premières expériences de castings. À lui de me raconter son LCM™, son Life-ChangingMoment™, le jour où il est resté sur scène jusqu'à la fin et a été admis dans une des Académies de la Ville. D'évoquer la taille de son appartement, le prestige des districts où il a vécu, et enfin son travail, ses responsabilités, les VIP avec qui il travaille.

J'essaie de me concentrer sur lui, sur ses phrases brèves et efficaces, sans une syllabe de trop. Mais je me rends compte que je dérive intérieurement, que mes pensées reviennent vers le parloir de l'institut et le silence qui précède le moment où la porte s'ouvre et où ma mère apparaît. Avant qu'elle ouvre ses bras, dans lesquels je vais avoir le droit de me blottir.

Au moment de monter dans mon taxi, Royce m'embrasse. Un baiser bref, mais agréable. Sa peau rasée de près est douce, ses lèvres minces, mais chaudes. Dans l'obscurité de la voiture, je ne peux m'empêcher de sourire et de me blottir contre le siège comme s'il s'agissait d'une personne.

Archive n° : PMa2
Type de données : Urgent-Message™
Expéditeur : @PsySolutions_ID5215d
Destinataire : @dancerofthesky

Riva,

Vous êtes désespérée. Lorsqu'une de vos collègues a un accident, vous vous surprenez à penser : Si seulement j'étais à sa place. Pensez à la petite fille que vous étiez.

Imaginez-la seule et perdue dans les Périphéries. Pensez à la poussière, à la chaleur qui fait perler la sueur sur son front. À la saleté qui se mêle à la sueur. Rappelez-vous que votre souhait le plus cher était d'être enfin propre. Imaginez l'enfant que vous étiez. Imaginez ce qu'elle vous dirait si elle pouvait vous voir, prostrée sur le sol de votre luxueux appartement. Que ferait-elle, à votre avis, si elle vous voyait comme ça ? Elle vous secouerait, elle vous supplierait : Profite des opportunités qui te sont offertes ! Ne jette pas notre rêve aux oubliettes ! Ne me renvoie pas à l'insignifiance et à la saleté !

Riva, vous ne vous êtes présentée à aucune des séances de coaching qui vous ont été prescrites, ce qui autorise vos cocontractants à engager des poursuites contre vous. Ne pensez-vous pas que prendre la main qui vous est tendue et accepter de vous faire aider serait une meilleure solution ?

6

La Ville en contrebas, avec ses ponts enchevêtrés qui font l'effet d'un labyrinthe mais acheminent et organisent parfaitement la circulation. Les véhicules qui avancent à vitesse constante, à distance égale, se répartissant aux intersections pour reprendre aussitôt leur cap. Comme des perles parfaitement alignées. Huit bretelles se rejoignent sur le nœud routier visible de mon bureau. La plus haute d'entre elles atteint presque le milieu des immeubles voisins. Des ponts partent dans toutes les directions, décrivant un ovale ou un huit avant de repartir en ligne droite.

Je parcours chaque trajet du regard, exercice de pleine conscience, avant de revenir à la voie principale, linéaire, l'axe visuel qui traverse quasiment toute la Ville, aussi étroit vu d'en haut que le chas d'une aiguille.

Mon bureau bourdonne. D'ordinaire, je n'entends plus la vibration des serveurs, mon système perceptif l'a enregistrée comme bruit de fond périphérique. Mais aujourd'hui, mes nerfs sont à vif. J'ai mal dormi, je n'ai cessé de me rejouer en pensée, mot pour mot, mon rendez-vous avec Royce Hung. Avec le recul, j'ai pris la mesure de mes erreurs : le choix de la tenue décourageante, l'allusion au foyer, le temps que j'ai mis à laisser Royce parler de lui. L'évaluation du rendez-vous sera médiocre. Il me donnera sans doute deux étoiles, trois au maximum.

Je n'ai cessé de penser au moment où il m'a embrassée. À la chaleur du taxi au retour.

La sueur de la nuit colle encore à ma peau, malgré la douche, malgré les vêtements propres et le système d'aération. Depuis le début de ma mission, j'ai le plus souvent atteint l'objectif recommandé de six heures de sommeil par nuit, mais mon activity tracker indique seulement deux cent cinquante-deux minutes pour la nuit dernière.

J'essaie de concentrer mes pensées sur un point, me raccroche du regard à une voiture argentée, que je perds de vue au moment où elle s'engouffre sous un pont.

Le signal de notification de la tablette de Riva sonne depuis trente secondes. Comment fait-elle pour supporter ce bruit ? Debout devant la baie vitrée, Riva regarde dehors, comme si le son ne venait pas de chez elle, mais de chez moi.

Au bout de trente-quatre secondes exactement, Aston se rue dans la pièce. Il saisit la tablette et la jette contre le mur. Un de ses cadres tombe par terre. Riva sursaute, se retourne.

— C'était la sixième convocation, Riva.

— Elle est cassée ?

Aston ramasse l'appareil, touche l'écran tactile, secoue la tête.

— Si tu n'y vas pas, si tu ne réponds pas, au moins, ils vont nous virer de l'appartement.

J'essaie de me mettre à la place d'Aston. Je choisis la caméra la plus proche de lui et zoome jusqu'à voir pardessus son épaule. Riva s'est retournée, elle regarde dehors. Dans le contre-jour, sous cet angle, son corps ressemble à une silhouette en carton, un panneau publicitaire de Riva comme on en trouve dans les fan shops sur internet.

Ça fait à peine plus d'une semaine que je l'observe, pourtant, cette image sur mon écran définit déjà ma perception de Riva. Je ne parviens pas à associer les news vidéo et les Papavids™ dans mes archives, les images de Riva à l'extérieur, en vol, dans des bars ou des restaurants, à cette femme devant sa baie vitrée. Il semble n'y avoir aucun lien entre elles deux, mis à part une vague ressemblance physique. Je n'ai trouvé aucun signe d'insatisfaction dans les interviews vidéo. Deux jours avant la rupture de son contrat, on voit encore Riva en chat avec ses fans. Elle plaisante, elle rit, elle répond aux questions en accord avec son personal branding.

Une seule interview, deux semaines avant son arrêt, fait état d'une sorte d'éclat. À la première question du VJ, Riva répond avec un grand sourire, sur le ton aimable et énergique qu'on lui a appris à employer :

— Si je suis heureuse d'avoir gagné ? Vous n'avez rien trouvé de plus original ? À moins que vous ne posiez que des questions auxquelles vous pouvez répondre vous-même ? Franchement, je trouve ça nul de gagner. Fuck winning.

Dom l'avait prise par le bras et entraînée hors de la zone presse. Quelques minutes plus tard, la vidéo, devenue mème, était partagée et détournée plusieurs millions de fois : chansons *Fuck winning*, tee-shirts *Fuck winning*, sonneries de téléphone *Fuck winning*. Le bruit courait même qu'il s'agissait d'une campagne marketing virale planifiée par l'Académie.

— Il y a une psychologue qui t'a écrit trois fois, déclare Aston.

Il fait défiler les messages non lus sur l'écran de la tablette de Riva.

— Tu pourrais au moins y aller pour voir ce que ça donne. Il faut bien que tu parles à quelqu'un.

De nouveaux fichiers apparaissent sur mon écran de travail. Les posts d'un fan blog, user : @gokarnovsky. Des photos, des listes d'objets qu'il ou elle a trouvés dans les poubelles de Riva. Hashtag : *jaifaitlesyeuxdouxàléboueur*.

Les listes ont été téléchargées sur une période de deux semaines. @gokarnovsky a posté des updates quotidiens. Les poubelles de Riva ne contiennent rien de spécial. Des emballages, de vieilles piles de rechange, un chargeur qui ne fonctionne plus, un rouge à lèvres à moitié utilisé, des boîtes de médicaments vides. Des bouteilles d'eau vitaminée. Des sachets de powerbars, de fruitshotbars. Je pars du principe que les emballages alimentaires sont ceux d'Aston.

Neuf jours se sont écoulés depuis le début du projet. Le planning prévoit que l'analyse des données soit terminée au bout de huit jours, après quoi les premières mesures doivent être prises. Le ton de Master dans mes performance reviews a changé. Je ne les ouvre plus immédiatement lorsqu'elles apparaissent dans la fenêtre de notification. J'arrive de moins en moins à me débarrasser d'un sentiment de défaillance, à transformer mes doutes en énergie productive, ainsi que je le conseille à mes clients. J'ai beau me donner tout le mal que je veux pour réagir aussi bien et vite que possible au feedback de Master, ses commentaires sont de plus en plus négatifs. Sur les portails de rating, sa stratégie de direction est qualifiée de constructive et non invasive. Je me demande si je suis la seule qu'il critique aussi violemment. Si je dois me considérer comme une anomalie. Si je suis vraiment nettement plus mauvaise que mes collègues.

Pendant mes études, j'ai analysé pour un whitepaper les avantages et les inconvénients des listes de meilleurs employés et des portails comparatifs. Mon argumentation tendait à montrer que l'effet motivant d'une comparaison objective des performances sur le lieu de travail dépassait largement le risque d'une possible démotivation si on obtenait des résultats médiocres. Sans la pression de devoir améliorer leur propre performance pour prendre la tête du classement, les employés étaient moins productifs. Des études menées au sein des entreprises, écrivais-je, ont prouvé qu'une concurrence relativement objective, puisque fondée sur les données, améliorait les performances des employés.

Je m'efforce de voir le côté constructif du feedback de Master, de lui être reconnaissante, même si ses critiques me prennent vraiment au dépourvu. Il me reproche de suivre des impulsions arbitraires lors de mes recherches. Or, pendant notre premier entretien, il m'avait justement complimentée pour ma stratégie thérapeutique intuitive. Au cours du processus de recrutement, il a réécouté et même suivi en direct plusieurs de mes entretiens pour Call-a-Coach™. J'étais impressionnée qu'il ait accès à ces enregistrements confidentiels. Psy-Solutions est connue pour ses excellents contacts avec des entreprises privées dans tous les secteurs.

— Un des défis de ce job, m'avait dit Master lors de l'entretien d'embauche, c'est de respecter le protocole tout en réagissant spontanément à la situation.

Mais depuis le début de ma mission, il ne jure plus que par la systématisation et la standardisation. *Vos rapports sont trop confus*, a-t-il écrit dans ma dernière review. *Faites plus de visualisations ! Demandez aux graphistes ! Nous devons présenter aux investisseurs un résultat compréhensible au premier coup d'œil. Il nous faut une idée précise de la suite des événements !*

Parfois, je crains que mes archives ne me montrent une version de Riva qui n'est plus en vie et ne pourra jamais être réanimée. Riva telle qu'elle existe actuellement ne fait plus qu'un avec son appartement : c'est un personnage blanc, immobile. Davantage silhouette que personne. Riva qui saute des gratte-ciel m'apparaît comme une fiction. Ce que je vois sur l'écran live, c'est une Riva sans qualités, sans objectifs. Dans les archives comme dans le présent, rien ne renvoie à une blessure qui pourrait justifier son état.

Nous avons tant rêvé d'une vie comme la sienne, Andorra et moi. Je nous revois rivées devant nos écrans parmi les autres enfants, impatientes, une bonne demi-heure avant le début du live stream des castings de Highrise-Diving™, pour ne surtout rien manquer. Puis, enfin, l'image familière de l'escalier qui mène à la scène, du rideau vu de derrière. Les jambes qui piétinent, nerveuses. Les taches lumineuses des projecteurs. Un corps de jeune fille flou dans un tutu fuchsia. Avec la musique d'intro que nous fredonnions en marquant le rythme sur nos cuisses. La présentatrice qui s'avance vers le micro : Bienvenue dans *Casting Queens*™ !

Andorra et moi nous partagions un tee-shirt de *Casting Queens*™. Nous le portions à tour de rôle pour dormir. Parfois, dans une des chambres, Andorra se mettait debout sur le lit et organisait une séance de judging.

— Alignez-vous. Numéro 7, tu sors, on aurait dit un ballon dégonflé. Disappointing. Numéro 23, belle performance, mais tu n'as aucune présence, aucune star quality, regarde comme tu te tiens, là, les épaules tombantes. Et numéro 3, qu'est-ce que c'est que ces fringues, ton éducatrice ne te choisirait pas dans un line-up si sa vie en dépendait.

L'écran plat de la salle commune diffusait en boucle de vieux épisodes de l'émission, personne ne voulait voir autre chose. Il y en avait un avec Riva, mais je ne me souviens pas de l'avoir remarquée à l'époque.

Qui abandonnerait volontairement une telle vie ? Ma première hypothèse était celle d'un déclencheur d'ordre corporel, d'un dérèglement hormonal. Mais le dossier médical de Riva n'indique aucune valeur suspecte, aucun changement particulier. À chaque examen obligatoire, son Vital Score Index™ s'est avéré élevé, très élevé, même. Seul son performance level a parfois été un peu affecté parce qu'elle avait contracté une de ces infections bénignes qui circulaient à l'Académie et n'avaient pu être éliminées assez vite. Au cours de sa première année de carrière, elle avait chuté plusieurs fois dans le filet d'entraînement et s'était même cassé un bras, mais Dom Wu, comme le médecin de Riva à l'Académie, m'a confirmé officiellement que, jusqu'à la rupture de son contrat, Riva n'avait pas de problème de santé majeur.

Aston lit les messages de Riva sur sa tablette.

— Va au moins voir Dom, tu lui dois bien ça.

Riva se dirige vers le coin cuisine, se sert à boire. On entend le cliquetis des glaçons contre le verre. Elle se tourne vers Aston.

— Si ça peut te faire plaisir.

Elle boit à petites gorgées. Du gin. Elle n'absorbe presque plus rien d'autre que de l'alcool fort. Avant sa défection, elle buvait rarement, et uniquement pour faire la promo du Flydive™, son cocktail signature.

Elle se tient à nouveau devant la baie vitrée, si près que son souffle embue la vitre. Le système de ventilation du serveur se met en route. Je re-regarde divers documents vidéo et photos d'archives. Si à cet instant ils me paraissent inventés, ils me rappellent aussi l'enjeu de ma mission : la guérison de Riva, la réactivation d'un potentiel perdu.

Je me connecte à mon profil de l'agence pour voir si Royce Hung a déjà posté une évaluation de notre rendez-vous. Deux nouvelles propositions de partenaires apparaissent sur ma page. Je les mets à la corbeille sans les lire. Rien venant de Royce, pas même de message. Sa dernière connexion remonte à l'après-midi précédant notre rendez-vous. Il a probablement décidé de retarder son feedback. Moi-même, j'attends toujours au moins deux jours avant de poster mon évaluation, pour avoir un regard plus objectif sur la rencontre, être sûre à cent pour cent de ma réaction.

7

Mon rythme de travail n'est pas idéal. J'ai l'impression de louper quelque chose dès que je ne suis pas devant mon écran. Chaque fois que je reviens au bureau, je fais défiler le log des dernières minutes ou des dernières heures. Ensuite seulement, je peux me concentrer de nouveau sur le présent.

J'essaie d'adapter mon rythme veille-sommeil à celui de Riva. Mais il est irrégulier. Parfois, elle se lève à 4 heures du matin, et d'autres jours, elle ne s'endort pas avant l'aube et reste au lit jusqu'à midi. Sur les vidéos en vision nocturne, je la vois souvent tourner en rond dans le séjour pendant de longues minutes.

J'ai envoyé plusieurs fois à Aston des ordonnances de calmants et de somnifères, en lui demandant d'inciter Riva à les prendre. Les mouvements de son compte indiquent qu'il est allé chercher les médicaments. Mais il n'a pas encore abordé le sujet avec Riva.

Mon activity tracker indique 1 h 17. Je devrais être en train de dormir depuis une heure. Allongée sur le dos dans mon lit, dans la lumière grise, je pense à Riva allongée sur le sien. Bras et jambes écartés, elle regarde le plafond. La peau recouverte d'un film de sueur soudain, ce qui arrive souvent en cas de troubles du sommeil, car ils perturbent la régulation de la température corporelle. Son corps autrefois musclé désormais mou, en échec.

Je me demande à partir de quel moment la perte de la masse musculaire rend toute rééducation improductive. Combien de temps il me reste.

L'enregistrement le plus ancien que l'analyste ait pu trouver est celui d'un allround casting. On n'est toutefois pas absolument certain qu'il s'agisse de Riva. C'est bien son prénom qui apparaît sur le video tag, mais il est suivi d'un nom de famille inconnu. Riva doit avoir à peine six ans, elle est la plus petite de sa catégorie d'âge. Elle lance un regard hésitant à la caméra. Son corps est tendu, sa nuque nouée. Elle se présente dans diverses catégories, n'est particulièrement douée dans aucune.

Pourtant, on la remarque, elle se démarque. Une fois toutes les autres enfants parties, elle reste sur scène. Par deux fois, une voix aimable mais ferme annonce que toutes les candidates sont priées de quitter la scène. Elle ne réagit pas. Elle reste là, immobile, muette. Comme la Riva adulte assise par terre dans son appartement.

À la différence que la Riva du casting ne me semble pas têtue. Sa silhouette figée n'exprime aucune volonté de résistance. On dirait qu'elle a oublié où elle est et ce qu'elle est censée faire. Comme si elle avait perdu un instant le contrôle de son corps. Je me demande si c'est également le cas aujourd'hui. Suffirait-il de lui signifier par haut-parleur ce qu'elle doit faire ?

Riva, dit finalement la voix de la vidéo, peut-être après avoir cherché son nom sur la liste des candidats. Riva, quitte la scène, s'il te plaît, que le groupe suivant puisse commencer. Riva, soudain réveillée, obéit. Un instant après, le jingle retentit et la première candidate du groupe suivant entre en scène. Sa lèvre inférieure tremble en gros plan.

J'ai mal aux yeux, j'ai l'impression qu'ils sont gonflés. J'ai déjà pris trois somnifères. La notice indique que c'est là le maximum à ne pas dépasser. Je ne cesse de penser à Riva, à la deadline, à la prochaine commission de contrôle, aux documents à visionner qui se seront accumulés dans le fichier d'archives d'ici au matin.

À contrecœur, je fais des exercices de relaxation qui ne font que m'user encore plus les nerfs. Je me lève toutes les demi-heures pour déambuler dans l'appartement.

Il est 3 h 17 lorsque je clique sur une appli de parent bot. Comme le stipule mon contrat, j'utilise un scrambler en plus des mesures de sécurité habituelles. Pendant la conversation, j'ai tout de même la désagréable sensation d'avoir été identifiée par un logiciel d'analyse vocale.

— Bonjour, ma chérie, dit le bot.

J'ai choisi l'option Mère. La voix simule une femme d'une cinquantaine d'années au timbre chaud, grave, à l'élocution posée, presque flegmatique.

— Bonjour.

— Qu'est-ce qui t'arrive, ma petite ?

En dépit de ma propre expérience, je m'étonne toujours de constater à quelle vitesse on oublie qu'on est en train de parler à une machine. Sa voix et ses capacités de réaction ne se distinguent quasiment pas de celles d'un humain. Pour mon diplôme de fin d'études, j'ai étudié ce phénomène dans des conditions techniques rudimentaires. À l'époque déjà, au bout de quelques secondes à peine, mes cobayes présentaient les symptômes d'une confiance basale comparable à celle que l'on éprouve envers ses amis. Même en utilisant la fonction Rappel de leur tablette, qui leur redisait chaque minute qu'ils étaient en train de parler avec un bot, au bout de quelques secondes, ils avaient déjà oublié.

— Je n'arrive pas à dormir, dis-je.

— Ma pauvre. Tu as pris un cachet ?

— Oui.

— Tu penses à quelque chose de particulier qui t'empêche de dormir ?

— Mon travail.

La voix, à l'autre bout du fil, se met à rire.

— Tu travailles trop dur, comme d'habitude, ma chérie.

— Je n'avance pas.

— Mais là, tout de suite, tu n'as pas besoin d'avancer.

— C'est vrai.

— Je suis fière de toi, que tu avances ou pas, dit la voix.

Je laisse ses paroles résonner en moi. Je me sens déjà mieux. Peut-être que si je lui parle encore un peu, je finirai par réussir à m'endormir.

— Mais tu n'arrêtes pas d'y penser ? me demande-t-elle, interrompant mon silence.

— Je n'arrête pas d'y penser.

— Ça t'aiderait qu'on en parle ?

— Je crois, oui.

J'écoute un instant le silence entre nous, puis je dis :

— Elle me rend furieuse.

— Qui ça ?

— Ma personne cible. Elle ne devrait pas me rendre furieuse, mais elle me rend furieuse.

Le bot-mère émet un bruit compréhensif. Je suis contente d'entendre sa voix. La nuit, j'ai souvent le sentiment qu'avec l'obscurité un filtre audio s'installe entre mon entourage et moi. Comme si j'étais soudain seule au monde. Les bruits sourds qui me parviennent à travers les murs ou le plafond de mon appartement me font l'effet de bruits fantômes, d'échos des morts. Le léger ronronnement de la paroi climatisante. Un bourdonnement qui fait vibrer les murs. Un craquement. Il faut que ma tablette sonne et que j'entende la voix d'un client à l'autre bout du fil pour avoir le sentiment d'être de nouveau reliée aux vivants.

— Ça n'a pas de sens, dis-je, qu'une jeune femme qui a un tel succès, connue pour sa volonté de performance, sabote comme ça le fruit de tous ses efforts.

— Je comprends, dit la voix, qui ressemble un peu à celle de ma vraie mère, pour autant que je m'en souvienne.

Seule la tonalité est différente, plus attentive.

Nous sommes devenues deux étrangères, avait déclaré ma bio-mère avant de cesser de retourner mes appels et de répondre à mes messages. Mes bons scores n'avaient jamais vraiment réussi à l'impressionner, elle semblait avoir quelque chose de plus fondamental à me reprocher, sans que je comprenne d'où cela venait.

J'avais espéré que tu irais plus loin, m'avait-elle dit lors de notre dernière conversation. Que tu ferais davantage de cette vie si luxueuse.

— Une vie si luxueuse, dis-je au bot.

— La vie est précieuse, tu as raison, ma chérie, répond la voix. La vie est notre bien le plus précieux.

Et si c'était une vraie femme en train de me parler ? S'il y avait vraiment quelqu'un dans une pièce sombre, au bout du fil ? Quelqu'un qui s'inquiète réellement pour moi ?

— Qu'est-ce qui te rend si furieuse ? me demande la femme.

— Je ne sais pas exactement. Son ingratitude, peut-être. Elle est comme une enfant gâtée à qui on vient d'offrir une sucette et qui la jette par terre parce qu'elle n'a pas le bon goût. On a envie de la secouer, de lui crier qu'on n'a jamais aussi bien vécu qu'aujourd'hui.

— Tu as bien raison, dit le bot. Je suis contente que tu sois devenue une jeune femme aussi raisonnable. Tu te souviens de ce que je te répétais quand tu étais petite ? Estimons-nous heureux.

— Oui, maman, dis-je. Tout à fait. Estimons-nous heureux.

Cette conversation m'a apaisée. Mon corps me paraît plus chaud, plus lourd que tout à l'heure. Je retourne au lit et fais un exercice de visualisation censé faciliter l'endormissement. Je m'imagine dans mon lit d'enfant, à l'institut. J'ai beau savoir que la mémoire n'est pas fiable, mon souvenir de notre chambre à l'institut me semble aussi clair et authentique qu'une projection en réalité virtuelle.

Mon regard balaie la pièce, notre chambre double. J'entends le souffle léger d'Andorra. Elle est couchée sur le côté, le visage tourné vers moi. Sa main, comme oubliée, pend en dehors du lit, touchant presque le sol. Je la prends dans la mienne, l'approche tout près de mes yeux. Je contemple les lignes minuscules qui parcourent sa peau, ses empreintes digitales, je les touche du doigt.

— Hé, s'exclame Andorra en retirant sa main, qu'est-ce que tu fais ? Espèce de petite perverse !

Je ris.

— Qu'est-ce que tu fais ? dis-je à voix basse dans mon lit, dans mon appartement.

Je revois le visage d'Andorra tout chiffonné, la marque de l'oreiller. Sa colère feinte, le haussement théâtral des sourcils. Qu'est-ce que tu fais avec moi pendant mon sommeil ? Andorra qui secoue la tête et saute de son lit sur le mien. Qui saute sur le lit jusqu'à tomber de fatigue, puis s'endort à côté de moi. Je ris de moi-même, je ris parce que je prends la main de mon amie dans son sommeil. Une main que je n'ose pas toucher quand Andorra est éveillée, quand elle est bruyante, quand elle saute. Pas comme ça.

Archive n° : PMa3
Type de fichier : Urgent-Message™
Expéditeur : @PsySolutions_ID5215d
Destinataire : @dancerofthesky

Riva,

Vous n'avez répondu à aucune de nos six convocations obligatoires.

Non seulement vous vous faites du tort, mais vous abandonnez aussi ceux qui ont toujours été là pour vous. La rupture de votre contrat met Dom Wu et l'Académie dans une situation précaire. Dom s'inquiète vraiment pour vous. Il ne comprend pas que vous ne lui disiez pas ce qui se passe.

Souvenez-vous de la petite fille que vous étiez à votre arrivée à l'Académie. Souvenez-vous de votre sentiment de solitude dans ces vastes locaux. De votre peur de ne pas être à la hauteur. D'être renvoyée d'où vous veniez. Dom vous a donné la conviction que vous n'étiez pas seule. Il vous a patiemment expliqué la moindre séance d'entraînement, la moindre figure de saut.

Ne devez-vous pas une explication à ces gens qui ont investi leur temps et leur amour en vous ?

Ne fichez pas en l'air toutes ces années de travail. Si vous ne le faites pas pour vous-même, faites-le au moins pour Dom et Aston.

8

— Mademoiselle Yoshida.

J'entre dans le bureau de Master et remarque immédiatement le changement. Mis à part une plante en pot, le plateau du bureau est vide. Tous les appareils électroniques, écrans, serveurs, câbles, ont disparu. Le mobilier me paraît également plus spartiate. Pour autant que je me souvienne, outre le bureau et les deux fauteuils, la pièce contenait autrefois plusieurs étagères, des tables basses, des éléments de décoration.

Hugo M. Master se tient devant la baie vitrée, à contre-jour.

— Digital cleanse, explique-t-il dans l'ombre de son visage.

Les prises électriques sont masquées par du ruban isolant. La pièce est silencieuse, aucune vibration, rien que le souffle et la voix de Master.

— Ces foutus ordinateurs m'épuisent, dit Master. Je me sens beaucoup mieux depuis que j'ai transféré tout ce bazar dans le bureau de mes assistants. Vous aussi, vous devriez vous intéresser de plus près aux principes de la mindfulness, mademoiselle Yoshida. Ça vous ferait du bien.

J'acquiesce. Il me fait signe de m'asseoir dans l'un des fauteuils. Lui-même reste debout, me dévisage.

— Qu'est-ce qui vous fait vibrer, mademoiselle Yoshida ?

— C'est-à-dire ?

— Qu'est-ce qui vous anime ? Qu'est-ce que vous aimez faire ? Quelle est votre passion ?

— La psychologie ?

— Ce point d'interrogation est la preuve que la psychologie n'est pas votre passion. Pourquoi avez-vous choisi ce métier ?

La vérité : Parce que j'ai obtenu un score élevé en psychologie d'entreprise lors du test d'aptitude à l'institut.

— Tu crois que tu seras quoi, toi, plus tard ? m'avait demandé Andorra un jour.

Nous étions montées sur le toit de l'institut. Andorra s'était allongée sur le béton, en plein soleil non filtré. Assise sous une toile protégeant des UV, les genoux ramenés contre moi, je la regardais. Le béton du toit était taché, irrégulier. La pluie y avait formé de petites mares par endroits.

— Aucune idée, avais-je dit. J'ai des scores élevés en éco et en maths. Je serai sans doute admise à l'Académie d'économie.

— Et le saut ?

— Je n'ai pas assez de points.

Un pigeon s'était posé près de nous, puis était allé boire dans une flaque. Il y était entré complètement, ses pattes disparaissant dans l'eau.

— Moi aussi, j'irai sans doute à l'Académie d'économie.

— Alors on étudiera ensemble.

— Mais je n'ai pas envie de faire de l'éco.

Le pigeon se tenait immobile dans l'eau. Il nous observait comme s'il comprenait tout ce qu'on disait.

— Le pigeon nous espionne, avais-je dit.

Andorra s'était tournée vers lui et avait posé pour le pigeon qui semblait vouloir la prendre en photo.

— On ne fait pas toujours ce qu'on veut, avais-je repris. Pour sauter, il aurait fallu être admises à l'Académie de sport il y a un bon moment.

Andorra s'était détournée de moi, avait offert son visage au soleil, les yeux fermés.

— Il faut qu'on redescende.

Andorra ne bougeait pas. Le pigeon avait fait quelques pas, était sorti de la flaque et s'était envolé, comme si c'était à lui que je parlais.

Je m'étais approchée d'Andorra, j'avais posé une main sur son épaule. Elle avait ouvert les yeux, s'était assise.

— Ça ne te rend pas furieuse qu'on ne puisse rien décider nous-mêmes ? avait-elle dit.

— Ils essaient seulement de révéler notre potentiel et de l'encourager. Tu peux toujours dire non.

— Tu connais quelqu'un qui a dit non ?

— Mais ils ne t'obligent à rien.

Le chemisier d'Andorra avait pris la poussière du béton. Je lui avais tapé dans le dos pour ôter la saleté.

— Ils nous montrent juste la meilleure version possible de nous-mêmes, avais-je dit.

— Tu crois vraiment ?

Je me demande quelle réponse Master a envie d'entendre. Peut-être serait-il impressionné si je lui disais : Je suis psychologue d'entreprise parce que j'ai de bonnes perspectives de carrière et que je peux viser un salaire élevé.

J'ai attendu trop longtemps avant de répondre. Master me lance un regard critique.

— Pendant le processus de recrutement, deux choses m'ont impressionné chez vous, dit-il. Premièrement, votre capacité à évaluer instantanément votre interlocuteur à distance, malgré la seule connexion audio. J'ai écouté un certain nombre de vos entretiens pour Call-a-Coach™. Vous m'avez fait l'effet d'une dompteuse : en un rien de temps, rien qu'en leur parlant, vous parveniez à faire passer les gens d'un état de nervosité de 10 à 5. Un cas en particulier s'est gravé dans ma mémoire. Un employé du troisième niveau de direction. Un top manager typique à la carrière fulgurante, sur le droit chemin de la direction d'entreprise. Un go-getter. J'ai immédiatement reconnu ce ton, cette manière précise, posée de placer chaque mot au bon endroit, alors même qu'il était complètement au bout du rouleau. Au plus bas de toute sa vie, il gardait quelque chose d'autoritaire, une sorte de maîtrise essentielle. Il m'impressionnait. Je me suis demandé si, dans sa situation, je serais capable d'une telle concision.

Les yeux de Master sont toujours dirigés vers moi, mais on dirait qu'il regarde à travers mon visage.

— Lorsque vous avez décroché, cet homme vous a dit : J'ai un revolver braqué sur la tempe et une corde autour du cou. Il ne me reste plus qu'à sauter de ma chaise, ou à appuyer sur la détente. Mais je n'arrive pas à choisir. Et vous lui avez répondu, sur le même ton neutre : Nous n'avons qu'à lister ensemble les pour et les contre. Ha ! Vous vous souvenez ?

— Évidemment que je me souviens.

— Vous avez tout de suite su que ça fonctionnerait.

— Oui.

— Ça m'a impressionné.

— Merci.

— Évidemment, vous partiez du principe que le candidat au suicide, à partir du moment où il prend sa tablette, a décidé de ne pas se suicider.

— Pas forcément.

— Moi, en tout cas, je n'aurais jamais cru qu'il renoncerait. Il avait vraiment l'air sûr de lui. Je me suis dit : Si j'étais lui, j'aurais tout prévu de longue date et j'irais jusqu'au bout.

— Et vous l'auriez peut-être fait.

— Vous croyez ?

— Je ne peux pas l'affirmer.

Master se tait. Cette question semble le préoccuper sérieusement. Il est vraiment la dernière personne à qui je prêterais des tendances suicidaires. Intéressant qu'il s'identifie à ce point à un homme avec qui, à part la situation professionnelle, il n'a rien en commun.

— Savez-vous ce qu'il est devenu ? me demande-t-il.

— Non.

— Vous n'avez pas fait de recherches ?

— Il s'agissait d'une intervention ponctuelle, au moment de la crise.

— Mais ça ne vous a pas intéressée ?

— La direction de l'entreprise l'a adressé à une institution psychiatrique. Mon travail était terminé.

— J'avoue que moi, j'ai fait quelques recherches, déclare Master, s'excusant presque.

La dynamique de l'entretien a complètement changé. Je me sens détendue, presque joyeuse. Master ne s'était encore jamais montré aussi bienveillant avec moi.

— Ça me travaillait, vous comprenez. Je n'arrivais pas à oublier la voix de cet homme. Je l'ai retrouvé facilement. Il est membre du directoire de l'entreprise, maintenant, comme je m'y attendais. Manifestement, il a vite surmonté sa petite crise.

— Ça vous a soulagé de l'apprendre ?

— D'une certaine manière, oui, répond Master. Mais ce qui m'embête, c'est de ne pas savoir ce qui l'a poussé à agir ainsi. Enfin, il s'agissait peut-être d'un abus de substances chimiques. Une erreur de médication.

— Peut-être.

— Vous n'avez rien trouvé ?

Le ton de Master est redevenu distant, critique. Je sens que sa question ne concerne plus Call-a-Coach™, mais Riva Karnovsky.

— Monsieur Master, je suis désolée que l'analyse des données dure plus longtemps que prévu. Je ne pensais pas qu'il serait aussi difficile de trouver le déclencheur de cette situation de stress. Les fichiers ne nous ont pas livré suffisamment d'informations. L'analyse psychographique n'a révélé aucun indice allant dans le sens d'une situation de crise. Mais j'ai bon espoir que…

Master lève la main, m'ordonnant de me taire.

— Si nous ne respectons pas l'horizon temporel, les investisseurs vont nous lâcher.

— Je sais, monsieur Master, nous le respecterons. J'y suis presque. Je vous présenterai un résultat dans les plus brefs délais, je vous le promets.

Le sentiment désagréable du début de l'entretien me reprend.

— Et la seconde chose ?

J'essaie de détourner la conversation.

— Que voulez-vous dire ?

— Vous disiez que deux choses vous avaient impressionnées chez moi lors du processus de recrutement.

Je regrette aussitôt d'avoir posé cette question. Master me considère d'un air à la fois absent et agacé.

— Votre article sur businesspsychology.corp traitant de l'effet émotionnel des surfaces lisses en architecture, dit-il finalement. Le decluttering. Ça m'a plu. Je ressens moi aussi, dans mon propre corps, que la vue d'une surface lisse, réfléchissante, m'apaise. C'est une des raisons qui m'ont décidé à effectuer ce digital cleanse.

Il balaie la pièce d'un geste.

— Je suis honorée, dis-je.

Le visage de Master s'assombrit.

— Vouloir à tout prix trouver la raison de la crise n'est peut-être pas la bonne méthode dans le cas Karnovsky, déclare-t-il. Vous devriez vous concentrer sur la gestion immédiate de la crise, comme pour le manager.

— Je ne crois pas qu'une thérapie orientée exclusivement sur le comportement de crise puisse mener à une réintégration sur le long terme. Surtout si la personne cible ne coopère pas.

— Alors faites en sorte qu'elle coopère.

— Elle est très résistante. J'ai le sentiment que je ne pourrai l'amener à coopérer qu'une fois que je connaîtrai le déclencheur.

— Trouvez une nouvelle stratégie, mademoiselle Yoshida.

— OK.

— Je suis sérieux.

— Je comprends.

— Et améliorez vos statistiques de santé. Les chiffres de ces derniers jours ne sont pas bons du tout. Vous ne dormez pas assez, vous ne bougez pas assez, votre alimentation manque de fer. Un mauvais Vital Score Index™ a des répercussions directes sur votre performance.

— Je sais.

— Faites vos exercices de mindfulness. Et demandez qu'on vous installe un home trainer devant votre écran, que vous puissiez faire votre minimum d'activité physique.

— OK.
— Revenez me voir dans deux jours.
— OK.
— Au revoir, mademoiselle Yoshida.
— Au revoir.

De retour dans mon bureau, je constate que ma fréquence cardiaque est de quatre-vingt-sept.

Pour se calmer dans une situation de stress, je conseille souvent à mes clients de regarder des photos qu'ils associent à une sensation de bien-être. Je tape *quiet room* dans la fenêtre de mon moteur de recherche, *meditation images*, *introspection*. Les images qui apparaissent me semblent banales, redondantes. Sans réfléchir, je tape *happy family* et clique sur la photo d'un garçon souriant d'une douzaine d'années assis sur un canapé entre deux adultes. Sa peau lisse et mate, ses traits fins lui donnent un air androgyne. La photo renvoie à un blog, family-matters.org. J'enregistre la photo dans mon dossier privé et parcours les posts.

Il s'agit la plupart du temps de vidéos montrant une bio-famille dans son appartement, filmée en plan fixe. En train de manger, de faire la cuisine ou le ménage, de discuter. Apparemment, la photo que j'ai enregistrée est le thumbnail d'une de ces vidéos. Le garçon de la photo tient ce blog depuis huit ans. Son nom d'utilisateur est Zarnee. La base de données m'indique que son face tag est associé au nom Zarnee Kröger. Si l'on en croit sa date de naissance, il vient d'avoir dix-sept ans. Le time stamp de la photo remonte à trois ans. Il avait donc quatorze ans quand elle a été prise, et non douze.

Au cours de la dernière année, Zarnee apparaît de plus en plus souvent seul devant la caméra pour faire part de ses pensées ou répondre aux questions de ses fans. Les vidéos ayant obtenu le plus de likes sont marquées du hashtag *familyblast* : de brefs récits du quotidien de la famille ainsi que des rétrospectives, des souvenirs de sa petite enfance. Je trouve plusieurs milliers de reposts, de liens et de reviews sur les réseaux sociaux et divers blogs.

Le profil de Zarnee dans la base de données indique qu'il est employé par l'agence Family Services™. Pendant mes études, j'ai eu affaire à ces agences qui permettent de louer temporairement des enfants entre zéro et dix-huit ans ou un partenaire amoureux pour simuler la vie au sein d'une bio-famille. Nous avons étudié dans le cadre de notre formation le recours à ce type de services, considéré comme un indicateur d'instabilité psychique et d'appartenance à une subculture généralement désignée sous le nom de "tendance nostalgique" ou, plus familièrement, "nostalgia-porn".

Le blog de Zarnee présente lui aussi les signes évidents d'une esthétique nostalgique. Les vidéos ont été réalisées avec des appareils obsolètes, ou la qualité de l'image a été dégradée *a posteriori* à l'aide de filtres, et les closed captions sont sans ponctuation, contiennent parfois même des fautes de grammaire, comme s'ils avaient été produits par un logiciel complètement dépassé.

Zarnee travaille depuis huit ans pour Family Services™ dans la catégorie Enfants, et tient son blog depuis huit ans également. Il est l'un des intervenants les plus demandés.

Le nombre de lecteurs du blog de Zarnee n'a cessé de croître au fil des années. Je m'étonne de n'avoir encore jamais entendu parler de lui. Il a franchi la barre du superfollowing il y a un an, presque jour pour jour.

Ma réaction émotionnelle à ce blog m'inquiète. J'ai beau savoir qu'il s'agit de nostalgia-porn, les vidéos provoquent en moi une étrange sensation d'apaisement. Ma fréquence cardiaque ralentit indéniablement. Pendant plusieurs minutes, je ne peux me résoudre à fermer la page, je parcours encore un bon moment les textes et les photos puis, enfin, je ferme l'appli et efface du log la photo que j'ai enregistrée ainsi que mes données d'utilisation.

Rapport d'utilisation de médias, archive n° : BC4
Employé.e : @PsySolutions_ID5215d (Hitomi Yoshida)
Type de média : blog
Classification sécurité : sans risques
Historique d'utilisation : première utilisation

Closed caption track : "Un matin ordinaire.srt"

Bon vous voulez sûrement savoir à quoi ressemble une journée dans une bio-famille je commence par le matin donc tous les matins ma bio-mère vient me réveiller je suis dans mon lit elle chante le matin jusqu'à ce que j'ouvre les yeux parfois je fais semblant de dormir pour qu'elle chante plus longtemps elle n'a pas une voix exceptionnelle aux sing castings elle était toujours la première à sortir mais j'aime bien qu'elle chante pour moi ça me réconforte elle chante toujours la même chose une vieille chanson traditionnelle de quand elle était petite bref ensuite on prend notre petit-déj tous ensemble mon bio-père ma bio-mère ma bio-sœur et moi le matin c'est le seul moment où il y a du soleil sur notre parcelle donc c'est notre moment préféré de la journée on reste à table le plus longtemps possible on n'a pas envie de se lever

9

L'Académie de Highrise-Diving™ se situe au cœur de la Ville, dans le deuxième district. En travaillant sur le code couleur des étais en acier, les urbanistes se sont efforcés de conférer aux flagship buildings des vingt districts intérieurs, à la décoration très recherchée, une certaine cohérence extérieure, une hiérarchie.

De la rue, impossible de deviner ce qui se passe derrière la façade de l'Académie. L'entraînement a lieu dans la partie non visible du site, au-dessus de la cour pentagonale qui s'ouvre au centre des bâtiments principaux.

Dom Wu est la figure de proue de l'entreprise. Son portrait orne chacun des halls d'entrée. La photo, prise devant le green screen du studio d'Aston, montre Wu lançant un regard de défi et brandissant la coupe des Highrise Diver World Championships™. En arrière-plan, Aston a inséré Riva, forme humaine non identifiable tombant entre les façades des gratte-ciel.

Le bureau de Dom Wu, situé dans le penthouse de l'immeuble 3, occupe tout l'étage. C'est une vaste galerie baignée de lumière, au mobilier rare, entièrement vitrée. De là-haut, il embrasse du regard la zone d'entraînement et bénéficie d'un panorama s'étirant jusqu'aux confins de la Ville. On dirait un aiguilleur du ciel qui orchestre les mouvements dans les airs et dont un seul instant d'inattention pourrait avoir des conséquences inimaginables.

Riva et Wu sont assis face à face, près de la baie vitrée, dans deux des fauteuils de réunion disposés en cercle autour d'un cube de verre qui fait office à la fois de table basse et d'écran.

Riva s'est déplacée. Elle a réagi à ma convocation. Master a surligné cette mesure en jaune dans le tracking tool, et si l'entretien se passe bien, je peux espérer un marquage vert. J'ai regardé Riva sortir du bâtiment grâce à l'accès sky cam de PsySolutions, suivi en plongée ses pas jusqu'au taxi, puis le trajet via l'itinéraire le plus rapide, je l'ai regardée descendre de voiture et s'engouffrer à la hâte dans l'immeuble pour échapper aux VJs, toutes caméras dehors, qui l'attendaient sur l'esplanade.

Wu observe les corps tombant devant sa fenêtre, compte les secondes. Son index marque le rythme sur le bras de son fauteuil. Riva, qui s'est détournée des sauteuses, regarde l'intérieur de la pièce.

— Comment vas-tu, Riva ?

— Je suis venue en taxi. Il m'attend en bas.

— Je t'en appellerai un autre plus tard, quand tu voudras partir.

— Je dois rester combien de temps ?

— Comme tu veux. Personne ne te force à être ici.

Riva éclate de rire et se tourne vers Dom pour le regarder droit dans les yeux.

— Tu m'as convoquée. Si je ne viens pas, je dois payer une amende.

Wu n'est pas homme à montrer ouvertement ses émotions. Dans les médias, il est connu pour sa mine impassible qui ne trahit aucun sentiment, en cas de défaite comme en cas de victoire. Comme d'habitude, il ne laisse rien paraître, ni contrariété, ni impatience.

— Valentina a remporté PanAsia, annonce Wu.

Riva ne réagit pas. Elle a de nouveau détourné son visage et son corps.

— Elle a fait une belle performance, reprend-il.

J'imagine quel regard Wu doit porter sur Riva, les yeux ailleurs, butée. Peut-être se rappelle-t-il Riva enfant, tout droit sortie des Périphéries. Lorsqu'elle faisait des erreurs à l'entraînement, refusait de suivre ses consignes, se mettait en colère.

— Mais pas une aussi belle performance que toi.

— Je ne reviendrai pas, Dom.

— OK.

— Je peux y aller, maintenant ?

— Tu vas perdre tes privilèges, ton appartement, Aston, tout. Ça ira plus vite que tu ne le crois.

Dans mon briefing, j'ai conseillé à Wu de traiter Riva avec un mélange de compréhension et d'autorité. Il faut qu'elle prenne conscience de la portée de sa décision, ai-je dit à Wu. Des conséquences qui l'attendent. Et il faut qu'elle sache que vous êtes le seul à pouvoir empêcher ça. Que vous êtes de son côté.

Riva se lève, sans se précipiter, mais résolument. Elle tend la main à Wu par-dessus le cube de verre. Il la prend, la tient entre les siennes.

Riva tourne son corps vers la porte, fait un pas. Reste bloquée. Wu, la mine toujours impassible, enserre son poignet de sa main droite.

— Dom.

— Riva.

— Lâche-moi.

— Réfléchis bien, Riva.

Elle dégage sa main d'un geste brusque, mais il l'a déjà lâchée, et elle perd un instant l'équilibre.

Arrivée à la porte, elle se retourne. Elle semble réfléchir un instant, puis :

— J'ai récemment repensé à nos visites au musée, tu te souviens ? Tu y emmenais parfois les filles qui avaient les meilleurs scores.

Dom acquiesce.

Je note dans ma colonne Recherches : *Karnovsky évoque visite au musée*. Puis je dicte un message à mon assistant : *Cherchez quels musées Riva a visités quand elle était à l'Académie et s'il y a des rapports à ce sujet.*

— Tu fais toujours des sorties le dimanche avec les filles ? demande Riva.

Elle est entièrement tournée vers lui, son langage corporel suggère une ouverture soudaine.

Dom Wu secoue la tête.

— Tu te souviens de ce musée où il y avait une statue de femme nue, où je n'arrivais plus à m'arrêter de pleurer ?

— Oui, dit Dom, je me souviens.

Mon assistant m'envoie plusieurs fichiers, dont un rapport hebdomadaire provenant des archives de l'Académie. Un passage est marqué en jaune : *Le week-end suivant l'incident au musée, Riva se montre inhabituellement réservée. Elle répond à mes questions par des phrases sibyllines. Je lui ai pris un rendez-vous auprès de la permanence psychologique. Ses scores ne semblent pas en pâtir.*

— J'avais quel âge ? demande Riva.

— Je ne sais pas, quatorze ans, peut-être.

Je dicte : *Essayez de trouver un document vidéo de cet incident au musée.*

— J'y repense souvent ces derniers temps.

— Pourquoi ?

— Je n'ai pas compris moi-même. Pourquoi je m'étais mise à pleurer, je veux dire. Je ne pouvais pas m'en empêcher. Comme si je ne contrôlais plus mon corps. Et tu ne m'as jamais demandé pourquoi.

Mon assistant m'envoie une vidéo qui montre une des salles du musée d'Art moderne, une vaste galerie où sont exposées diverses œuvres, principalement des photographies. Au milieu de la salle se trouve une statue en silicone : *Femme couchée sur un matelas*™.

— Tu as cru qu'elle était vivante, se souvient Dom. Tu as eu peur, tu croyais que c'était une vraie femme qui était couchée nue par terre. Ça t'a mise mal à l'aise, tu avais honte.

Telle qu'elle est filmée, d'en haut, par la caméra de surveillance, impossible effectivement de distinguer la statue d'une personne vivante. Allongée sur le côté sur un matelas d'à peine un mètre de large, elle semble dormir. Une jambe est ramenée contre son ventre. On distingue ses poils pubiens. Sa peau paraît légèrement grisâtre ou sale. Blême. Son corps est informe, son body mass index bien trop élevé. Là où la chair appuie particulièrement sur le matelas, le corps adipeux s'étale, comme s'il était en train de couler.

— Je n'avais pas honte, dit Riva, ce n'est pas ça. Je l'ai enfin compris. J'ai compris beaucoup de choses, ces derniers temps.

Riva entre dans la salle à 11 h 54. Elle s'est faite belle pour cette sortie, elle porte une robe près du corps, bleue avec un liseré blanc. Ses deux tresses sont ramenées en chignon sur sa tête. À peine entrée, elle se fige brusquement, comme si on avait pressé un bouton Stop. Les visiteurs derrière elle sont obligés de ralentir, puis de la contourner. Le corps de Riva est tendu, rigide. Elle ne quitte pas du regard le corps nu au centre de la pièce.

— Alors explique-moi, Riva, dit Dom.

Sa voix est plus douce, presque paternelle.

— Elle m'a rappelé les Périphéries, dit Riva. Son obésité, sa peau nue et sale, sa présence gênante. Il n'y a pas de gens comme ça dans la Ville. La dernière fois que j'avais vu quelqu'un comme ça, c'était dans les Périphéries. Chez moi.

Dans la vidéo, Riva se met à pleurer. Son visage reste impassible, les muscles détendus, la bouche entrouverte. Simplement, les larmes roulent sur ses joues. Elle reste plantée là, pétrifiée, les autres visiteurs la contournant comme un fleuve contourne un obstacle dans son lit. Elle a l'air complètement perdue, comme si elle n'était pas du tout à sa place dans cette galerie. Dom entre dans la salle, la voit, passe un bras autour de ses épaules et l'emmène vers la statue, et je pousse un soupir de soulagement.

— Chez toi, Riva ?

Le ton de Dom est redevenu plus dur.

— C'est ici, chez toi. Les Périphéries n'ont jamais été chez toi. Tu as toujours voulu les quitter, et quand tu y es enfin parvenue, tu étais vraiment heureuse.

— C'est vrai, dit Riva.

Dans la vidéo, on voit Dom lui dire quelque chose, prendre sa main et la poser tout doucement sur la peau de la femme. Riva, d'abord hésitante, se met à caresser la surface, comme pour s'assurer de la réalité de la situation. Sur le plan général de la caméra de surveillance, la femme sur le sol a l'air si vraie que regarder cette jeune fille caresser cette peau nue déclenche un sentiment désagréable. J'ai beau savoir que le silicone est frais et rigide, j'ai l'impression, à distance, de distinguer un mouvement de la peau, un tressaillement. Je ne peux me défaire de l'idée que le corps, au toucher, est aussi souple et malléable que de la pâte.

— Ce devait être une nostalgie subconsciente, dit Riva, que je n'ai jamais comprise moi-même. Le deuil d'une perte dont je n'avais pas conscience. Mais qui était encore inscrite dans mon corps. Qui l'est toujours.

Son corps s'est détendu. Elle est toujours sur le seuil, mais plus en posture de fuite, elle se tient droite, paraît décidée.

— C'est ça, le problème, Riva ? Une nostalgie soudaine des Périphéries ? Tu n'as qu'à aller y passer quelques jours. Tu verras bien comment tu t'y sens.

Riva secoue la tête, sourit.

— Non, dit-elle, ce n'est pas ça, le problème. Je n'ai pas de problème. C'est toi qui as un problème, Dom. Avant, je voulais sauter, maintenant je ne veux plus. Avant, je voulais du glamour, des credits, de la gloire, plus maintenant. Et tu n'arrives pas à l'accepter.

Au musée, Riva met un moment à se calmer. Dom et elle restent longtemps devant le corps nu, jusqu'à ce qu'elle soit prête à s'en aller. Dom finit par la conduire hors de la salle, comme une aveugle, son bras gauche maintenant fermement ses épaules.

— Tu as été bon avec moi, Dom, dit Riva. Je ne sais pas comment tu faisais, mais tu me comprenais toujours.

— Pourquoi est-ce que tu arrêtes ?

— Pourquoi est-ce que tu continues ?

Le taxi de Riva l'attend devant l'entrée principale. Elle monte dedans sans se retourner.

Le véhicule s'insère dans la circulation fluide et régulière, et les society blogs débordent déjà de posts sur la visite de Riva à l'Académie. Sous le titre *Différend amoureux ?*, on trouve un leak d'une vidéo de surveillance du bureau de Dom, mais la piste sonore est de très mauvaise qualité, et on ne comprend presque rien de leur conversation – stratégie appréciée des VJs pour revaloriser des Papavids™ dont les dialogues n'offrent qu'un potentiel réduit de scandale.

Brève interruption de l'assignation à résidence ? titre un autre blog. *Les détails choc de la séquestration de Riva Karnovsky dans son propre appartement.*

Dom m'appelle aussitôt que Riva a quitté son bureau.

— Je n'ai pas réussi à la convaincre, dit-il.

— Elle est venue, elle a accepté de parler, c'est un vrai progrès.

Ma voix prend d'elle-même un ton thérapeutique. Compréhensif, encourageant.

— Et maintenant, qu'est-ce qu'on fait ?

— Écrivez-lui que ça vous a fait plaisir de la voir. Que j'aimerais qu'elle me contacte.

— OK.

— Vous vous en êtes bien sorti, Dom.

— Ça me fait mal de la voir comme ça, vous comprenez. Toutes ces années d'entraînement. Quel gâchis.

— Oui, c'est vrai, dis-je en souhaitant qu'il puisse voir mon visage à cet instant, ma profonde sympathie.

Je me sens très proche de Dom, soudain. Je le regarde me dire au revoir sur sa tablette, puis mettre fin à notre conversation.

J'ai mal à la tête. Je prends deux cachets, ferme les yeux un instant. Ma tablette se met à vibrer, j'ai un nouveau message. Ce doit être Royce Hung qui se manifeste enfin.

Le message n'est pas de Royce, il m'a été envoyé automatiquement par le serveur. Hugo Master a marqué mon rapport de la rencontre entre Riva et Wu du tag *À retravailler.*

Je me connecte à mon profil de l'agence de rencontres. Royce Hung n'a toujours pas posté d'évaluation de notre rendez-vous. Je devrais peut-être poster la mienne en premier. Peut-être qu'il attend, par politesse. Je commence à remplir le formulaire. Cinq étoiles me semble trop enthousiaste, il pourrait voir ça comme un excès de zèle. J'opte pour quatre étoiles, clique finalement sur cinq juste avant d'envoyer. Je ne veux pas être impolie.

J'ai du mal à chasser de mon esprit l'image de la femme nue au musée. Son corps morbidement adipeux. Je repense à ma première visite dans les Périphéries, pour mon premier casting obligatoire. Derrière le mur, après la douane, nous attendait un autre monde. Nous pressions nos visages contre les fenêtres du bus, montrant du doigt les mauvaises routes poussiéreuses, les blocs grisâtres. En l'espace de quelques minutes, notre bus s'était retrouvé encerclé de gens qui nous faisaient signe. Une horde incontrôlée d'adultes et d'enfants. Des êtres visqueux qui s'empiffraient de junk food en nous faisant des grimaces. Une femme en particulier m'avait frappée. Je n'avais encore jamais vu quelqu'un d'aussi énorme. La robe à bretelles qu'elle portait n'arrivait pas à circonscrire son corps, des bourrelets de chair dépassaient de tous les côtés. Je me sentais mal. Tandis que les autres, dans le bus, se moquaient de ces gens et les montraient du doigt, j'avais tourné le dos à la vitre et fixé mes pieds jusqu'à ce qu'on nous dise de descendre.

10

Voulant profiter de la disposition à communiquer dont Riva a fait preuve avec Dom, j'ai demandé à Aston d'arranger un entretien de coaching téléphonique. Une fois la connexion établie, il tend la tablette à Riva.

— Riva ? dis-je sur un ton aussi ouvert, aussi prévenant que possible, vous m'entendez ?

Riva ne répond pas. Assise sur le canapé, elle fixe le mur face à elle comme si elle devait y déchiffrer un message invisible.

— Riva, vous ne me connaissez pas. Je comprends que vous trouviez ça étrange. Mais parfois, ça peut aider de parler avec quelqu'un qu'on n'a jamais vu. J'aimerais juste vous parler. D'individu à individu. J'aimerais vous comprendre. Pouvez-vous m'aider à vous comprendre ?

Aston tient la tablette de manière que le haut-parleur soit juste en face de Riva. Il est debout à côté du canapé. Sa posture témoigne d'un manque d'assurance. Je lui ai conseillé de ne pas s'asseoir à côté de Riva, de ne pas poser l'appareil, pour éviter qu'elle ne l'éteigne.

— Imaginez ce que doit ressentir Dom, dis-je. Il a perdu une personne de confiance, une collègue, une fille, en quelque sorte. Et il ne comprend pas pourquoi. Nous ne vous forçons à rien, ce n'est pas le but, Riva. Mais donnez-nous au moins une chance de comprendre pourquoi vous avez rompu votre contrat. Moi, vous ne me connaissez pas, oubliez-moi. Mais Aston. Dom. Vos collègues. Ils n'ont pas mérité d'assister à ça sans pouvoir rien faire. Vos fans.

Riva émet un petit rire, preuve qu'elle m'a tout de même écoutée.

— Vous ne croyez pas que vos fans ont mérité de comprendre votre défection ? Pourquoi pas, Riva ?

Riva ne répond pas. Son visage semble pétrifié. Son regard est toujours rivé sur le mur d'en face. Elle n'a pas regardé Aston lorsqu'il est sorti de son studio pour la rejoindre dans le séjour et établir la connexion audio.

— Imaginez ce que vous ressentiriez si Aston se mettait soudain à marcher sur les mains. Du matin au soir. Vous ne voudriez pas savoir pourquoi ? Et dans votre cas, Riva, la situation est encore plus extrême, puisqu'il voit, puisque tout le monde voit, tous ceux qui vous aiment, que vous n'allez pas bien. Tout le monde s'inquiète pour vous, Riva. Tout le monde veut vous aider. Mais pour que nous puissions vous aider, il faut que vous nous expliquiez ce qui s'est passé. Nous voulons vous voir aller mieux. N'est-ce pas ce que vous voulez, vous aussi ?

Les coins de la bouche de Riva s'agitent, sa lèvre inférieure frémit. Elle regarde Aston, dont le bras qui tient la tablette s'est mis à trembler légèrement. Le regard de Riva est froid, presque méprisant. Aston y répond d'un air hésitant, fait un pas vers elle. D'un geste rapide, elle envoie valser la tablette, qui s'écrase par terre, côté écran. Aston recule.

— Riva ?

Ma voix, assourdie, résonne dans son appartement.

Riva se penche par-dessus l'accoudoir du canapé.

— Riva, je comprends votre colère, dis-je. J'aimerais…

Je n'ai pas le temps de finir ma phrase : elle coupe la connexion, puis s'enfonce dans le canapé. Son visage ne montre aucune émotion.

Aston secoue la tête, hausse les épaules et quitte le séjour pour regagner son studio. Il claque la porte. Riva ne bouge pas.

Résultat médiocre, écrit Master dans le fichier Rapports. Ma mesure garde la même couleur.

Je suis tentée de répondre qu'au moins elle a montré une réaction émotionnelle. Mais je ne veux pas paraître butée.

Je cherche une distraction sur le Net pour compenser ma déception. Après plusieurs portails d'info, je me retrouve sur familymatters.org.

Rapport d'utilisation de médias, archive n° : BC8
Employé.e : @PsySolutions_ID5215d (Hitomi Yoshida)
Contenu : familymatters.org
Type de média : blog
Classification sécurité : sans risques
Historique d'utilisation : fréquence d'utilisation faible, une fois par jour en moyenne

Closed caption track "Cadeaux.srt"

Mon bio-père nous achète toujours des cadeaux quand il a assez de credits hier par exemple il m'a offert un clown qu'on peut remonter qui rit et secoue la tête haha comme ça voilà ma bio-sœur a eu peur elle s'est mise à pleurer mon père lui rapporte toujours des sucreries à elle c'est la seule chose qu'elle aime elle les met dans la bouche tous en même temps elle est toute barbouillée de chocolat j'ai essayé de jouer avec elle avec mon clown mais elle s'est mise à pleurer et elle a dit qu'elle voulait un chien alors la prochaine fois mon père nous rapportera sans doute un chien il fait tout ce qu'on veut il nous aime tellement

11

Riva a utilisé sa tablette à trois reprises au cours des dernières vingt-quatre heures. Un pas décisif. Son rapport d'utilisation des médias indique qu'elle a effectué une recherche d'images sur internet avec le mot-clé *Périphéries* et en a enregistré plusieurs. Des photos banales de rues et d'immeubles, les habituels blocs de béton. Mais aussi plusieurs portraits d'enfants qui jouent dehors. L'une des photos a été prise de nuit. On y voit une petite fille d'environ trois ans au centre d'un cercle de lumière. L'effet ne semble pas avoir été ajouté *a posteriori*, mais produit de manière naturelle : la petite a dû tourner sur elle-même en tenant des torches. Le logiciel de reconnaissance faciale n'indique pas le moindre lien entre les personnes sur les photos et Riva.

L'analyste a fait une découverte en examinant sa tablette. Dans l'historique de l'installation est apparue une application de journal intime effacée peu avant la rupture de contrat de Riva. L'analyste m'a promis de récupérer ce compte le plus rapidement possible. Comme l'appli fonctionne avec un cryptage multiple, ça peut prendre plusieurs jours. Mais enfin, l'espoir est là de trouver des informations directes sur l'état d'esprit de Riva. Master lui-même a réagi avec enthousiasme à cette nouvelle.

Malgré tout, le temps me file entre les doigts. Master accentue quotidiennement la pression. Dans le tracking tool, il a marqué toutes les mesures en cours en orange, voire en rouge, et qualifié les progrès du projet d'insuffisants. D'ici à la prochaine réunion avec les investisseurs, je dois impérativement me rapprocher de mon objectif. Je n'ai pas touché de prime à cause de cette évaluation médiocre, et j'ai peur que mes credits ne suffisent pas à payer mon loyer le mois prochain.

Mon log Clients chez Call-a-Coach™ est vide depuis deux jours. Je me demande si j'ai perdu mon compte sans en être informée. Probablement juste une coïncidence.

Malgré l'absence d'interruptions nocturnes, je dors moins bien. La courbe de sommeil de mon activity tracker indique des phases d'agitation régulières, et montre qu'en somnolant j'ai consulté plusieurs fois ma tablette pour vérifier que je n'avais pas manqué d'appels.

Mes obligations quotidiennes me prennent trop de temps. Mon contrat m'obligeant à maintenir un certain niveau de forme physique et mentale, je ne peux pas réduire encore plus mes exercices de fitness et de mindfulness, que j'ai déjà pas mal négligés. J'ai limité mon temps de sommeil à cinq heures et reçu en réaction un avertissement via mon tracker, que Master a marqué en rouge dans le rapport du jour. Je lui ai demandé l'autorisation de poursuivre un moment l'analyse vidéo en home office pour ne pas perdre de temps en trajets maison-bureau. Master m'a donné son accord. Mon argument (changer de lieu pour retrouver une nouvelle énergie) a su le convaincre.

En quittant son bureau, je l'ai vu, du coin de l'œil, prendre des notes à toute vitesse. Mon intuition m'a dit qu'il rédigeait un performance report. À en juger par son visage fermé, je m'attends à un rappel à l'ordre.

L'expression de Master a réveillé en moi le souvenir de ma dernière rencontre avec mon bio-père. Elle avait eu lieu dans un bureau de taille similaire, dont émanait une semblable aura d'autorité. J'avais quatre ans et soixante-dix-sept jours, et une des éducatrices était venue me chercher en plein programme de la matinée pour m'emmener dans le bureau du directeur. Je portais le play uniform de l'institut : pour les filles, il s'agissait d'une robe bleue arrivant aux genoux en stretch hydrofuge, sur laquelle le logo de l'institution, la silhouette d'une tête de chien, était imprimé en blanc à l'intérieur d'un cercle. Le logo est resté gravé dans ma mémoire. On le retrouvait sur tous les objets que nous possédions. J'aimais l'idée du chien, avec son museau froid et humide, son pelage épais et chaud, mais plus encore pour sa fidélité, sa fiabilité. Le chien m'apparaissait comme l'ami parfait, et à l'époque je rêvais d'en posséder un quand je serais adulte, ne me doutant pas que c'était incompatible avec une vie professionnelle réussie.

C'était la première fois que j'entrais dans le bureau du directeur. J'avais été frappée par son immensité et les baies vitrées devant lesquelles les deux hommes qui se tenaient près du bureau, à contre-jour, avaient l'air de silhouettes de papier découpées. Mon éducatrice avait salué les deux hommes d'une brève poignée de main avant de quitter la pièce. En m'approchant, j'avais d'abord reconnu le directeur de l'institut, qui passait dans les classes tous les lundis pour sa visite, puis l'homme qui était mon bio-père. J'ai oublié comment je le savais, mon éducatrice avait dû m'annoncer sa visite en chemin. Les archives de l'institut m'ont appris qu'au cours de ma première année il venait encore avec ma bio-mère, mais je ne m'en souviens pas. Par la suite, la fréquence de ses visites n'a cessé de diminuer. Au cours de mes deuxième et troisième années, il lui est encore arrivé d'assister à des réunions auxquelles, selon le compte rendu, je n'étais pas présente. Au cours de ma quatrième année, je ne l'ai vu que cette unique fois, dans le bureau du directeur de l'institut. Le motif de ce rendez-vous est qualifié de finance meeting. Mon père voulait régler la question de ses obligations de paiement, résilier son contrat, puisque ma mère et lui avaient mis fin à leur relation.

Il avait baissé les yeux vers moi, posé sa main sur ma tête. C'est le seul contact physique avec mon père dont je me souvienne. Sa main était lourde et chaude, et j'avais d'abord eu envie de la repousser, mais peu à peu, cette sensation avait commencé à me plaire. Elle me rappelait le sentiment de sécurité que je ressentais lorsque, après avoir désobéi, on m'attachait sur le lit prévu à cet effet jusqu'à ce que je me calme. Tandis que d'autres enfants se débattaient pendant une demi-heure, essayant désespérément de se libérer de leurs entraves, il me fallait à peine quelques minutes pour reconnaître le caractère inéluctable de ma situation et m'y résigner totalement. Une fois accepté, mon sort inévitable se transformait en espace de bonheur. Je fermais les yeux, m'enfonçant davantage dans le lit à chaque respiration, et lui semblait m'accueillir comme une étreinte. Ce sentiment que je ne pouvais rien faire et qu'on n'attendait rien d'autre de moi qu'inspirer et expirer. Je détendais chaque muscle de mon corps, les sangles ne m'entravaient plus vraiment, et souvent je ne remarquais même pas qu'un surveillant avait défait les fixations. J'ai lu avec un accès de fierté un whitepaper du childcare institute, dans lequel il était question des avantages de la fixation corporelle dans l'éducation des enfants : ma réaction positive au lit à sangles y était directement évoquée.

Mon père avait laissé sa main sur ma tête pour me parler, et comme son bras était au milieu de mon champ de vision, j'avais du mal à le voir vraiment. Le compte rendu de l'entrevue ne fait état d'aucune pause ni de mots superflus. Son discours fluide suggère qu'il avait préparé ce qu'il allait dire. Comme j'ai relu ce compte rendu plusieurs fois, j'ai du mal à distinguer entre souvenir réel et souvenir de lecture. Je crois me rappeler en tout cas que j'avais perçu cette rencontre comme positive et bienveillante, et que si j'avais conscience qu'il s'agissait d'un adieu, ça ne me faisait pas peur. Je voyais mon bio-père comme un aimable inconnu lié à moi d'une certaine manière et qui m'expliquait d'une voix calme que nous ne nous reverrions plus. Je revois son avant-bras, les fins poils bruns qui frisottaient, l'odeur vague d'un déodorant banal que j'avais déjà sentie sur d'autres hommes de son âge. Il m'était à la fois familier et étranger. Il était comme ces hommes qui apparaissaient de temps en temps dans nos salles de classe pour parler avec l'un ou l'autre enfant avant de disparaître.

Une fois le discours de mon bio-père terminé, l'éducatrice était entrée dans la pièce pour m'emmener. Du coin de l'œil, j'avais vu mon père se tourner vers le directeur de l'institut et échanger avec lui quelques paroles vives. Son visage exprimait la déception et la colère, ce qui m'avait marquée parce que ça me paraissait en contradiction avec notre entrevue. Longtemps, je n'ai pu oublier cette expression sur le visage de mon bio-père, et j'ai fini par en conclure qu'il était mécontent de mon comportement vis-à-vis de lui. Il s'attendait probablement à trouver une enfant plus active, plus vivante, ou, peut-être, que j'exprime une certaine tristesse en réaction à ses adieux, que je pleure, que je me jette dans ses bras.

En surprenant une expression similaire sur le visage de Master au moment de quitter son bureau hier, ce sentiment d'autodéception éprouvé après la rencontre avec mon père m'a rattrapée. Comme je l'avais fait en lisant le compte rendu de notre entrevue dans les archives de l'institut, je me suis efforcée de me souvenir du moindre détail de mes réactions pendant mon rendez-vous avec Master, afin de voir à quel moment mon comportement avait laissé à désirer. Je suis arrivée à la conclusion que Master a dû interpréter ma demande de home office comme un repli sur moi-même, un aveu d'échec, peut-être même une capitulation.

12

On dirait que tous mes canaux de communication buggent en même temps. L'analyste n'a toujours pas déchiffré l'appli journal intime. Le volume de messages reçus a été divisé par deux en un rien de temps. Au cours des quatre derniers jours, je n'ai eu qu'une seule demande via Call-a-Coach™, et l'affaire a été réglée en cinq minutes. Ma tablette reste silencieuse. Je reçois même moins de messages publicitaires.

Royce n'a toujours pas posté d'évaluation. Date de sa dernière connexion : aujourd'hui, à 9 h 50.

Je parcours son profil à la recherche d'indices qui me montreraient que je me suis trompée sur son compte. Que nous n'avons rien à faire ensemble. Mais toutes les informations sont les mêmes. Ses réponses sont proches des miennes. Rien ne diffère du souvenir que j'ai de lui.

Je lui écris un mot via le service messagerie de l'agence : *Royce, que dirais-tu d'un second rendez-vous ? Fais-moi signe.*

Au lieu d'appuyer sur Enter, j'efface le texte, avant de réécrire le même message, mot pour mot. J'ajoute un *si tu as le temps*, puis l'efface. Puis j'efface *Fais-moi signe.*

Royce, que dirais-tu d'un second rendez-vous ? Mon index quelques millimètres au-dessus de la touche Enter.

J'ai fait une liste des raisons qui pourraient expliquer qu'il ne s'est pas encore manifesté : il n'a pas vu mon évaluation ; il est trop occupé ; il est arrivé quelque chose, il est tombé malade ou il a eu une urgence au boulot.

J'ai toujours été douée pour évaluer la communication entre les gens. Je ne me suis encore jamais trompée après un rendez-vous : je sais toujours si mon interlocuteur va se manifester ou non. Or j'étais sûre que Royce allait se manifester. Je suis sûre que Royce va se manifester. Il lui faut juste un petit rappel.

Royce, I had fun the other night. Que dirais-tu d'un second rendez-vous ?

Une fois le message envoyé, je clique plusieurs fois sur Refresh pour voir s'il l'a déjà lu. Pas de coche verte. Peut-être une erreur de l'appli. Peut-être qu'il m'a répondu tout de suite, mais que son message n'apparaît pas.

Je vérifie le dossier Spams : vide.

Je clique sur Refresh. La page s'actualise, inchangée. J'entre le nom Royce Hung dans les moteurs de recherche de diverses institutions médicales. Aucun résultat. Je lui envoie un nouveau message : *Tout va bien de votre côté, j'espère ?*

Pas de réponse. La date et l'heure de sa dernière connexion n'ont pas changé. Je réactualise la page plusieurs fois. Je me déconnecte, me reconnecte, me déconnecte, me reconnecte.

Le soir, toujours pas de réponse. Je n'en peux plus de rester devant l'ordinateur et me retrouve dans la rue ; ça fait des années que je n'ai pas erré dehors comme ça, sans but. C'est une sensation étrange. Mes jambes, comme téléguidées, font des pas de plus en plus rapides. Je dois avoir l'air de courir vers un rendez-vous professionnel hyper-important. Le bruit rythmé de mes pas sur l'asphalte. Adolescentes, Andorra et moi marchions comme ça parfois, sans relâche, sans savoir où nous allions. J'écoute mes pas et, pendant quelques secondes, je ferme les yeux, avançant à l'aveugle. Je les rouvre rapidement, de peur d'entrer en collision avec un objet ou une personne, de m'écarter du trottoir, de me retrouver sur la chaussée. Il n'y a presque pas de piétons, mais une foule incommensurable de véhicules. Rush hour. Je pense à tous ces gens derrière leur pare-brise qui fixent les feux arrière de la voiture de devant.

Un homme vient à ma rencontre. Son pas aussi rapide que le mien. Nous nous croisons à toute vitesse, puis une pensée m'assaille : c'était peut-être Royce Hung. Je me retourne, regarde sa silhouette rapetisser.

Il faut que je cesse de penser à lui.

La Ville a une odeur de machines. Pourtant, les zones industrielles se situent en dehors, dans les Périphéries. Je me fais sûrement des idées, mon nez a perdu l'habitude de l'air extérieur, me livre des interprétations erronées.

Enfant, l'odeur des Périphéries me donnait mal au cœur. Plusieurs jours avant un casting obligatoire, je me sentais déjà malade. Et pendant, je devais prendre des médicaments pour ne pas vomir sur scène. La chaleur, le smog. Mon teint, après quelques heures à peine, grisâtre, maladif. Je me douchais plusieurs fois par jour. Andorra se moquait de moi. La saleté, la mauvaise qualité de l'air ne la dérangeaient pas. Quand un casting approchait, elle, elle était excitée. Elle croyait fermement à l'idée d'être choisie, de percer toute jeune. Je lui rappelais les statistiques, et le fait que nous n'avions pas besoin d'être choisies. Que notre formation à l'institut nous mettait précisément à l'abri de l'imprévisibilité d'un jury de casting. Mais Andorra perdait toute rationalité dès lors qu'il était question de notre avenir. J'avais abandonné depuis bien longtemps mon rêve de sauter des gratte-ciel qu'elle me forçait encore à m'entraîner avec elle pour les castings. Pendant un moment, nous commencions notre entraînement du matin si tôt qu'au petit-déjeuner nous arrivions à peine à nous tenir correctement assises.

Je me retrouve soudain devant un bar. Il porte le logo d'une chaîne bas de gamme, et je vois par la fenêtre que l'aménagement est identique à celui des autres filiales : au centre, un comptoir ovale avec des tabourets de bar, et le long des murs, des box capitonnés. Une décoration de style RetroTrash™, avec murs rouges, chandeliers dorés et miroirs baroques, ponctuée d'écrans plats.

Ça fait une bonne dizaine d'années que je ne suis pas allée dans un tel endroit. Adolescentes, Andorra et moi atterrissions parfois dans un bar lors de nos escapades nocturnes.

Un sentiment de honte s'empare de moi. Je n'ai pas envie de me souvenir. J'entre pourtant et vais m'asseoir au comptoir. Les box sont occupés par des employés de catégories salariales faibles ou moyennes, qui font leur pause entre leur job de jour et leur job de nuit. Les cravates sont desserrées, les blazers abandonnés sur les portemanteaux.

Une femme se démarque. Elle est assise dans un box avec quatre hommes. Ils portent le même genre de costume neutre, peut-être tous de la même marque. Elle, en revanche, est vêtue d'une robe de soirée coupée dans un tissu chatoyant, et ses cheveux sont relevés en une coiffure complexe. Ses longs pendants d'oreilles virevoltent dans la lueur vacillante des écrans. De temps en temps, elle rit, son regard balaie la salle et s'arrête sur un des écrans qui diffusent les informations. Un bref Papavid™ montre l'it-girl Roma faisant signe de la fenêtre de sa chambre d'hôtel. Le sous-titre indique que son état de santé s'est aggravé. Suivent plusieurs clips de fans qui déposent des bougies et des fleurs devant l'hôtel, brandissent des banderoles *We love you. Get well soon* sous sa fenêtre. Un document dans les archives m'apprend qu'on a commandé à Aston un reportage sur Roma. Il n'était presque jamais à l'appartement ces derniers jours.

Je commande un Flydive™, me souviens qu'il s'agit du signature drink de Riva, et opte pour un vodka martini. Le barman hausse les épaules et jette dans l'évier le tonic qu'il venait de verser dans mon verre.

Master va me reprocher d'avoir bu de l'alcool sans obligation sociale. J'envisage un instant de ne pas le mentionner dans mon profil nutritionnel, mais rejette aussitôt cette idée. Je me dis ce que je dis à mes clients : quand on commence à se mentir à soi-même, il est difficile d'arrêter. Les rapports sont là pour ça : pour fixer aussi les moments dont on n'est pas fier. C'est ainsi seulement qu'on peut s'y confronter et faire autrement la prochaine fois, mieux.

J'avale l'alcool comme si c'était un jus de fruits, je le sens passer dans mon sang, détendre mon corps. Effacer la sensation de malaise qui s'était logée en moi. J'aurai bientôt accès au journal intime de Riva, j'éluciderai le mystère de sa rupture de contrat. Et je la remettrai sur le droit chemin.

De sa place, la femme en robe de soirée me sourit, trinque à ma santé. Je lève mon verre, me rends compte qu'il est vide, en commande un autre.

Elle se lève, vient s'asseoir à côté de moi.

— Boys club, dit-elle, désignant le box d'un signe de tête.

Je réceptionne mon vodka martini, nous trinquons. Elle boit un Flydive™. Mon expression doit m'avoir trahie. Son regard passe de son verre à mon visage, revient à son verre.

— Vous n'êtes pas fan du Flydive™ ?

— Si si, dis-je. Juste quelques associations désagréables.

La femme acquiesce, presque conspiratrice.

— J'imagine.

— Non non, ce n'est pas ce que je voulais dire.

— Moi non plus, réplique-t-elle en riant.

J'aimerais qu'elle retourne s'asseoir dans son box. Une douleur lancinante s'insinue dans mes tempes.

Je prends ma tablette dans mon sac, ouvre mon rapport Douleurs, y inscris l'heure et le type de maux de tête. Depuis son tabouret, la femme jette un regard furtif à mon écran et hoche la tête, compréhensive.

— Moi aussi, j'ai des maux de tête chroniques.

Je vide mon verre d'un trait. Ma gorge brûle, j'ai chaud.

— Il faut que j'y aille, dis-je.

— Mais vous venez juste d'arriver.

— J'ai du travail.

— Quel genre de travail ?

— Comptable.

Comme c'est un bar rétro, il ne dispose pas de PayPoint™. Il faut régler ses consommations au barman. Je veux demander l'addition, mais il n'y a personne derrière le comptoir.

— Vous aussi, vous êtes inquiète pour Roma ? me demande la femme.

Je me détourne, balaie la salle des yeux à la recherche du barman.

— Il revient tout de suite, dit-elle, comme si elle tenait cette information de lui.

Je me rassieds.

La femme me regarde, curieuse.

— Vous allez à une soirée ? dis-je en désignant sa robe.

Elle secoue la tête.

— La nuit dernière, j'ai rêvé que Roma était morte, dit-elle. Il m'a fallu plusieurs heures pour me calmer.

Vous connaissez ce genre de rêves qui ont l'air tellement réels que, même une fois réveillée, vous n'arrivez pas à vous en débarrasser ? Comme si le rêve vous collait au corps ?

Andorra faisait souvent ce genre de rêves. Dans mon souvenir, je la serre dans mes bras, j'enveloppe son corps le plus entièrement possible. Elle s'est recroquevillée comme un hérisson, mais son dos est fragile, elle a besoin de quelqu'un pour la retenir. Pour lui chuchoter, à voix si basse qu'elle ne l'entend que lorsque ma bouche est collée à son oreille : Everything's gonna be okay™, Everything's gonna be okay™. Mon souffle fait frémir le duvet du lobe de son oreille, qu'elle tend comme une antenne vers mes lèvres. Elle a crié dans son sommeil, le cauchemar n'est pas encore sorti de son corps. Je lui chuchote : Everything's gonna be okay™ et la caresse comme un chat, systématiquement, de la tête jusqu'aux fesses. Andorra se presse contre ma paume, et on dirait presque que ce n'est pas le tissu de sa chemise de nuit de l'institut sous ma main, mais sa peau, humide et froide de sueur.

Les phases de cauchemars d'Andorra duraient parfois plusieurs semaines. Ses cris me réveillaient avant elle. Le sommeil semblait être un état naturel chez Andorra, et je l'enviais. Elle n'avait pas besoin, chaque soir, de trembler à l'idée qu'il ne vienne pas. Dès qu'elle fermait les yeux, elle partait. Ses cauchemars me semblaient le juste prix à payer. Lorsqu'elle était dans mes bras, épuisée par l'horreur que son propre cerveau venait de lui présenter, lorsque je sentais sa peur dans mon corps, j'avais honte de cette pensée. Je faisais ce que je pouvais pour réparer ma trahison et sortir Andorra des griffes de son mauvais rêve. J'attendais que sa respiration s'apaise, qu'elle redevienne régulière et presque inaudible, et je m'autorisais à fermer les yeux à mon tour, espérant que ma conscience serait elle aussi emportée.

Le barman revient par une porte dont je n'avais pas remarqué l'existence. Il salue la femme, la ressert.

— Elle voudrait l'addition, dit-elle en me regardant.

Le barman me tend son appareil, je pose ma tablette dessus.

— Nice to meet you.

La femme me tend la main, je la serre brièvement.

— J'espère que vos maux de tête disparaîtront vite.

Je la remercie et quitte le bar d'un pas rapide. Arrivée à la porte, je me retourne et constate que la femme est en pleine conversation avec le barman. Comme si elle sentait que je la regardais, elle se tourne vers moi, me fait signe de la main.

Lorsque j'arrive à la maison, Riva est dans son lit. Immobile. Je règle le micro de la caméra placée près du lit pour m'assurer qu'elle respire. Aston est dans son studio, il prépare sa journée de travail du lendemain.

J'active mon profil Call-a-Coach™ : deux demandes. Je suis soulagée. La phase de pénurie de missions semble passée. Mon index flotte au-dessus de l'icône Rappel du touch screen, mais je ne peux me résoudre à cliquer dessus. J'ouvre l'appli de l'agence de rencontres et consulte le profil de Royce Hung. Aucune activité. Juste les derniers messages que je lui ai envoyés, et qui n'ont pas été lus : *Royce, I had fun the other day. Que dirais-tu d'un second rendez-vous ?*

Je m'enfonce dans mon fauteuil, ferme les yeux. Mon contrat de travail stipule que je suis tenue de réagir aux demandes d'entretien thérapeutique dans la demi-heure qui suit la lecture des notifications. L'un des clients a ajouté un petit texte d'information pour décrire son problème. En titre, il a écrit : *Peur du licenciement*, puis, au-dessous : *J'ai fait une grave erreur*.

L'autre personne n'a pas indiqué de quoi il retournait, juste la catégorie : Sexualité. Je clique sur Rappel. L'homme décroche à la première sonnerie.

— Merci de me rappeler.

Son profil vocal l'identifie comme Zeus Schmidt, analyste de données free-lance. Et si c'était Royce Hung ? me dis-je soudain. Il est fort possible qu'il m'ait donné un faux nom. Un certain nombre d'utilisateurs ont recours à un pseudo pour leur profil public des sites de rencontres ; ils ne dévoilent leur véritable identité que lorsque plus rien ne s'oppose à la relation. J'ai toujours eu du mal à distinguer les gens à partir de leur voix. Peut-être parce que je me concentre sur un grand nombre d'autres aspects quand je parle avec eux. Et que le caractère de la voix me semble le moins important.

— Que puis-je faire pour vous ? dis-je, puis, ainsi que le stipule le protocole des entretiens : Veuillez décliner vos nom et prénoms, et indiquer votre service et votre poste.

Je confirme les renseignements indiqués dans son profil vocal et son profil d'identité sur le serveur.

— Il s'agit d'un problème d'ordre privé, dit l'homme, rien de professionnel, au sens strict.

— Peu importe. Notre service prend en charge les problèmes de tous ordres.

J'entends un bruit, un mouvement saccadé, le frottement de la peau de son visage contre le micro : l'homme est en train d'acquiescer.

La plupart de mes clients préfèrent le casque à la fonction mains libres pendant les entretiens de coaching. Même lorsqu'ils sont seuls dans une pièce, l'impression de sphère privée, d'une atmosphère de confiance s'en trouve renforcée.

— De quoi s'agit-il ?

Je porte un casque moi aussi, ce qui me permet de me déplacer en toute liberté pendant mes rendez-vous, sans que la qualité de l'entretien en souffre. Je marche lentement dans la pièce, me dirige vers la baie vitrée, puis le coin cuisine, effleurant des doigts de la main gauche la surface des meubles.

— J'ai une aventure avec une femme qui n'est pas stérilisée.

J'émets un bruit de confirmation qui l'invite à poursuivre tout en suggérant que je suis loin d'entendre cela pour la première fois. Qu'il s'agit d'un problème connu et donc parfaitement surmontable.

— Et maintenant je ne bande plus.

— C'est compréhensible, dis-je. C'est une réaction tout à fait naturelle.

J'entends de nouveau le bruit du microphone sur la peau, j'imagine l'homme assis bien droit dans son fauteuil de bureau, acquiesçant tout seul.

— Avez-vous de votre côté pratiqué une vasectomie ?

— Oui, mais ça ne fonctionne pas toujours.

Je m'assieds sur un tabouret près de l'îlot central et acquiesce de la même manière que j'imagine l'homme acquiescer à l'autre bout du fil.

— J'acquiesce, dis-je.

— Quoi ?

— J'acquiesce.

— Qu'est-ce que vous voulez dire ?

— Je suis d'accord avec ce que vous dites.

— OK.

— Mais comme vous ne pouvez pas m'entendre acquiescer, je vous le dis.

— OK.

— À moins que vous ne l'entendiez ?

L'homme ne répond pas, son souffle crée des interférences sur la ligne.

— C'est juste que moi, je vous ai entendu acquiescer plusieurs fois tout à l'heure.

Je n'ai jamais tenu de propos aussi confus à un client, je ne suis plus aucun protocole. J'imagine déjà la discussion que je vais avoir dès demain matin avec le directeur des ressources humaines de Call-a-Coach™, à moins qu'il ne me contacte cette nuit, tout dépend du nombre d'heures supplémentaires qu'il fait en ce moment.

— C'est étrange, dis-je, mais quand on mène si souvent des entretiens non visuels, on commence à entendre certains gestes, purement physiques, vous savez.

J'entends l'homme acquiescer.

— Un jour, un client, un de vos collègues, du même service que vous, je crois bien, s'est masturbé pendant un rendez-vous.

J'entends la respiration de mon interlocuteur changer, il retient son souffle un moment.

— Je ne suis pas sûre qu'il avait conscience que j'entendais ses mouvements, sa façon de parler était restée quasiment identique. Il devait avoir l'habitude, il arrivait à se contrôler presque totalement.

J'imagine mon interlocuteur qui quitte son fauteuil, perplexe, se demande s'il doit en référer au bureau des plaintes ou baisser son pantalon.

— Nous parlions de choses tout à fait banales, il était stressé car il devait intervenir lors d'une conférence importante, on lui avait promis une promotion si tout se passait bien. Et au beau milieu de la conversation, il a sorti son membre et a commencé à se masturber. Vous vous demandez comment je peux en être aussi sûre, mais j'ai beaucoup d'expérience, je sais interpréter le moindre bruit à l'autre bout de la ligne. À chaque entretien, on emmagasine de nouvelles informations qui se connectent ensuite dans le cerveau et perfectionnent certaines facultés.

À l'autre bout du fil, mon interlocuteur est parfaitement immobile.

— En revanche, je ne l'ai pas entendu éjaculer, soit il a attendu que nous ayons raccroché, soit sa maîtrise de soi était vraiment incroyable.

— Écoutez, me dit le client. Si j'étais vous, j'effacerais l'enregistrement de cette conversation de mon log.

— Vous penchez pour quelle explication ?

— Je vais raccrocher, et on va faire comme si on ne s'était jamais parlé, OK ?

Je ne réponds pas, j'acquiesce. J'acquiesce jusqu'à ce que l'homme ait raccroché.

Puis je supprime l'appel de mon log et des archives, j'efface le cache et les éléments cachés. J'acquiesce, encore et encore, puis j'entre dans la douche et laisse couler l'eau bouillante sur mon corps, à me brûler la peau.

La demi-heure de battement avant de rappeler le second client est passée, j'envisage de le rappeler quand même, mais une insurmontable fatigue s'empare de moi et j'arrive tout juste à regagner mon lit, où je m'effondre, nue, la peau brûlante. Le lendemain matin, je me réveille au troisième snooze, sans me souvenir des deux précédents.

13

Master m'a convoquée à un entretien exceptionnel. Une convocation de ce genre suscite toujours la crainte que votre supérieur ne se dise déçu de votre travail, mais cette fois, je crains même qu'il ne s'agisse d'un entretien de licenciement.

À mon arrivée dans le bâtiment de PsySolutions, je me retire dans un coin de la green room pour souffler un moment avant de me jeter dans la gueule du loup.

Venez tout de suite dans mon bureau quand vous serez là, OK ? HMM.

Le message apparaît sur ma tablette alors que je m'apprête à m'asseoir dans l'espace d'attente.

— Fuck, dis-je à voix basse dans la pièce vide, le regrettant aussitôt.

Je sens le martèlement d'un début de cluster headache. Malgré mon intérêt pour les manifestations d'ordre psychosomatique, je m'agace de la psychosensibilité de mon corps. J'applique les conseils que je donne à mes clients. Je respire profondément. Je me dis sur un ton apaisant : Ton émotion n'a pas sa place ici. Ton émotion vient du passé.

Vous êtes là ? HMM.

La sonnerie de la notification vibre dans ma tête. Dans le couloir, je fais en sorte que la caméra de surveillance ne décèle aucun changement dans ma démarche. Aucun dysfonctionnement dans mon humeur.

Je frappe à la porte comme je suis censée le faire : des coups fermes, brefs.

Master est assis en tailleur sur le sol de son bureau quasiment vide, encore plus ascétique qu'à ma dernière visite. Il n'y a même plus de bureau. Ne reste que la plante verte, posée devant la baie vitrée comme pour profiter de la vue.

— Bonjour.

— Vous m'avez demandé de passer ?

Une oreille entraînée percevrait la tension dans ma voix, les cordes vocales raides, le ton plus haut que d'ordinaire. J'espère que Master, comme toujours, est préoccupé par des choses plus importantes et n'écoute pas vraiment.

— Asseyez-vous.

Master désigne le sol devant lui. Mon corps s'approche laborieusement, les genoux en avant. La fatigue me fait me relâcher soudain, mon dos s'arrondit, je dois avoir l'air d'une boule dans l'œil des caméras, d'une balle humaine. Je m'efforce de me tenir droite. Me rends compte que la porte du bureau est restée ouverte. Je me relève d'un bond.

— Laissez, laissez. Je vous vire juste rapidement, vous serez dehors dans une minute.

Mon cœur s'emballe. Master aura eu vent de mon entretien pour Call-a-Coach™. Le client a déposé plainte malgré tout. Mon activity tracker se met à sonner : ma fréquence cardiaque est trop élevée. Je sens mon cœur battre dans ma gorge. J'essaie de respirer calmement, comme je le conseille à mes patients en pareil moment.

Respirer pour contrer la panique. Mon corps est paralysé.

Master éclate de rire.

— Mademoiselle Yoshida, ça fait combien de temps qu'on se connaît ?

— Quatre mois.

— Alors vous devriez le savoir : I'm kidding. I'm kidding. Détendez-vous. I'm only kidding.

Mon cœur ralentit un peu. J'entends le sang bruisser dans mes oreilles. J'ai bien du mal à me laisser glisser sur le sol sans m'affaler complètement. Allongée de tout mon long sur le sol.

— J'ai lu votre Failures List, déclare Master. Vous avez mis le doigt sur la plupart des problèmes.

Mon cœur s'emballe de nouveau.

Résultats vagues.

Aucune amélioration de l'état général.

Aggravation du conflit.

Refus de toute coopération de la part du sujet.

J'ai listé pour moi-même sous le titre "Failures" toutes les critiques possibles sur mon travail, pour mieux y remédier. Les points évoqués remplissent deux pages, proprement énumérés dans un tableau. J'aurais dû me souvenir que Master a également accès à mon dossier personnel sur le serveur.

Je tente d'acquiescer raisonnablement. J'ai peur soudain que mon geste ne devienne incontrôlable comme hier soir. De dire quelque chose que je ne veux pas dire. Je serre les dents. Petite, j'avais tellement peur de dire quelque chose de déplacé que j'avais régulièrement des courbatures dans les mâchoires.

— Vous n'avez pas encore de diagnostic précis, dit Master.

— Non, dis-je.

Je referme la bouche aussitôt, serre à nouveau les dents. J'ai cessé d'acquiescer.

— Et les mesures que vous avez prises n'ont pas fonctionné, reprend Master. Votre personne cible ne lit pas vos messages. Elle refuse de vous parler.

— Elle est allée voir Dom Wu. C'est un progrès.

— Il n'en est pas sorti grand-chose. Il faut vous montrer plus sévère, mademoiselle Yoshida.

— C'est prévu, dis-je. Selon le service juridique, nous pourrons prendre des sanctions assez strictes dès demain.

— Bien, alors commencez tout de suite.

J'acquiesce.

— L'analyste est en train de collecter des données sur son enfance. Il y a encore quelques incohérences.

— Pourquoi remonter à l'enfance ?

Master secoue la tête, se tourne vers la baie vitrée.

— Pour trouver un premier déclencheur, une expérience traumatique.

— Tenez-vous-en aux méthodes de la psychologie moderne, mademoiselle Yoshida ! Ne gaspillez pas vos ressources. L'enfance est passée, l'enfance n'a plus aucune importance. Vous connaissez les études. Riva Karnovsky a grandi dans les Périphéries. Tout le monde a grandi dans les Périphéries. Donc l'enfance n'a aucune influence. Concentrez-vous plutôt sur la résolution du problème. L'implémentation de mesures thérapeutiques.

— Je pense que les mesures sont plus efficaces lorsqu'elles se fondent sur les résultats de l'analyse de la situation.

— Si on se réfère à la timeline, l'analyse devrait déjà être terminée. Les investisseurs attendent des résultats. Un changement mesurable. Je ne peux pas me présenter devant la commission de contrôle avec vos résultats actuels.

J'acquiesce, serre les dents. Master me regarde. J'ai l'impression qu'il a remarqué la tension de mes maxillaires. Je détends les muscles de ma bouche, souris.

— Il nous faut un plan d'action, mademoiselle Yoshida. Riva Karnovsky est une dure à cuire, il faut que vous y alliez plus fort. Faites preuve de créativité. C'est ainsi que vous m'avez été recommandée. Trouvez quelque chose. Si elle ne coopère pas avec vous, elle coopérera peut-être avec quelqu'un d'autre, si vous voyez ce que je veux dire.

— Oui.

— Vous travaillez également pour Call-a-Coach™, n'est-ce pas ?

— La nuit seulement, je fais des gardes.

— C'est trop, mademoiselle Yoshida. Ce projet est trop important, il faut y consacrer toute votre énergie. Vous ne pouvez pas vous donner à cent pour cent en ayant un job à côté. Or nous vous avons engagée à cent pour cent, n'est-ce pas ?

J'acquiesce et essaie de détendre les muscles de mon visage tout en serrant les lèvres.

— Je ne peux pas vous interdire de garder ce job, mademoiselle Yoshida. Mais je peux vous faire part de mon impression : vous êtes débordée.

Je me demande une nouvelle fois si Master a écouté mon entretien raté. Lors du processus d'embauche, il m'avait pourtant complimentée pour mon activité de conseil téléphonique. Comment lui faire comprendre que je ne peux pas abandonner Call-a-Coach™ car j'ai besoin des credits ? Que mon appartement est trop cher pour mon niveau de revenus, que la perte d'un seul mois d'honoraires signifierait une relocalisation ?

Une goutte d'eau se détache d'une feuille de la plante verte, s'écrase sur le sol lisse. Master a dû l'arroser juste avant que j'arrive. Pour autant que je sache, le règlement intérieur interdit la présence de vraies plantes dans les bureaux.

— Vous comprenez ce que je vous dis ? me demande Master.

— Je comprends très bien, monsieur Master.

Il sourit, s'appuie sur ses bras.

— Vous voyez ? Maintenant calmez-vous, étendez les jambes. Le principal, c'est de garder son calme. Pourquoi croyez-vous que je fais ce digital cleanse ? Je suis presque à cent pour cent sur l'échelle de mindfulness.

— Félicitations.

— Écoutez, trouvez-moi quelque chose de radical ! Je veux pouvoir présenter une stratégie inédite à la prochaine réunion des investisseurs. Roger ?

— Roger.

— Envoyez-moi votre proposal d'ici demain. Nous discuterons ensemble des détails.

— OK.

Je me relève, serre la main de mon supérieur.

— Firm handshake, dit Master. I love it. Voilà pourquoi je vous ai engagée.

De retour chez moi, je ne vois Riva nulle part sur le split screen. Je zoome sur le moindre recoin de la pièce et finis par la découvrir derrière le canapé, allongée par terre, les yeux au plafond. Parfois, j'ai l'impression qu'elle sait qu'on l'observe et profite de mes moments d'inattention pour se dérober à ma vue.

Je crée un nouveau fichier : *Actionplan*. Mais je n'arrive pas à me concentrer.

Je surfe sur le blog de Zarnee. C'est la seule chose qui fait radicalement baisser ma fréquence cardiaque, plus rapidement que n'importe quel exercice de mindfulness.

Je m'agace de ne pas parvenir à me défaire de la fascination qu'exercent ces posts, alors même qu'ils me font horreur. Dans *Casting Queens*™, je détestais les séquences où les présentatrices allaient voir les candidats dans leur appartement délabré ou les abordaient dans la rue. Dès qu'elles quittaient le décor aseptisé du plateau, je ne me sentais pas bien. Andorra, elle, avait toujours été fascinée par les Périphéries.

— Dans les Périphéries, parfois, il fait tellement chaud que les gens n'ont pas le droit de sortir de chez eux pendant plusieurs jours, m'avait-elle dit. Tu ne peux même pas imaginer.

Nous étions assises sur le toit de l'institut, sous les parasols anti-UV, et buvions une boisson vitaminée.

— Qui est-ce qui t'a raconté ça ? lui avais-je demandé.

— J'y suis allée.

— On y est allées ensemble, on y va ensemble tous les ans et il n'a jamais fait aussi chaud.

— Tu n'es jamais vraiment allée dehors, tu restes toujours dans le casting parlor.

— Toi non plus, tu n'es jamais allée dehors.

— Tu n'étais pas là.

Je savais qu'Andorra mentait. Il était impossible d'échapper aux contrôles de sécurité et de franchir la frontière sans un laissez-passer ou un accompagnant accrédité.

Andorra mentait souvent, elle trouvait que les mensonges rendaient la vie plus excitante. Et qu'on ne mentait pas vraiment quand on se contentait de modifier quelques détails et que le fond de ce qu'on racontait était vrai.

— Tu es allée sans moi dans les Périphéries ? lui avais-je demandé.

— Oui. La fois où tu as passé toute la journée au test d'aptitude. Je me suis procuré un pass excursion et j'y suis allée.

— Et pourquoi tu ne me l'as pas dit ?

Elle avait haussé les épaules, m'avait regardée droit dans les yeux, comme elle seule le faisait. Puis elle avait posé son doigt sur ma bouche.

— Parce que tu l'aurais raconté à tout le monde.

La vue de la terrasse sur le toit de l'institut n'était pas particulièrement dégagée. L'immeuble était plus petit que ses voisins immédiats. Parfois, nous nous amusions à chercher notre reflet dans les parois de verre qui se dressaient devant nous.

— Et si je le racontais maintenant à tout le monde ? avais-je dit.

Andorra avait lentement passé son doigt sur mes lèvres.

— Tu as les lèvres toutes douces.

J'avais ouvert la bouche, mordillé son doigt. Andorra avait poussé un cri, et je l'avais lâché. Mes dents avaient laissé de petites marques sur sa peau.

— Tu n'es jamais allée dans les Périphéries, avais-je affirmé.

Rapport d'utilisation de médias, archive n° : BC11
Employé.e : @PsySolutions_ID5215d (Hitomi Yoshida)
Contenu consulté : familymatters.org
Type de média : blog
Classification sécurité : sans risques
Historique d'utilisation : fréquence d'utilisation médiane, 3 fois par jour en moyenne

Closed caption track "Câlins.srt"

La plupart d'entre vous ne peuvent probablement même pas imaginer comment c'est de vivre avec sa bio-mère vous voyez les photos mais le sentiment on le voit pas vraiment ma bio-mère est là tout le temps elle vient nous voir elle nous prend dans ses bras son corps est chaud et souple et rond comme une enveloppe protectrice qui se met autour de vous et rien ne peut vous arriver quand j'étais petit elle me portait tout le temps sur elle quand j'étais tout petit bébé elle ne me posait même pas pour aller aux toilettes maintenant évidemment je suis trop lourd mais elle me prend quand même tout le temps dans ses bras tous les jours et elle m'embrasse et elle me dit qu'elle est fière de moi ce genre de trucs

14

Roma est assise au fond d'une chambre d'hôtel presque entièrement plongée dans la pénombre. À sa droite, une haute fenêtre, la seule qui n'est pas masquée par des rideaux, laisse entrer la lumière du jour qui tombe sur sa silhouette, mettant en valeur son profil unique, rendu célèbre par les médias, son menton, ses lèvres, son nez, son front. Roma est positionnée de manière que les journalistes qui entrent dans la chambre voient immédiatement à quel point elle est objectivement belle.

Le site Romacam™ permet de choisir entre différentes pièces de cet hôtel où elle convoque la presse. Le nombre de caméras est limité, afin que les vidéos professionnelles soient toutes de bonne qualité.

Les assistants de Roma se déplacent par vagues autour d'elles, suivant des chemins parfaitement tracés. Je clique sur les différentes pièces jusqu'à trouver Aston dans une salle d'attente avec d'autres VJs, journalistes et photographes. Lorsqu'on appelle son nom, il appose son empreinte digitale sur le touch screen au bas du release contract, puis une assistante le fait entrer dans la chambre.

— Vous vous installerez dans ce fauteuil face à elle. N'allez pas plus loin. Vous pouvez vous déplacer dans la pièce pour la photographier, mais ne vous approchez pas davantage.

Aston acquiesce. Il se dirige vers Roma d'un pas lent, quasi solennel. Roma profite de la pause de dix minutes qui lui est accordée entre deux rendez-vous presse. Elle tient sa tablette tout contre son oreille, sans doute pour éviter que ses fans n'entendent les messages que l'assistant audio est en train de lui lire. Un de ses assistants personnels se penche vers elle, aussi près que possible sans la toucher. La rumeur court que le moindre contact physique pourrait être fatal à Roma. L'assistant lui annonce un nouvel invité. Aston sourit lorsque le regard de Roma se pose sur lui. Elle sourit à son tour.

— Juste des photos ? demande Roma tandis qu'Aston prend place sur le fauteuil qu'on lui a indiqué.

— Juste des photos.

Elle acquiesce, se redresse un peu dans le sien, gaine son corps.

— Vous pouvez commencer, annonce l'assistante apparue soudainement derrière Aston.

Aston porte son appareil à ses yeux. Je l'imagine en train de voir une seconde fois Roma dans la même position à travers le cadre de son viseur. Plus nette. Le cadre qui donne forme au corps. Accentue sa beauté. Crée du sens. Il appuie sur le déclencheur à plusieurs reprises, changeant de position dans son fauteuil, hésitant peut-être à s'en éloigner.

— Vous voulez que je change quelque chose ? demande Roma.

J'ai l'impression qu'elle lui pose la question parce qu'elle sent une hésitation de sa part, qu'elle essaie de l'aider. Elle prend différentes poses, lui offre son profil, son visage de face, regarde un point derrière lui, baisse les yeux, lève les yeux, fixe l'objectif.

Sa maladie ne se voit pas. Pas avec la caméra de surveillance. Je m'attendais à une peau transparente, moirée.

Je me l'imaginais comme une poupée, ainsi qu'elle apparaît sur les milliers de photos professionnelles auxquelles Aston va encore ajouter quelques dizaines d'autres.

Cela tient peut-être à la lumière, cette pièce est trop sombre, l'unique source lumineuse étant le jour entrant par cette fenêtre.

— Ça ne se voit pas, dit soudain Aston.

Les mouvements de Roma se figent.

Les mots ont à peine quitté la bouche d'Aston qu'il serre les lèvres, comme pour empêcher une nouvelle éruption. Une expression d'horreur se lit sur son visage.

Sur le site Romacam™, les commentaires se bousculent instantanément. *Vous avez entendu ? – What the fuck ? – Ce type est vraiment un crétin. – Le tact, il connaît pas ? – Non mais c'est qui ce clown ? – Aston Liebermann, le photographe qui sortait avec Riva Karnovsky. – Qui sort avec elle. – J'ai entendu dire qu'ils s'étaient séparés. – Il ne l'avait pas séquestrée ?*

On ne distingue pas vraiment l'expression de Roma. J'imagine ses pupilles dilatées. Son regard acerbe.

— Pardon, dit Aston.

Les assistants, au garde-à-vous, sont prêts à saisir Aston par le bras pour le reconduire dehors. Tous les yeux sont tournés vers Roma, tous attendent un ordre de sa part.

— Je sais, dit Roma. Ça ne se voit pas trop ici, tout dépend de la lumière. Je préfère la pénombre, comme dans cette chambre.

Aston saisit son appareil, il sait que le moment est critique. Enfreindre les règles de la conversation peut lui valoir une interdiction d'exercer.

— L'effet moiré est ajouté lors des retouches, explique Roma.

— Vous trouverez les modalités de retouches dans votre release contract, annonce une voix émergeant du groupe des assistants, qui semble s'être quelque peu détendu.

— Je te trouve encore plus belle comme ça, dit Aston.

Roma, gênée, éclate de son SchoolGirlGiggle™.

Aston, osant enfin se lever, se met à tourner autour d'elle, en respectant la distance imposée.

Lorsqu'il est temps pour lui de s'en aller, Roma lui fait un signe de la main et un clin d'œil.

— Estimez-vous heureux qu'on ne vous signale pas à l'office de presse, déclare une assistante une fois la porte de la chambre d'hôtel refermée derrière Aston. Vous avez de la chance que Roma ne l'ait pas pris personnellement. D'autres, à sa place, ne se seraient pas montrés aussi arrangeants.

Aston se confond en excuses, lui serre la main.

— C'est oublié, dit-elle, sur un ton condescendant. Plus de peur que de mal.

Tandis qu'il prend l'ascenseur qui le reconduit au rez-de-chaussée, je tape le nom de Roma dans mon moteur de recherche et regarde son corps en plusieurs centaines d'exemplaires. Tags : *corpovitreose*, *corps de verre*, *Roma*, *star*, *fragile*, *maladie mortelle*. On trouve également le release contract de ses photos. Les outils servant à la production du fameux effet moiré y sont listés dans le détail : l'ordre des étapes de retouches, l'intensité de la lumière et des couleurs, la taille du pinceau, le degré de transparence. Les photos non retouchées sont détruites par un service de data cleaning. Je me demande soudain s'ils n'ont pas inventé cette maladie. Si tout cela n'est pas qu'une gigantesque campagne de publicité.

Une pensée m'assaille : j'aimerais la toucher pour voir si elle se casse effectivement comme du verre. Images d'un corps en morceaux, bris sanglants sur la moquette de l'hôtel.

Sans réfléchir, j'écris à Aston via notre canal de communication cryptée : *Vous auriez dû toucher Roma.*

La caméra de surveillance de l'ascenseur me montre qu'il lit mon message, secoue la tête, range sa tablette dans la poche de son pantalon. La désapprobation se lit sur son visage. Il regarde autour de lui dans l'ascenseur. Croise les bras. Sa réaction est parfaitement compréhensible. Il doit me prendre pour une incompétente dénuée de tact. Pourquoi est-ce que je lui ai écrit une chose pareille ?

J'essaie de rattraper mon impulsion irrationnelle. *Aston, Riva a besoin de votre aide.*

Il ressort sa tablette, lit mon message, la remet dans sa poche.

Elle a besoin de médicaments, d'urgence.

Cette fois, il garde l'appareil un peu plus longtemps dans la main avant de le faire à nouveau disparaître. Il hésite.

Elle a beaucoup maigri, vous vous en êtes rendu compte. Elle dort mal. Sa forme physique se dégrade rapidement.

Il me semble voir un voile d'inquiétude passer sur son visage.

Vous êtes la seule personne à avoir accès à Riva. La seule à qui elle fait confiance.

Je le vois secouer la tête, lentement.

Aston, elle a besoin de médicaments. Qui lui remontent le moral. Lui rendent sa motivation. Son appétit. Son sommeil.

L'ascenseur est arrivé dans le hall, mais Aston ne bouge pas. Les portes de la cabine se referment. Aston approche le microphone de la tablette de ses lèvres et dicte une réponse : *Non.*

J'écris : *Si elle continue comme ça, elle va mourir.*

Aston est toujours dans l'ascenseur. Comme il ne choisit pas d'étage, les portes s'ouvrent, se referment, s'ouvrent de nouveau. Il regarde dans le vide. Bouge les genoux, comme s'il marchait sur place.

Je l'entends dicter à voix basse et son message apparaît presque instantanément. *Vous comptez procéder comment ?*

Je vous envoie une ordonnance, et vous mettez le médicament dans une boisson de Riva. Ou encore mieux : dans l'eau des glaçons.

Un homme entre dans l'ascenseur, appuie sur un numéro. Aston sort de la cabine. Il quitte l'hôtel, marche d'un pas rapide jusqu'à arriver hors de portée des caméras de surveillance.

Un message apparaît quelques secondes plus tard sur ma tablette : *OK. Je vais essayer.*

15

— C'est ma faute ? demande Aston.

Je note : *Sentiment de culpabilité partenaire.* Riva ne réagit pas. Assise jambes croisées devant la baie vitrée, elle regarde la circulation.

— Dis-moi au moins ce que j'ai fait, Riva, que je puisse rattraper le coup. Si tu refuses d'y aller, ils vont nous retirer nos privilèges d'habitat.

— Je m'en fiche. J'irai habiter ailleurs.

— Nous sommes une credit union, Riva. Mes credits sont tes credits. If you're going down, I'm going down.

— C'était ton idée, cette credit union, dit Riva.

Aston s'empoigne les cheveux et tire tellement fort que quelques-uns lui restent dans les mains. Il se penche vers Riva, les lui met sous le nez.

Elle éclate de rire, lève la tête et le regarde droit dans les yeux, pour la première fois aujourd'hui ; pour autant que je me souvienne, pour la première fois depuis le début du projet, même. Je note : *Contact visuel.*

Aston ouvre le poing, laisse tomber ses cheveux devant Riva, tourne les talons. Il claque la porte du studio, tellement fort qu'un cadre se détache du panneau d'exposition et dégringole par terre. Riva regarde fixement le cadre. Elle l'examine pendant une bonne minute, le visage comme pétrifié, puis elle se lève d'un bond.

En quelques fractions de seconde, elle est à l'autre bout de la pièce, prend son élan et shoote dans le cadre, qui vient taper contre le mur. Une fissure traverse la surface de l'écran, coupant en deux la tête sur la photo, qui fait partie de la série *Dancer_Of_the_Sky*™.

Riva saisit le panneau à côté d'elle et le jette par terre, de toutes ses forces. Plusieurs cadres glissent sur le revêtement design. Le deuxième panneau s'écrase contre le mur, un grand crac laissant supposer qu'il s'est cassé à un endroit qu'on ne voit pas à l'image. Les panneaux tombent les uns après les autres, des éclats fusent dans la pièce.

Je ne vois pas Aston entrer. Il est là soudain, au milieu du chaos, à hurler son nom, mais elle ne l'entend pas. Elle démolit ses digiframes avec une détermination méthodique qui me rappelle ses vidéos d'entraînement. Aston n'essaie pas de l'en empêcher, il se contente de la regarder faire, comme moi.

Puis, abandonnant les panneaux, elle se jette par terre et se met à gratter le sol de ses ongles, jusqu'au sang. Elle n'émet pas un son, mais son visage est déformé par la colère. Elle serre les dents, crispe les lèvres. Sa jupe, déchirée, remonte haut sur ses cuisses. Son chemisier est en désordre.

Aston la regarde faire comme s'il avait perdu tout lien avec lui-même, et lorsqu'il finit par la prendre par les épaules et l'attirer vers lui, son regard ne se pose pas sur elle, il balaie les meubles renversés, les éclats, les traces de sang. Riva se dégage de son étreinte, se laisse tomber, reste allongée sur le sol.

Je zoome sur Aston, sur son regard fixe et vide qui se perd quelque part sur le mur d'en face. Je vois des larmes se détacher simultanément des deux paupières inférieures et rouler sur son visage. Intuitivement, ma main s'approche de l'écran. Je la retire et dicte un message : *Nous devons modifier la médication.*

Il ne réagit pas tout de suite à la vibration de la notification, mais finit par sortir sa tablette.

Riva, sur le sol, paraît presque endormie.

Non, écrit Aston. *Je ne marche plus. Je ne lui donnerai plus rien.*

Je lui envoie plusieurs liens vers des études prouvant l'efficacité de ces médicaments. Je surligne les passages évoquant une période d'adaptation avant que les médicaments fassent effet.

Non, écrit Aston.

Il laisse tomber sa tablette sur le sol, à côté de Riva, et quitte la pièce.

Dans la nuit, Riva m'apparaît sous forme d'une créature haletante. J'ouvre les yeux et la vois ramper sur le sol à quelques pas de moi. Elle se cabre comme un animal, pantelante, enfonce ses doigts dans le sol en vinyle de mon appartement jusqu'à ce que ses ongles se détachent, jusqu'à laisser voir les os.

Je me réveille le souffle court, le corps assiégé par l'angoisse. Je trouve l'interrupteur, mais la chaude lumière orangée de ma lampe de chevet ne parvient pas à ralentir mon pouls. Je compte les secondes en inspirant, en expirant, me forçant à ralentir jusqu'à ce que le temps et l'espace se normalisent. Jusqu'à ce que je sache où je suis et ce qu'il s'est passé.

La violence de cette colère étrangère colle à ma peau comme de la sueur. J'ai la sensation qu'elle était directement dirigée contre moi, comme si moi seule en étais la cible, Hitomi derrière son écran. Soudain, je reconnais ce sentiment. La colère de Riva est celle d'Andorra qui donne un coup de poing dans le mur, émettant un bruit sourd qui résonne en moi. Les doigts de Riva deviennent le poing d'Andorra qui frappe le mur de notre chambre à l'institut. Les lèvres serrées de Riva sont la bouche grande ouverte d'Andorra qui crie merde merde merde, la bave se mêlant aux larmes et à la morve tandis qu'elle frappe de son poing contre le mur jusqu'à ce que sa peau se fissure aux jointures et que de minuscules gouttes de sang restent accrochées au crépi. Jusqu'à ce qu'elle s'effondre sur son lit et se cache sous la couverture, et que le silence revienne. Combien de fois, au cours des mois qui ont précédé sa disparition, ai-je vu Andorra hors d'elle, dans une de ces soudaines crises de fureur incontrôlable, combien de fois me suis-je sentie responsable, l'ai-je suppliée d'arrêter ?

Andorra avait toujours eu un score d'adaptabilité inférieur au mien. Mais à la fin, il était même en deçà du minimum requis. Lors de nos contrôles hebdomadaires de performance, elle obtenait régulièrement des points de pénalité et des devoirs supplémentaires. On menaçait de l'exclure, et j'avais peur qu'il ne s'agisse pas de paroles en l'air, comme l'affirmait Andorra. On ne cessait de nous répéter qu'une bonne capacité d'adaptation était essentielle pour réussir sa vie.

Je me souviens d'Andorra qui haussait les épaules et disait en riant :

— Qu'est-ce que j'y peux ? Je suis comme je suis.

Nos entraîneurs voyaient les choses autrement. L'un des credo de l'institut était que la personnalité était perfectible. Il fallait juste travailler suffisamment dur sur soi-même. Tandis que le score d'adaptabilité d'Andorra ne cessait de chuter, le mien s'améliorait de jour en jour. Sur mon bulletin de fin d'année, j'avais la meilleure note de la classe.

16

L'appli journal intime de Riva est décodée. L'analyste a téléchargé un total de deux cent soixante-dix-neuf fichiers texte rédigés par Riva. Ses recherches montrent qu'elle a tout fait effacer juste avant sa rupture de contrat.

Les textes ont été écrits au cours de ces cinq dernières années. Le graphique d'utilisation indique des phases durant lesquelles Riva a noté quotidiennement, voire plusieurs fois par jour, ce qu'elle pensait et faisait, suivies d'autres où elle n'écrivait rien pendant des mois.

Leur examen a fourni de nouvelles données psychométriques. Un changement radical du psychographique de Riva au cours des deux dernières années, qui contredit sur bien des points l'analyse des médias. Le revers de son intense coaching dans ce domaine : peut-être que Riva a pu, pendant un certain temps, manipuler son personnage public.

Au cours des trois premières années d'utilisation de l'appli, les textes de Riva correspondent à l'image qu'elle montre d'elle au public. Ensuite, ils changent radicalement, devenant moins accessibles, fragmentaires. Riva semble moins équilibrée, plus irascible, moins compétitive qu'avant. Sa volonté de performance, son autodiscipline, son enthousiasme pour la compétition cèdent du terrain. Au lieu des habituelles descriptions de ses progrès à l'entraînement, elle rédige de plus en plus souvent des listes de souvenirs présumés dont on ne comprend pas vraiment l'objectif.

Archive nº : LK1514_a-l
Type de fichier : SuperSecretOnlineDiary™
Utilisateur : @GoKarnovsky (Riva Karnovsky)
échantillon pertinent pour les mots-clés *névrotisme – démotivation – agressivité – frustration – peurs – pessimisme – passivité – mauvaise gestion du stress – désintérêt pour la performance – symptômes psychosomatiques – nostalgie*

échantillon_jk6h1
bleu argent. Comme la mer métallique. Le scintillement de la comète en ligne, 17 CP, mais ça valait la peine, vraiment. Bleu argent, et non orange aqua. L'investisseur veut la combinaison bleu argent. Le sponsor VEUT LA COMBINAISON BLEU ARGENT. L'investisseur est furieux de me voir porter la mauvaise combinaison pour l'entraînement médias. 250 CP d'amende. Dom écarlate. Je ne sais pas lire ?

Échantillon_jk6h2
Soin et méticulosité. Soin et méticulosité. Soin et méticulosité. Soin et méticulosité. Soin et méticulosité. Soin et méticulosité.

Échantillon_jk6h3
1. Les bras de la plante dans le béton. L'immeuble est gris. Gris-vert ou gris-bleu. Une boîte rectangulaire avec des fenêtres rectangulaires, noires. D'en bas, les plantes poussent dans l'immeuble. Elles sortent par les fenêtres ou poussent de l'extérieur vers l'intérieur.

2. La petite fille. La petite fille tourne sur elle-même. Il fait tout noir. La petite fille tourne, tourne sur elle-même, des cierges magiques dans les mains. Une sœur ? Probablement pas. D'où vient-elle, où est-elle maintenant ?

3. Le mur. Sale et collant. Quelqu'un l'a nettoyé par endroits, y a dessiné de petits bonshommes bleus et verts. En reculant de plusieurs pas, en levant la tête, je vois un étroit ruban de Ville derrière. Les plus hauts sommets des gratte-ciel, leurs fenêtres scintillantes. La Ville s'étend derrière le brouillard. Elle éclaire le brouillard de l'intérieur. Elle semble floue, effacée.

4. La femme. Je ne vois pas son visage. Éblouie par le soleil, elle lève son bras au-dessus des yeux. En arrière-plan, les immeubles gris aux fenêtres noires. La femme est raide et droite.

5. Brûlure sur la peau. Chaleur et poussière. Respiration difficile, comme s'il n'y avait pas assez d'air dans l'air.

Échantillon_jk6h4

Évite les sujets suivants : politique, religion, sexualité. Évite les opinions personnelles, les plaisanteries, les rumeurs. Évite les arêtes vives. Évite le rayonnement direct du soleil. Évite le désespoir. Évite les districts extérieurs. Évite le contact avec des mains sales. Évite les marques de maquillage avec lesquelles tu n'as pas de contrat publicitaire. Évite de trop fermer, de trop ouvrir les yeux. Évite le signature triple turn par vent défavorable. Évite de te surestimer, ou tu finiras en worm food, ou ils racleront tes restes sur le sol avec leur grattoir.

Échantillon_jk6h5

Pénalité pour manquement au team spirit, bientôt je n'aurai plus de credits. Tu es un modèle, bordel. Ai éclaté de rire, je ne sais pas pourquoi, tellement désemparée. Stella a eu un avertissement pour manquement aux règles d'hygiène : pour avoir gardé son tampon plus de quatre heures.

Échantillon_jk6h6

1. La scène dans les Périphéries. Les marches qu'on nous fait monter. Les dossards, les listes où figure mon nom. (Je savais déjà lire à l'époque ?)

2. Une personne qui me chuchote à l'oreille : Donne-toi du mal. Donne tout. C'est ta chance. Le reste de la personne n'est plus là, son visage, ses mains. Juste sa voix.

3. Trébucher, se rattraper. Le sang qui me monte à la tête, brûlant. Je trébuche, je souris, je garde la tête haute. Je me rattrape, comme je l'ai appris.

Échantillon_jk6h7

La fille aux cheveux rasés crie : You're famous! Tout droit sortie des Périphéries, crâne rasé pour le transport. Le bonheur dans ses yeux. Je vois comment elle me voit, et puis son cri. You're famous! Je lui donne une photo dédicacée. Elle danse d'un pied sur l'autre. La joie qu'elle répand quand je m'approche d'elle l'entoure comme une flaque.

Échantillon_jk6h8

L'image de Lava s'écrasant au sol me poursuit. Post fatality training et blockers pour nous. Mais je n'arrête pas de penser à elle. Le vent était favorable. Dom dit qu'elle a bâclé son packing. Rumeur de technical fail. Défauts du nouveau modèle. Je me demande ce qu'elle a pensé quand elle s'est rendu compte qu'elle ne s'en sortirait pas. Si elle était déçue d'elle-même.

Échantillon_jk6h9

Comme si mon sang avait pris feu et me consumait de l'intérieur. Dom dit toujours à tout le monde que je ne tombe jamais malade. Je lui ai dit : Dom, je suis désolée d'être malade maintenant. Vraiment.

Échantillon_jk6h10

1. Dom qui vient me chercher à la sortie du bus et me fait visiter l'Académie. Il me dit : C'est chez toi maintenant. Tu es contente ? Je suis ivre de joie.

2. Le bureau de Dom avant l'entraînement du matin, et moi qui lui dis : Tu te souviens quand je suis arrivée et que tu es venu me chercher ? Il acquiesce, il sourit, et tout est réparé entre nous.

Échantillon_jk6h11

Je ne trouve pas le bouton Off. En sautant, seulement, pas un bruit, silence total, juste le bleu-gris du ciel et la Ville en dessous de moi.

Échantillon_jk6h12

1. Une femme qui danse, deux enfants. Dans la rue, dans la bruine d'un arroseur automatique. Le tissu humide sur son corps massif, un petit doigt qui se plie. Sa bouche ouverte. L'eau sur la lèvre inférieure. L'asymétrie du visage en train de rire. Un des enfants lui tend la main, elle la prend et le fait tourner autour d'elle.

2. Trous circulaires dans le smog laissant passer la lumière du soleil. Faisceaux lumineux tombant sur la terre sèche comme des projecteurs balayant le sol. Autour, tout est sombre, juste ces taches choisies par la lumière.

3. Le bruit de la pluie. Rues éventrées. Glissements de terrain. La pluie qui ne s'arrête plus. Tambourine sur le toit. Je me suis endormie dans la pluie, sous la pluie. La nuit, quand je n'arrive pas à dormir, j'ai la nostalgie de ce bruit. Je devrais peut-être télécharger un de ces soundfiles qui simulent les bruits de la nature pour réussir à m'endormir.

17

— Je ne suis pas d'accord avec votre diagnostic, déclare Master.

J'essaie de dissimuler mon appréhension en lissant un pli de mon chemisier. Après l'analyse du journal intime, je m'attendais à des compliments, des credits supplémentaires.

— Vous parlez de l'analyse du journal intime ? Il ne s'agit pas encore d'un diagnostic à proprement parler.

— Mais c'est comme ça que les investisseurs liront votre rapport. Dom Wu a indiqué très clairement quels termes ne doivent pas apparaître dans les rapports, si on veut exclure qu'une demande de dommages et intérêts soit engagée contre l'Académie. Burn-out se trouve sur la liste noire.

Le pot de fleurs de Master a disparu. À sa place, une petite statue du Bouddha en or, ainsi que plusieurs coupelles d'offrandes et des bâtons d'encens encore intacts.

— Ce sont les résultats de l'analyse des données psychométriques, dis-je.

— Modifiez-les.

— Je ne comprends pas le rapport entre ces résultats et Dom Wu.

— Mademoiselle Yoshida. Le burn-out n'est pas un résultat acceptable. Mlle Karnovsky a suivi de nombreuses formations au bonheur et à la résilience dans le cadre de son entraînement, bien au-delà du minimum recommandé par les autorités de santé. L'Académie implémente un programme de mindfulness très strict. Lors de ses tests d'aptitude, Riva Karnovsky a toujours obtenu un score de résilience élevé. Votre diagnostic est erroné et tout simplement illogique, mademoiselle Yoshida. Riva Karnovsky a tout juste vingt-quatre ans. C'est comme si vous vous diagnostiquiez un burn-out à vous-même. Alors que vous avez tout juste fini votre formation. Que vous êtes depuis moins d'un an sur le marché du travail.

Pendant nos études, nous avons appris à animer des entraînements à la résilience. Nos clients, des managers comme Master, se déplaçaient dans la pièce, un crayon à papier en équilibre sur la tête, pour comprendre ce que c'est de n'être pas sûr de soi. De perdre l'équilibre. Le contrôle. Ils prenaient ces exercices au sérieux comme ils prenaient au sérieux toutes les tâches qui leur étaient confiées dans le cadre professionnel. Et redoublaient de concentration une fois qu'ils avaient fait tomber leur crayon à papier. Mais nous avions tous conscience que cet exercice devait leur paraître complètement absurde. Aucun des hommes, aucune des femmes que nous entraînions, pas plus que nous-mêmes, ne pouvait imaginer une réelle perte d'équilibre. Nous étions trop consciencieusement voués à notre stabilité.

— Pour être honnête, ce résultat m'a surprise moi-même. On devrait peut-être procéder à un second examen.

L'expression de Master change aussitôt. Je respire profondément. Je n'ai aucune envie de descendre encore plus bas dans le classement des employés. Je fixe la statue du Bouddha pour me recentrer.

— Peut-être devrait-on plutôt parler d'épisode nostalgique, dis-je. Dans son journal, Karnovsky évoque souvent des souvenirs d'enfance. On pourrait expliquer ça par un changement hormonal lié à l'âge, qui aurait causé un trouble passager de la personnalité.

Master acquiesce.

— OK, dit-il. Bonne idée. Quelles mesures envisagez-vous ?

— Il faut que nous ayons un accès direct à la personne cible. Il nous faut quelqu'un sur place. Quelqu'un avec qui elle soit prête à coopérer.

Le regard attentif de Master me fait douter un instant.

— Je pense à un intervenant avec qui ça pourrait peut-être fonctionner. C'est une idée plutôt atypique.

— Ah ?

J'hésite une seconde, puis lui expose mon projet d'un ton volontaire. Il acquiesce de temps à autre. Mais son regard demeure critique.

Étrange comme le bureau de Master me rappelle celui du directeur du childcare institute. Et, par association, mon bio-père. Pour autant que je me souvienne, mon bio-père n'avait aucune ressemblance physique avec Master. C'était un homme grand, aux yeux sombres, aux gestes calmes, réfléchis. Or Master, malgré un programme de mindfulness très strict, a toujours l'air agité, se balance d'avant en arrière sur ses orteils en parlant, ou ne cesse d'arpenter la pièce. Je comprends que ce qui les relie n'est pas une quelconque ressemblance, mais ma réaction envers eux. Comme avec mon père, j'ai toujours le sentiment d'avoir déçu Master à l'instant même où je passe la porte de son bureau. Le sentiment d'une profonde insuffisance qui ne pourra jamais être compensée.

18

Le garçon ressemble en tout point à ses headshots. Mince, juvénile. La peau mate, délicate. Les traits doux, malléables. Avec les vêtements appropriés, on pourrait en faire qui on veut. Une fillette de douze ans. Un homme d'affaires, une hôtesse de l'air, un danseur. Chez Family Services™, il est employé dans une catégorie d'âge allant de dix à dix-huit ans.

Je le connais sous le nom de Zarnee. Il a un certain nombre de screen names. De message accounts. Et un blog.

Ses mouvements sont souples, comme si la pesanteur et la résistance de l'air n'existaient pas. Il a fait de la danse classique très jeune, jusqu'à ce que ça l'ennuie. Dans son blog, il décrit ces années avec une nonchalance que l'on pourrait juger invraisemblable s'il n'émanait de ses paroles une telle aura d'authenticité. Rien n'a l'air inventé. Regarder ses vidéos, c'est avoir l'impression de poursuivre une conversation intime avec lui, à voix basse, penchés l'un vers l'autre. Les yeux dans les yeux.

Enfant, il s'est entraîné du matin au soir pendant toute une année, obtenant de très bons résultats lors des castings. Il y était presque. Et puis soudain, il a changé d'avis, il est resté dans les Périphéries, a commencé à blogger. Pendant un moment, il s'est préparé aux science castings, étudiant par lui-même les mathématiques et la physique. Puis ça l'a ennuyé aussi. Il a réussi toute une série d'examens, est passé aux A-level castings. A même obtenu un LCM™. Mais il n'a pas répondu à la proposition et a perdu sa place à l'Académie. Il travaille pour Family Services™ depuis huit ans. Son credit score, ses revenus sont suffisamment élevés pour lui permettre d'emménager dans la Ville. L'historique de ses missions pour Family Services™ répertorie un total de cinq cent dix-sept interventions.

En le voyant arriver sur l'écran de la caméra de surveillance de la façade, je sais immédiatement que j'ai pris la bonne décision. Il pleut, le petit parc à l'entrée est gris et moche. Des coursiers interchangeables sortent de voiture et se précipitent vers l'entrée dans leur imperméable. Lui seul marche lentement, posément. Sans manteau ni parapluie. Comme s'il se promenait dans l'un des parcs de la Ville.

Je serre sa main mouillée par la pluie, et c'est la mienne qui me semble humide et froide.

Sans attendre d'invitation de ma part, il s'assied dans mon fauteuil. Nous sommes dans la salle de thérapie où j'ai rencontré Aston. Pur hasard qu'elle se soit trouvée libre pour ce rendez-vous.

Je m'assieds face à lui dans le fauteuil réservé aux clients. Master ne manquera pas de me le reprocher. Mais j'ai enfin trouvé une mesure prometteuse, j'envisage donc une avancée significative, et je ne me soucie guère du plan de table.

— Je le fais uniquement parce que c'est complètement absurde, déclare Zarnee. C'est la première fois que je reçois une proposition que je dois relire deux fois tellement je suis surpris.

— Merci.

— Je ne suis pas vraiment fan de la Ville. Vous avez lu mon blog. Et j'ai déjà reçu un certain nombre de propositions bien mieux payées que ça. Mais c'est la seule qui méritait vraiment réflexion.

J'acquiesce, le laisse parler. Il donne l'impression d'avoir quelques comptes à régler.

— Je connais Riva, dit-il. J'ai suivi sa carrière depuis ses débuts. Elle a quelque chose de spécial. Elle est créative. Pas comme ces sauteuses qui se contentent de perfectionner des figures standard. Qui ne font que ce qu'on leur demande. On peut être doué comme on veut, si on se contente de répondre aux attentes des autres, ça n'a aucun sens. Perfectionniste, ce n'est pas un compliment. Personne ne veut l'admettre, mais c'est vrai. Ce qui compte, c'est la créativité.

Il me regarde comme si la critique m'était directement adressée. Son regard est inquisiteur. Je n'ai plus l'habitude de regarder quelqu'un comme ça, dans les yeux directement, sans écran.

— Nos motivations sont différentes, dit-il, mais nous voulons la même chose. Moi, je veux vivre dans un monde où il n'y a que des sauteuses comme Riva, et vous, vous voulez remplir votre part du contrat avec les sponsors. Vos contrats, je m'en fous complètement. Mais je vais quand même vous aider, parce que je veux rencontrer Riva. Parce que je veux la revoir sauter d'un gratte-ciel, faire son truc. En tout cas, je ne veux pas qu'elle tourne en rond dans son appartement comme un cochon dans sa porcherie. On n'a pas de temps à perdre, vous ne trouvez pas ? On devrait passer le peu de temps qu'on a à vivre vraiment.

J'acquiesce, souris. Je m'enfonce dans mon fauteuil. Il ouvre la bouche pour continuer. Il a quelque chose de quasi maniaque qui est contagieux. Je me sens vraiment en éveil.

— Je n'ai pas de réserves d'ordre moral, dit-il, comme s'il répondait à une question. On ne va pas bien loin en respectant les règles, légales ou morales. Je sais que vous n'êtes pas d'accord avec moi, que vous défendez même la thèse contraire, mais je m'en fous. Je n'ai pas l'intention d'éduquer les gens, vous comprenez. On ne peut pas sauver le monde. Mais quelques individus, si. On peut les sortir de leur misère et les "réanimer", comme vous dites si bien.

— Les sortir de leur misère. Intéressant, comme formulation. Je pourrais la réutiliser dans mon rapport destiné aux investisseurs.

— Surtout pas, elle perdrait tout son sens.

Je ris pour dissimuler un accès de mauvaise humeur. Mais son regard me dit qu'il l'a remarqué. Depuis qu'il est entré dans la pièce, il ne m'a pas quittée des yeux un seul instant.

— Ce que je veux dire, reprend-il, c'est que vous avez vos motivations, j'ai les miennes, mais nous sommes d'accord. Je vais signer votre contrat, mais ensuite vous n'interférerez pas. Laissez-moi faire. Je connais votre objectif, et je m'y tiendrai. Vous pouvez compter sur moi.

Il me tend la main.

Je la serre brièvement, puis lui tends la tablette avec son contrat. Je lui montre où il doit apposer son empreinte digitale, sa signature.

— Vous voulez prendre le temps de le lire ?

— Non.

— La mesure a été approuvée par nos juristes. Vous emménagerez dans les jours qui viennent.

Il se lève, se dirige vers la porte.

— Votre blog, dis-je alors qu'il a déjà presque disparu.

— Oui ?

— Vous avez vraiment vécu tout ça ?

— Quelle importance ?

— Je trouve qu'il donne un sentiment… d'authenticité.

Le garçon acquiesce, referme la porte derrière lui.

Je le suis hors du bâtiment via les caméras de surveillance. Il marche exactement comme tout à l'heure, d'un pas tranquille de promeneur, de danseur. Lorsqu'il traverse le parking, il a cessé de pleuvoir, mais ça ne fait aucune différence pour lui. Il saute par-dessus une flaque qui s'est formée sur l'asphalte. J'envoie un message au forum de conciergerie pour signaler cette irrégularité. Sur le screenshot où je désigne l'endroit d'une flèche, on le distingue au bord de l'image, mince silhouette s'éloignant sans manteau.

19

Riva entre dans le bâtiment administratif à 8 h 23. Je note : *Démarche hésitante* et, dans la colonne Commentaires : *Manque d'assurance, inquiétude.*

Par-delà toutes les rues et les bâtiments qui nous séparent, j'ai presque envie de la pousser dans le dos. Pour l'encourager, pour accélérer un peu le processus.

La veille, Aston a supplié Riva de ne pas accepter la réduction de leurs privilèges d'habitat, de faire appel. De gagner au moins un peu de temps, jusqu'à ce qu'ils aient trouvé une alternative, une solution. Moins sarcastique qu'épuisée, elle a répliqué :

— Et quel genre d'alternative ?

— J'ai ce nouveau contrat, a répondu Aston. Roma pour celeblife.com. Deadline la semaine prochaine. Mon agence y met beaucoup d'espoirs. Je pourrais obtenir un statut VIP plus élevé.

Riva a éclaté de rire. Aston l'a pris personnellement, a quitté la pièce d'un pas furieux et ne s'est plus montré jusqu'au lendemain matin.

Il n'y a presque personne dans les couloirs de l'administration, Riva consulte le plan du bâtiment, prend un ascenseur. Elle va trop loin, revient sur ses pas. Elle a loupé un embranchement quelque part. Elle répète à voix basse, comme un mantra, le numéro du bureau qu'elle cherche, sans s'en rendre compte apparemment. *1222B*, *1222B*, *1222B*. Elle a l'air absente, nerveuse.

Dans la pièce, Riva s'assied sur la chaise prévue à cet effet. Elle regarde la caméra installée face à elle. Son regard est différent de celui que captent les caméras invisibles de son appartement, ce regard fortuit, inconscient. Ici, il me transperce. Riva me fixe comme si elle savait qui est assise devant l'écran. Malgré cette pointe de défi dans ses yeux, son manque d'assurance reste visible. Je me demande si cette situation lui rappelle ses premières interviews, lorsqu'elle ne savait pas encore dissimuler son malaise.

À quatre districts de là, un fonctionnaire du bureau de reassignment enclenche le programme depuis son poste de travail.

— Veuillez décliner vos nom, prénoms et identifiant.

— Riva Zofia Karnovsky, MIT 2303 1151 8600.

Afin d'éviter les plaintes, la voix synthétisée est non genrée.

— Comprenez-vous pleinement le motif de votre convocation ?

— Oui.

— Souhaitez-vous faire appel ?

— Non.

— Vous vous déclarez donc d'accord avec la réduction de vos privilèges d'habitat en raison de performances défaillantes ?

— Oui.

— Cette mesure concerne votre logement situé dans le district 2B, bâtiment 7662, appartement 14C, que vous partagez actuellement avec Aston Liebermann, identifiant KLT 2307 4423 0010, est-ce correct ?

— Oui.

Je tape : *Réponses claires et rapides, temps de réaction inférieur à 150 millisecondes. Karnovsky veut en finir le plus vite possible.*

Je suis contente de voir que Riva se comporte comme je l'avais prévu, ne montre aucune résistance. Ma mesure se fonde sur la volonté d'adaptation de Riva.

Je note dans mon rapport : *Mesure introduite avec succès.* Je suis confiante.

— Disposez-vous actuellement d'autres privilèges d'habitat ?

— Non.

L'entraînement médias de l'Académie lui a pourtant appris à ne plus répondre ainsi. Le manuel du bon comportement insiste particulièrement sur les règles suivantes en situation d'interview : *Ne répondez jamais simplement par oui ou non ! Formulez des phrases entières, même lorsque l'intervieweur pose des questions fermées. Chaque réponse doit être utilisable par les médias.*

— Souhaitez-vous faire un statement officiel ?

— Non.

Mon examen des commentaires d'utilisateurs a montré que le ton mécanique sur lequel Riva débitait ses réponses dans ses dernières interviews avant sa rupture de contrat ne dérangeait personne. Seuls les rapports hebdomadaires de Dom indiquent qu'il l'exhortait à travailler sur son énergie.

— Les mesures de reassignment prendront effet dans les jours qui viennent, annonce le haut-parleur de l'ordinateur. Nous vous informerons des modalités exactes par courrier électronique. Veuillez signer ici.

Riva appose ses initiales sur l'écran à l'aide du touch pen dans la case du formulaire qui vient de s'éclairer, puis place ses dix doigts sur son empreinte digitale numérique jusqu'à ce qu'une coche apparaisse.

— Nous vous souhaitons une excellente journée.

Une fois la vérification d'identité terminée, Riva reste assise sur sa chaise, le regard absent.

Riva ne bouge pas, et je sens mon pouls qui s'accélère. Son comportement est absurde. Il ne me paraît pas intentionnel, on dirait plutôt un bug.

— Veuillez quitter le bâtiment en suivant l'itinéraire indiqué.

Riva ne bouge toujours pas. On dirait qu'une fatigue absolue a pris possession de son corps. Que se passera-t-il si elle reste assise là jusqu'à ce soir, si elle bloque ce bureau, le déroulement de la journée ? C'est moi qu'on tiendra pour responsable.

Je fais les cent pas devant mon écran en comptant les secondes, espérant que Master n'est pas connecté, qu'il ne suit pas la scène en direct.

— Veuillez quitter le bâtiment en suivant l'itinéraire indiqué.

Au bout de trente-cinq secondes exactement, Riva, les jambes tremblantes, se lève. Une fois dans le couloir, elle se dirige vers les WC et s'asperge le visage d'eau froide, avant d'aller s'asseoir dans l'une des cabines, sur l'abattant des toilettes.

Je me laisse tomber sur mon fauteuil, respire profondément.

J'écris dans mon rapport : *Ce rendez-vous représentait un gros effort pour Riva Karnovsky. Le seul fait de quitter son appartement lui coûte beaucoup d'énergie. Elle a perdu l'habitude de sortir dans la Ville.*

Une seconde après apparaît sur mon écran : *Good work today, HMM.*

J'enregistre le message dans mes archives personnelles et m'enfonce dans mon fauteuil. Je ne peux m'empêcher de sourire. L'approbation de Master provoque un accès de joie qui me remplit jusqu'au bout des doigts.

Je regarde Riva, toujours assise sur les toilettes, qui respire lentement, en pleine conscience, inspiration, expiration, inspiration, expiration, comme elle l'a appris à l'entraînement de saut. Inconsciemment, je calque ma respiration sur la sienne.

Elle rentre à l'appartement. Aston l'attendait.

— Qu'est-ce qu'ils ont dit ? demande-t-il.

Il a l'air nerveux. Son appareil photo n'est pas autour de son cou, mais posé par terre, à côté d'un fauteuil.

— Rien, répond Riva.

Elle est visiblement décontenancée par l'intérêt d'Aston, qui suit des yeux le moindre de ses mouvements. Elle se dirige vers le coin cuisine, prend un verre sur l'étagère. Se sert un gin avec des glaçons.

— Tu en veux un ?

— Riva, qu'est-ce qu'ils ont dit ?

— Rien.

— Ce n'est pas possible. Ils ne vont pas te convoquer s'ils n'ont rien à te dire.

— J'ai dû signer un truc.

— Quel truc ?

Le visage d'Aston affiche une expression craintive presque enfantine. Riva ne semble pas percevoir sa nervosité. Perdue dans ses pensées, elle boit une gorgée, s'approche de la baie vitrée.

— Qu'est-ce qu'ils t'ont fait signer ?

— En quoi ça te regarde ?

Riva a prononcé cette phrase plus fort qu'elle n'avait sans doute l'intention de le faire.

— En quoi ça me regarde ? Mais nous avons une credit union, Riva.

— Tu n'as qu'à la résilier, Aston.

20

Une notification me tire de mes pensées. Riva n'a presque pas bougé depuis plusieurs heures, et je n'ai cessé de dériver loin de l'objet de mon observation. Riva ne réagit pas à la sonnerie émise par sa tablette posée sur la table du séjour. Qui indique qu'il y a quelqu'un à la porte de l'appartement. Elle s'attend probablement à ce qu'Aston ouvre depuis le studio. À la quatrième sonnerie, elle se lève lentement. Aston a quitté l'appartement il y a trois heures.

À sa manière de se lever, on voit qu'elle n'a pas assez bougé au cours des dernières semaines, elle se détache lourdement du sol, doit s'aider de ses deux mains.

Le garçon apparaît sur le seuil. Il porte une de ses tenues de Family Services™. Un tee-shirt tout simple et un jean. Un look neutre, comme convenu, pour éviter de surmener Riva. Il n'a pas mis de gel dans ses cheveux, contrairement à son habitude. Ils sont un peu bouclés, légèrement ébouriffés. Il a l'air très jeune, ainsi. Riva lui donnera sans doute quatorze ou quinze ans.

— Hi, dit-il.

Sa voix est douce, différente de celle qu'il avait à l'entretien d'embauche. Bienveillante.

Riva le dévisage sans un mot, passe une main absente dans ses cheveux sales. Le garçon regarde autour de lui, observe les panneaux d'exposition remis en place, les photographies, une par une. Il prend son temps. Son regard passe régulièrement de Riva aux photos de Riva.

Puis il empoigne dans le couloir une valise à roulettes énorme, totalement disproportionnée comparée à son corps mince de jeune garçon.

Il tend la main à Riva.

— Zarnee, se présente-t-il.

— Aston n'est pas là.

La voix de Riva, enrouée.

— OK.

Zarnee laisse retomber sa main. Riva regarde dans le couloir, par-dessus son épaule, la porte de l'appartement est restée ouverte.

— Où est ma chambre ? demande Zarnee.

— Le studio est à côté.

— Je vais dormir dans le studio ?

— Quoi ?

Riva semble enfin se rendre compte de sa présence. Elle le dévisage.

— Je suis censé m'installer dans le studio ? demande Zarnee.

— Tu n'es pas un des mannequins d'Aston ?

— J'emménage chez vous. Je viens des Périphéries. Tu as accepté la mesure, non ?

Riva lui tourne le dos. De l'index gauche, elle se met à dessiner des formes dans la buée, sur la paroi extérieure de son verre.

— Désolé, dit Zarnee. Je croyais que tu étais au courant. Je peux revenir un peu plus tard. Mais il faut que je signale mon emménagement aujourd'hui.

Riva recule d'un pas pour le laisser entrer dans l'appartement. Elle le fait sans regarder Zarnee, les yeux baissés, les épaules en avant.

Zarnee passe à côté d'elle, plante sa valise au beau milieu de la pièce.

— Où est-ce que je peux mettre mes affaires ?

Riva hausse les épaules, se dirige vers le coin cuisine, se met à genoux devant l'îlot, passe la main dessous et en sort la toupie en plastique avec laquelle elle a joué pendant des jours entiers au début de l'observation. Elle s'assied par terre, dos contre le meuble, se met à faire tourner la toupie devant elle.

Je note : *Comportement régressif.* L'appréhension envahit mon estomac, j'ai peur que Master ne mette immédiatement fin à cette mesure.

Zarnee observe attentivement Riva. Puis il fait basculer sa valise sur le côté et l'ouvre. Riva ne réagit pas, elle est concentrée sur la toupie. Zarnee fouille dans sa valise, des vêtements en boule s'en échappent, il en sort un objet. Une chose étrange, faite de morceaux de bois de tailles et d'essences diverses, comme grossièrement collés ensemble par des mains d'enfant. Ma recherche d'images ne donne aucun résultat. J'envoie un close-up screenshot à mon assistant en lui demandant d'identifier l'objet.

Riva joue avec sa toupie comme si elle était seule dans la pièce. Elle ne lève pas les yeux lorsque Zarnee s'installe face à elle.

Il imite sa posture, jambes tendues, écartées, leurs pieds se touchant presque, puis il appuie du pouce sur l'un des morceaux de bois. Un bruit, puis le morceau disparaît à l'intérieur de l'objet, dont les éléments se déplacent jusqu'à former une nouvelle constellation, tout en longueur.

Riva lève les yeux. Sa toupie se couche. Elle ne la ramasse pas.

Zarnee appuie une nouvelle fois sur le bois, nouveau bruit, et l'objet change une nouvelle fois de forme, il doit être pourvu d'une sorte de mécanisme.

Mon assistant répond qu'il ne trouve cet objet nulle part.

— Qu'est-ce que c'est ? demande Riva.

— Tu le vois bien.

— À quoi ça sert ?

— Ça change de forme. On ne sait jamais vraiment comment.

— Et qu'est-ce qu'on en fait ?

— On appuie quelque part, et ça se transforme.

— Non, je veux dire, à quoi ça sert ?

— On appuie quelque part, et ça se transforme, répète Zarnee lentement.

Ils se regardent. Quelque chose semble se jouer entre eux, que je ne parviens pas vraiment à catégoriser. Une sorte d'entente muette.

Zarnee tend l'objet à Riva. Elle le prend, appuie dessus à son tour. Le grincement se produit, les éléments changent de position dans sa main, elle sourit. C'est la deuxième fois que je la vois sourire depuis le début de ma mission. Je note aussi vite que je peux les transformations dans sa gestuelle, sa mimique, sa posture.

— Où est-ce que tu l'as trouvé ? demande Riva.

Son buste est penché en avant. Elle n'est plus du tout dans le rejet.

— C'est mon bio-père qui me l'a fabriqué, répond Zarnee.

— Tu connais ton bio-père ?

Zarnee acquiesce.

Ils sont assis par terre dans le séjour, face à face, comme s'ils se connaissaient depuis des années, la posture de l'un reflétant jusqu'au moindre détail celle de l'autre. L'effet de leur rencontre est d'ores et déjà indéniable. Je sens mon souffle s'apaiser lentement.

21

Aston se tient près de l'escalier menant à la scène d'une des salles de casting. Il est en pleine discussion avec une jeune femme. Je n'ai pas besoin de passer sur une autre caméra pour savoir, même si je la vois de dos, qu'il s'agit de Roma. Ses assistants et gardes du corps sont rassemblés autour d'eux. Aston rit, et j'entends Roma rire avec lui. Ils donnent l'impression d'être devenus très proches. Une dépêche clignote sur le site de *Casting Queens*™ : *Invitée surprise, Roma fera partie du jury aujourd'hui*. La colonne Commentaires se remplit de milliseconde en milliseconde de messages surexcités de fans des Périphéries qui se donnent rendez-vous devant les salles de casting, pour tenter au moins de l'apercevoir. L'occasion est rare pour ces gens dont la mobilité est légalement réduite aux Périphéries.

La nuée d'assistants se déplace vers les loges, et Roma et Aston, en son cœur, sont toujours absorbés par leur conversation. Déboulant d'un couloir, un VJ se plante devant eux et, profitant du temps de réaction assez lent de l'équipe, parvient à prendre un plan frontal qui se retrouve aussitôt dans les news alerts des principaux gossip portals. *L'ex de Riva : le futur de Roma ?*

Roma et Aston. Voilà qui serait un développement étonnant, si c'est vrai. Ça fait bien longtemps que je ne prends plus la peine de consulter les sites de fact checking qui vérifient ce genre de rumeurs.

Je fais suivre les alertes à Zarnee pour voir comment Riva réagit à la nouvelle. Il est assis à côté d'elle, sur le canapé. Sur la table basse devant eux, les restes d'un déjeuner. Une scène quasi familiale. Comme s'ils vivaient ensemble depuis longtemps.

Depuis que Zarnee a emménagé chez elle, Riva s'est remise à manger régulièrement. Son Vital Score Index™ semble augmenter quotidiennement. Dans le tracking tool, Master a qualifié ces changements de positifs. Mes progrès sont enfin marqués en vert. J'ai engrangé plus de cinq cents credits de bonus. Les investisseurs se montrent de plus en plus confiants. La deuxième nuit après l'installation de Zarnee, je me suis sentie tellement soulagée que j'ai dormi presque huit heures d'affilée et, pour la première fois depuis le début du projet, j'ai obtenu un achievement star dans le rapport de mon activity tracker. Cette nuit-là, ni Riva ni Andorra ne me sont apparues en rêve. J'ai rêvé de maisons aux escaliers comme celle d'Escher, mal construites et pourtant parfaitement habitables. De gens dont le visage ne me rappelait personne et qui s'approchaient de moi en souriant. Je me suis réveillée avec un sentiment de légèreté et d'insouciance comme je n'en avais plus ressenti depuis plusieurs années.

Zarnee voit les headlines que je lui ai fait suivre et, comme convenu, tend sa tablette à Riva pour qu'elle puisse lire.

Elle éclate de rire.

— Qu'est-ce qu'il y a de si drôle ?

— Il va être content, dit Riva.

— Aston ?

— De refaire enfin les gros titres sans moi. Tant mieux pour lui s'il s'en est trouvé une avec un plus gros credit score.

— That's cold, girl.

Je vois le sourire de Riva se figer. Elle dévisage Zarnee, la tête penchée sur le côté.

— Tu crois que ça pourrait être vrai ? demande-t-elle au bout d'un moment.

— Aucune idée. Il faudrait déjà savoir si vous êtes encore ensemble.

Je suis curieuse d'entendre sa réponse. Enfin, on pose à Riva les questions que j'ai envie de lui poser depuis le début du projet. Avant son intervention, via notre canal de communication cryptée, j'ai téléchargé sur la tablette de Zarnee une liste de questions que je complète quotidiennement. Jusqu'à présent, je ne suis pas intervenue dans ses conversations avec Riva. Il doit d'abord prendre de l'assurance dans sa relation avec elle. Je veux qu'il ait le sentiment d'agir de manière autonome. Sa prise d'initiative est décisive pour le succès de la mission.

— Aucune idée, dit Riva.

Ils éclatent de rire. Ils me rappellent Andorra et moi. Nos camarades avaient cessé de nous demander ce que nous trouvions de si drôle.

— Tu devrais peut-être te renseigner, pouffe Zarnee.

Haussement d'épaules de Riva. Le cent vingt-quatrième, d'après mon décompte. Un geste passif-agressif perçu comme une provocation par l'interlocuteur lorsqu'il se répète.

Soudain, Zarnee prend Riva par les épaules et se met à la secouer.

— Qu'est-ce qui te prend ?

— Je te secoue pour t'ôter cette tension dans la nuque.

Je trouve presque angoissant de voir ma mesure fonctionner aussi bien. En quelques jours à peine, Riva est une autre personne. Plus détendue. Plus ouverte. Presque bavarde. Zarnee vient même de s'appuyer doucement contre elle. Je marque le geste en jaune clair. C'est la première fois depuis le début du projet que Riva tolère un quelconque contact physique.

— Je peux te poser une question personnelle ? demande Zarnee.

Riva acquiesce.

— Pourquoi est-ce que tu as arrêté de sauter ?

Je sens une tension dans la nuque, tourne le bouton du volume au maximum. J'espère que Master est connecté au live feed et suit ce moment décisif.

Riva détourne le visage vers la baie vitrée. Nouveau haussement d'épaules.

— Je ne sais pas.

— Bien sûr que si.

— C'est difficile à expliquer.

— Try me.

Zarnee ne regarde pas directement Riva, mais son corps est tourné vers elle. Il lui laisse de l'espace tout en créant une proximité essentielle. Son attitude est exemplaire. Je devrais lui proposer une collaboration fixe après ce projet.

— Pourquoi n'emménagez-vous pas vous-même ? m'a demandé Master lorsque je lui ai parlé de mon candidat.

— Je n'ai pas le profil requis. Et puis elle pourrait découvrir qui je suis.

La vérité, c'est qu'il ne me serait jamais venu à l'idée d'aller moi-même sur le terrain. Je préfère mener mes entretiens clients via une appli, talk, chat, vidéo. Lors d'une rencontre directe, il y a toujours un risque de ne pas contrôler mes réactions, gestes ou mimiques. Je ferais volontiers mes meetings avec Master par video chat, mais il tient beaucoup à communiquer directement avec ses employés. Convoquer ses subalternes dans son bureau doit lui donner un sentiment de puissance.

— Ce n'est pas grave, dit Zarnee lorsque le silence de Riva se prolonge, tu n'es pas obligée.

Je lui écris : *Vous y étiez presque, insistez un peu.*

Je vois Zarnee prendre sa tablette et lire mon message, mais il ne réagit pas.

Il se met à checker son blog et à dicter de brefs retours à ses fans. Son taux de réponse est très élevé.

Riva le regarde faire un moment, sans rien dire.

— Ça ne te fatigue pas ? finit-elle par demander.

Elle se penche vers lui pour voir l'écran. Leurs joues se touchent presque.

— Quoi ?

— De répondre à toutes ces questions bêtes. Toujours les mêmes, toute la journée.

— À questions bêtes, réponses bêtes, répond Zarnee.

Riva le regarde, sourit. Son expression a changé depuis qu'il est là, son visage est moins fermé, plus souple. Je le note et constate que Master est connecté à mon document. Je me demande s'il lit vraiment les rapports ou s'il contrôle seulement mon rythme de travail. Mes priorités dans l'élaboration de la mesure. Les notifications constantes annonçant les modifications et les actualisations effectuées par Master font monter ma fréquence cardiaque à un niveau inquiétant, et mon tracker se met à sonner. Il m'est déjà arrivé en pareil cas de mettre en silencieux la fenêtre de notification, même si mon contrat me l'interdit.

— Losange cinq trois sept, mais uniquement le vendredi, dit Zarnee dans le micro de sa tablette.

Riva est appuyée contre lui, elle regarde ses doigts bouger sur le touch screen, son regard se promène sur son bras mince, juvénile. Soudain, elle remonte la manche de son tee-shirt.

— Qu'est-ce que c'est ?

Elle touche de l'index une bosse à l'intérieur de son bras, juste en dessous de l'aisselle. Je zoome, mais ne vois pas mieux car la main de Riva est dans le champ. Il pourrait s'agir d'un implant sous-cutané.

— Tout dépend à qui tu poses la question, répond Zarnee.

Son regard est mystérieux, mais sa réponse semble suffire à Riva. D'un air concentré, elle palpe la petite bosse, le petit corps étranger oblong sous la peau. Zarnee, imperturbable, continue à dicter des messages sur sa tablette.

— Mon animal préféré, en voilà une question originale ! Mon animal préféré, aujourd'hui, ce sera l'ourson d'eau, le tardigrade, le champion de la mort apparente.

22

Plus d'une centaine de notifications apparaissent soudain sur ma tablette. Autant de news alerts concernant Aston Liebermann. Un accident s'est produit sur le tournage de *Casting Queens*™. Aston lui-même ne semble pas blessé. La plupart des articles contiennent le même enregistrement vidéo du live feed du site de *Casting Queens*™. Les rushs d'une séquence récurrente de l'émission, les "Découvertes", dans laquelle un VIP passe plusieurs jours dans les Périphéries à jouer au talent scout. Rien à voir avec un casting classique : le VIP fait des visites-surprises à des enfants doués sur leur lieu d'entraînement. L'animateur entre dans des gymnases, des stades ou des salles de classe. Les scoutings de rue, visant à découvrir les nouveaux mannequins ou acteurs et actrices, sont particulièrement populaires. Les élus obtiennent un LCM™ et sont admis sans autre casting dans une des Académies ou Agences de talents de la Ville. Au bout de trois mois, le VIP rend visite à ses petits protégés et décide s'ils sont autorisés à rester ou doivent être renvoyés dans les Périphéries.

Dans cette vidéo, la VIP qui accompagne Aston et sa caméra est Roma.

— Et maintenant, Roma, on va où ? entend-on Aston demander en voix off.

Les dialogues avec les VJs ou autres membres de l'équipe sont coupés avant diffusion, mais ce sont eux qui expliquent le nombre incroyable d'abonnés du live feed.

— Eh bien, je dirais, sur un terrain de Highrise Diving™, non ? Mon petit doigt me dit qu'il y a quelques super-talents dans le coin.

Roma jette un regard de conspiratrice vers la caméra d'Aston.

— C'est le premier saut que tu filmes depuis ?...

On dirait qu'Aston lit une réponse toute prête. Il conserve le ton joyeux et légèrement surexcité propre aux membres de l'équipe et aux présentateurs de l'émission.

— Depuis que ma copine a décidé de faire une petite pause, tu veux dire ? Yep, c'est la première fois. Et je le fais rien que pour toi, Roma.

La caméra zoome sur le visage flatté de Roma, puis repasse en plan moyen et balaie les environs.

— Je crois qu'on est perdus.

Quelques secondes plus tard, ils arrivent sur un terrain d'entraînement "guérilla", géré par des amateurs et typique des Périphéries. Il est en mauvais état. Les sauteurs doivent monter par une échelle jusqu'au plongeoir, qui semble rouillé et oscille sous l'effet du vent. Il n'y a aucun filet ni autre dispositif de sécurité, comme c'est le cas dans les Académies de la Ville. La caméra d'Aston zoome sur un jeune garçon qui s'est arrêté au milieu de l'échelle pour reprendre son souffle. Une fillette vêtue d'un vieux modèle de Flysuit™ se trouve déjà sur la plate-forme ; sa combinaison, trop grande pour elle, ne lui colle pas au corps. Elle fait un pas vers le bord, n'arrive pas à se décider.

— Tu vas y arriver ! lui crie le garçon sur l'échelle.

Aucun entraîneur ni autre adulte en vue, seule une grande silhouette à l'entrée du complexe de bâtiments, probablement un employé de la sécurité de *Casting*

Queens™. Sous le plongeoir, un cercle d'une dizaine de gamins curieux s'est formé. Le nez en l'air, ils crient : "Saute !"

Lorsque Roma, Aston et l'équipe arrivent près du plongeoir, les enfants se mettent à pousser des cris enthousiastes. Ils font signe à la caméra et tentent d'approcher Roma, qui est protégée par plusieurs types de la sécurité. Aston met les enfants en garde : Roma est malade, on n'a pas le droit de la toucher.

Sur le plongeoir, la fillette recule d'un pas, prend son élan, s'arrête juste avant de sauter. Elle se met à trembler, se recroqueville au milieu de la plate-forme. Le garçon, arrivé en haut, essaie de la raisonner. Sur le gros plan d'Aston, on le voit caresser le dos de la fillette, désigner la caméra en bas. Il lui tend la main pour l'aider à se relever. Elle secoue la tête.

Le garçon hausse les épaules, vérifie les cordons de sa combinaison obsolète, fait quelques exercices d'échauffement. Puis il prend son élan et, sans la moindre hésitation, saute. Sa première figure est un complexe double salto, ses mouvements sont fluides, précis. Il s'empêtre un peu dans sa vrille gauche, perd l'équilibre, mais parvient à se rattraper. Tout va si vite que ma conscience a du mal à suivre. Il se trouve déjà juste au-dessus du Fall Spot™ lorsqu'il entame une nouvelle figure. Il semble avoir complètement surestimé son altitude. On entend l'impact plusieurs secondes après qu'il s'est écrasé au sol, le corps disloqué, la tête en sang. Aston est resté figé en plan d'ensemble.

— Zoome ! Zoome ! lui crie un membre de l'équipe hors champ.

Roma s'est mise à hurler. Aston dirige sa caméra vers elle. Elle a enfoui son visage dans ses mains, mais en voyant la caméra, elle relève la tête.

— Quelle tragédie, dit-elle.

Soudain, on entend les lamentations de la fillette sur la plate-forme. La caméra d'Aston suit le bruit, zoome sur elle. Penchée tout au bord, elle agite les bras en tous sens.

— Hé, l'interpelle Aston, fais attention, tu vas tomber !

La gamine ne l'entend probablement pas, mais les paroles d'Aston me rassurent quand même.

On entend un des membres de l'équipe marmonner quelque chose, Roma émet un bruit de confirmation. La caméra revient vers elle. Elle a l'air très professionnelle, parfaitement maîtrisée.

— Quelle tragédie, répète-t-elle. Nous allons évidemment interrompre les "Découvertes" pour aujourd'hui. Exprimez votre sympathie à ses loved ones. Nous avons ouvert un forum de deuil sur notre site. J'ai posté la première note. Ce garçon s'appelait Win, Win Müller.

L'enregistrement du live feed s'interrompt. Sur le site de *Casting Queens*™, le forum compte déjà plus de trois cent mille posts, messages de condoléances et inspirational pictures.

Lorsque Aston rentre à l'appartement, Zarnee l'intercepte dans l'entrée. C'est moi qui lui ai demandé de le faire. Le choc de l'accident représente une occasion d'approfondir sa relation avec Aston, d'augmenter son influence sur lui. De le motiver à accepter une collaboration plus étroite.

— Je viens de voir les "Découvertes", dit-il. Fuck. Ça va ?

— Comment tu as pu vivre là-bas aussi longtemps ? répond Aston.

Il a l'air fatigué. Son activity tracker indique une fréquence cardiaque faible.

Une fois le tournage interrompu, j'ai suivi son GPS dans plusieurs bars. Il est sans doute allé boire avec l'équipe. Les bars étaient bondés, pas moyen d'avoir de bonnes images.

— Ici aussi, il y a des chutes, dit Zarnee.

Il suit Aston dans son studio, je change de caméra. Mes yeux me brûlent. Il est 1 h 25 du matin.

— Mais pas comme ça, dit Aston. Il n'y avait aucune sécurité, rien du tout.

Le studio d'Aston est vraiment en désordre, et cela s'est même aggravé en quelques semaines. Il ressemble davantage à un séjour qu'à un studio photo. Partout, des boîtes en carton de take-out, des bouteilles à moitié vides, des vêtements, des emballages déchirés.

— J'ai eu une phase il y a quelques années, dit Zarnee, je sortais la nuit marcher dans la zone F.

Aston dévisage Zarnee, sidéré.

— What? Tu en avais marre de vivre, ou quoi ?

— Pas du tout. Je ne me suis jamais senti aussi vivant. Cette idée qu'à chaque seconde un ancien criminel en qui sommeillaient encore ses vieux instincts pouvait surgir de l'ombre. Un pédocriminel, un assassin. Je sentais pulser en moi le moindre de mes atomes.

— Bullshit, commente Aston.

Il saisit un sac plastique qui traîne par terre et se met à ramasser les détritus. Zarnee pousse le sac de couchage d'Aston et s'assoit sur le canapé. Il prend un book photo sur une console, se met à le feuilleter.

— C'était électrisant. Le risque. La possibilité d'une main sur ma nuque, d'une lame sur ma peau.

— Quelle déception que personne ne t'ait jamais vraiment agressé, ironise Aston.

— Qu'est-ce qui te fait dire ça ?

— Sinon tu ne serais pas ici. Safe and sound.

Zarnee tourne les pages du book sans les regarder.

— Tu as déjà envisagé de ne pas utiliser de filtres sur tes photos ? demande-t-il. Pas de retouches ? Juste la vérité nue ?

— Qu'est-ce que tu fais ici, si tu es un fan de vérité nue ? réplique Aston. Pourquoi ne pas être resté dans les Périphéries ? Continuer à te promener dans la zone F ?

Zarnee sourit, hausse les épaules, un geste qui me rappelle Riva. C'est peut-être le cas d'Aston aussi car son visage exprime une certaine frustration.

— Il faut que je dorme, dit-il. J'ai une mission tôt demain matin.

Zarnee se lève, se dirige vers la porte.

— Je t'envie, de passer tes journées dans les Périphéries. Ça me manque. La chaleur, le bruit.

— Rien ne t'obligeait à les quitter. Et à prendre la place de quelqu'un qui la veut vraiment.

Zarnee acquiesce et sourit à Aston avant de sortir. En franchissant le seuil, il lève le bras en guise de salut.

J'observe Zarnee s'avancer vers la baie vitrée du séjour. De loin, on pourrait voir un corps de femme. Une créature adaptable, souple comme un poisson. Son aura est concrète, presque tangible. Je pense à Andorra, à sa présence quand elle entrait dans une pièce. Aux autres gens qui semblaient devenir flous, délavés, comme s'ils n'étaient éclairés qu'à moitié. À nos camarades qui se pressaient autour d'elle, naturellement. Voilà sans doute pourquoi je pense encore à elle, pourquoi, après tout ce temps, je n'arrive toujours pas à l'oublier.

23

Un bruit soudain dans l'appartement de Riva. Je sors des toilettes en courant, sans me laver les mains, me précipite vers mon écran.

Riva est assise sur le canapé à côté de Zarnee, leurs genoux se touchent. Elle joue avec la construction en bois que Zarnee a apportée lorsqu'il s'est installé ici. Elle appuie dessus avec le pouce, le grincement se fait entendre, je sursaute. L'objet, dans la main de Riva, est en forme d'étoile. Je voudrais qu'elle s'en débarrasse, le bruit résonne douloureusement dans mon crâne. Elle caresse sa surface de l'index comme s'il s'agissait d'un être vivant.

— Je n'ai jamais rencontré mon bio-père, dit Riva. Ma bio-mère, si. Elle a vécu deux ans avec moi, je l'ai lu dans mon dossier. Je ne me souviens pas d'elle mais parfois, j'ai le sentiment qu'en faisant un effort je pourrais peut-être y arriver. Qu'il faut juste que je descende assez profondément en moi-même pour la trouver.

Elle cherche les yeux de Zarnee, qui regarde dehors.

— Ce matin, j'ai eu ce sentiment, dit-elle. Je me suis réveillée en sentant une main sur ma joue. Je me suis dit que c'était peut-être toi, ou Aston, mais il n'y avait personne. J'ai refermé les yeux pour m'abandonner à la sensation. Une main qui caressait ma joue. Et puis une grande chaleur, comme si un corps m'enveloppait, me réchauffait de tous les côtés. Comme tu l'as décrit dans ton blog. Ça pourrait être un souvenir d'elle. Ma bio-mère. Non ?

Zarnee ne la regarde pas. Ses yeux fixent quelque chose au-delà de la baie vitrée, comme s'il avait peur de rencontrer les siens.

— Peut-être, dit-il.

Elle touche la joue de Zarnee de sa main droite, comme pour le sortir d'une transe. Il ne réagit pas, ne se tourne pas vers elle. Sa voix s'élève dans la pièce :

— Et si tu étais née d'une breeder ? Tu voudrais quand même te souvenir d'elle ?

— Je ne suis pas née d'une breeder, Zarnee. Ce serait dans mon dossier.

— Tu crois que ce serait différent ?

— Oui, sans doute.

— Pourquoi ?

— Parce que ce serait une relation différente, non ? Tu le sais mieux que moi. Tu as vécu toute ta vie avec tes bio-parents.

— Donc tu penses qu'un enfant de breeder est défectueux dès qu'il vient au monde ? Qu'il est moins humain ?

— Je n'ai jamais dit ça. Je me disais seulement que tu comprendrais peut-être que je veuille me souvenir de ma bio-mère, qui m'a conçue, portée, qui m'a donné la vie et qui est restée deux ans là-bas avec moi.

— Oui. Désolé. Je comprends.

— C'est tout.

— OK.

— Désolée.

— Tu n'as pas à être désolée.

Zarnee pose sa tête au creux de l'épaule de Riva, se laisse aller contre elle comme pour tester sa résistance.

Elle met un moment à détendre ses muscles et à lui laisser la place de s'installer. Je les regarde respirer au même rythme.

— Avant, je ne pensais jamais au passé, dit Riva, et à l'avenir uniquement en termes d'objectifs de compétition. Je ne pensais jamais à la mort, non plus. Même pas quand une collègue avait un accident. Ça me semblait tellement abstrait.

Zarnee se redresse, la regarde.

— Maintenant, j'ai le sentiment d'être enfermée entre mon passé et mon avenir, ils viennent à moi, et ils m'écrasent. Tu vois ce que je veux dire ?

— Je crois, oui.

Elle se penche vers lui, si lentement que son mouvement est presque invisible dans le gris du soir. Deux images se superposent. La première : deux silhouettes minces l'une à côté de l'autre. La seconde : une seule silhouette. Impossible de distinguer où elle commence, où elle finit.

Je dicte un message : *Zarnee, profitez de cette proximité. Rappelez-lui sa vie de sauteuse.*

La tablette de Zarnee vibre. Il ne réagit pas tout de suite.

— J'aimerais tellement te revoir sauter, dit-il en reprenant sa position, blotti contre elle.

— OK, dit Riva. Je ressauterai peut-être pour toi. Je vais y réfléchir.

Je marque cette phrase en jaune et envoie à Master un lien vers la vidéo. Je note : *Karnovsky exprime motivation à reprendre entraînement. Volonté de communiquer grandement améliorée.*

Master répond aussitôt : *Très bien. Faites en sorte que l'intervenant fixe une première date d'entraînement, le plus vite possible.*

24

Le live feed ne fonctionne pas. Un problème de transmission des caméras de surveillance dans l'appartement de Riva. L'analyse du technicien a exclu un dysfonctionnement du logiciel. J'ai dû demander à Zarnee de contrôler le matériel pendant que Riva était sous la douche. Apparemment, il a pu résoudre le problème, mais Master a demandé un contrôle de sécurité avant la remise en service des caméras. Il soupçonne Zarnee de les avoir sabotées. J'ai revu les archives vidéo du moment précédant la panne sans détecter de comportement suspect.

Je me lève, marche dans la pièce, me place devant la baie vitrée, regarde la Ville. Les lumières du soir aux fenêtres des appartements, les phares des voitures qui se suivent à intervalles réguliers. Je ressens soudain le besoin de quitter mon appartement. En temps normal, je m'abstiendrais, je resterais concentrée, je ferais du surplace devant mon écran pour m'acquitter de mon minimum d'activité physique.

Mais ce soir, je mets mon manteau, je prends l'ascenseur et sors de l'immeuble sans vraiment savoir où je vais. Je suis une direction au hasard, j'allonge le pas, j'accélère, jusqu'à me sentir euphorique, téméraire. Les rues, les bâtiments deviennent flous, les chaînes de phares, les publicités lumineuses ne sont plus que des taches de lumière, et j'imagine Riva sur la plate-forme de saut d'un gratte-ciel, Riva qui saute, vole et remonte dans les airs, par-delà l'immeuble, avant de replonger une nouvelle fois, elle tente de battre son record, je vois les yeux écarquillés des commentateurs, le visage tendu de Dom Wu, et Master qui acquiesce en m'adressant un regard bienveillant.

Le bar devant lequel je me suis retrouvée il y a une dizaine de jours apparaît soudain. Cette fois, j'entre sans hésiter.

Il y a plus de monde que la dernière fois. Musique à fond, hits rétros. Je commande un Flydive™, me reprends, demande un vodka martini. Le barman semble me reconnaître. Il sourit.

— Pourquoi ne prenez-vous pas un Flydive™, puisque c'est ce qui vous vient spontanément à l'esprit ?

— C'est comme avec les hommes : on ne prend pas le premier venu, on en choisit un qui nous plaît vraiment.

— Peut-être que le premier venu vous a toujours plu sans que vous vous en rendiez compte.

— Un vodka martini, s'il vous plaît.

Il se met à mixer mon cocktail, se tourne vers un client assis à l'autre bout du comptoir.

Je cherche des yeux la femme en robe de soirée, me demande si je la reconnaîtrais si elle est habillée différemment. Je ne vois personne qui me fait penser à elle. Aucun des clients ne semble être venu seul. Partout, des petits groupes de gens, assis ou debout, sont en pleine conversation. Seul l'homme à l'autre bout du comptoir n'est pas accompagné. Lorsque le barman le quitte pour m'apporter mon cocktail et que l'homme regarde autour de lui, je constate qu'il s'agit de Royce Hung.

Il ne semble pas me reconnaître, son regard m'effleure aussi incidemment que les autres clients.

Je vide mon verre, en commande un deuxième. Le barman me lance un regard approbateur, me ressert. Je paie, prends mon verre et fais le tour du comptoir. Arrivée de l'autre côté, je me tourne vers Royce Hung comme si je venais de m'apercevoir de sa présence.

— Royce Hung !

Il me regarde, déconcerté.

— Pardon ?

— Hitomi Yoshida.

Je lui tends la main.

— Nous nous sommes rencontrés lors d'un rendez-vous MattersOfLife™.

— Vous devez confondre, dit Royce qui, me tournant le dos, fait signe au barman.

— Royce Hung, dis-je, vous êtes Royce Hung. Ou en tout cas, vous êtes enregistré sous ce pseudo.

— Vous vous trompez, dit Royce, désolé.

— Nous avons passé toute une soirée ensemble.

— Désolé.

Le barman dépose une nouvelle bière devant lui.

— Qu'est-ce qui vous prend, Royce ? Vous pouvez me le dire, que notre date ne vous a pas plu. Mais ignorer mes messages et faire comme si vous ne me reconnaissiez pas, ce n'est pas très professionnel.

— Je ne vous connais pas, insiste Royce. Bonne fin de soirée.

Sa voix est plus grave que dans mon souvenir. Il lève sa bière, trinque à ma santé, puis se détourne et se met à scroller sur sa tablette, posée sur le comptoir. Je le regarde. Je suis absolument certaine qu'il s'agit de Royce Hung. Je me souviens très bien de son visage lorsqu'il s'est penché vers moi pour m'embrasser.

— À vous aussi, dis-je, à vous aussi, bonne fin de soirée. Fuck you.

Je quitte le bar avant qu'il ait le temps de répondre. Mon verre à la main, je m'adosse au mur à côté de l'entrée. Mon corps est pris de violents tremblements. Il tremble tellement que je renverse le martini sur mon chemisier. Je laisse tomber le verre qui explose sur l'asphalte, et me mets à courir. Un instant, je ferme les yeux, je cours à l'aveugle, et soudain j'entends des voitures qui pilent, qui klaxonnent, et en ouvrant les yeux, je me rends compte que je suis sur la chaussée. Je fais un bond en arrière, un signe d'excuse à l'intention des automobilistes. Ils redémarrent. J'espère que personne ne va alerter le service de sécurité. Si on me signale comme danger pour la circulation, je perdrai tellement de credits que je risquerai une relocalisation immédiate dans les Périphéries.

Les Périphéries. Lorsqu'on ne nous emmenait pas encore jusque dans les salles de casting, on devait traverser à pied le quartier d'habitation voisin, en rangs par deux. Il y avait des gosses partout, en nuées, comme des guêpes. Sales et sauvages, tout l'inverse de mes camarades de l'institut et moi. Ils me faisaient peur, je m'efforçais de ne pas les toucher, m'agripais à la main d'Andorra.

Ensuite, je les voyais dans le public, hurlant, applaudissant. Aujourd'hui, le public des castings est simulé, mais à l'époque il y avait encore de vrais spectateurs, des enfants surtout, une masse indistincte. Ils me paraissaient violents, je savais que je ne pourrais pas me défendre s'ils venaient me menacer. J'avais des sueurs froides rien que d'imaginer vivre parmi eux, être aussi interchangeable qu'eux. Que se passerait-il si mes bioparents perdaient leur job ou si j'échouais à mes examens et devais quitter l'institut ? J'imaginais qu'on m'emmènerait dans les Périphéries. Qu'on me pousserait hors d'une camionnette, me livrant au chaos.

Lors du contrôle de sécurité, nous devions attendre devant les salles de casting qu'on nous laisse entrer. Un enfant jouait près de moi. Je n'arrivais pas à en détacher mes yeux. On ne pouvait dire si c'était un petit garçon ou une petite fille. Il avait peut-être trois ans et portait un vêtement qui ressemblait à un sac déchiré par endroits. On aurait dit qu'on lui avait mis un sac de courses. Il jouait avec les trous qui laissaient voir sa peau brune et potelée d'enfant. À un moment, il s'est laissé tomber par terre dans la saleté. Il a écarté les bras et les jambes et a fait semblant de voler. Il riait. Ses cheveux bouclés sur le sol sablonneux, sale.

J'ai vomi. Les enfants de mon groupe se sont écartés. Un surveillant est venu me nettoyer et me désinfecter avant d'entrer dans la salle.

25

Sur l'écran, l'habituel split screen est de retour, mais la scène qu'il donne à voir suggère qu'on n'observe pas le bon appartement. Il y a des gens partout, la musique électronique pulse, sortant d'un sound system qui n'a encore jamais été utilisé depuis le début de la mission. Deux garçons sont assis en tailleur par terre, Zarnee est en pleine conversation avec deux filles sur le canapé. Aucune trace de Riva ni d'Aston.

Je clique de caméra en caméra, Riva n'est pas là. Je sens un élancement dans la tempe droite.

J'écris à Zarnee. *Où est Riva ?*

Il regarde vaguement sa tablette lorsque mon message apparaît, la repose à côté de lui sur le canapé.

Zarnee ? Où est-elle ?

Zarnee baisse les yeux vers l'appareil, sourit, puis se tourne vers l'endroit où il me suppose, derrière une caméra. Il lève le bras, me fait un signe peace.

L'une des filles à côté de Zarnee est en Kiddie Look™. Les yeux agrandis par le maquillage, le teint blanc poudré, deux ronds de blush rouge gros comme des pommes sur les joues. Sa bouche peinte en rouge, petite et ronde, ressemble à celle d'un poisson. Elle est vêtue d'une robe bleu et blanc à col marin. Ses chaussettes blanches sont remontées jusqu'au-dessus des genoux. Elle est blottie contre Zarnee comme une gamine dans les bras de son père. Une image étrange étant donné la silhouette juvénile de Zarnee. Mais au milieu de sa cour, il a l'air d'un chef de tribu ou d'un gourou. Avec ses bras minces passés autour des épaules de ses fidèles. Tous ont les yeux rivés sur leur tablette, réagissant de temps en temps aux contenus qu'ils lisent par un gloussement ou une exclamation de surprise. Zarnee quitte régulièrement sa propre tablette des yeux pour observer ses invités. De temps en temps, il repousse une mèche de cheveux tombée sur le front d'une des deux filles et se voit récompensé d'un sourire ou d'un baiser sur la joue.

J'insiste : *Zarnee. Répondez à ma question.*

Zarnee regarde une nouvelle fois sa tablette, lit, sourit. Puis il baisse le volume de la musique.

— Quand on remet des moutons en liberté, demande-t-il à la ronde, est-ce qu'ils ont besoin d'un berger pour survivre ?

Tout le monde rit. Un des garçons lève la main pour lui faire un high five.

— Cyeoym, dit la fille en Kiddie Look™.

Je trouve diverses occurrences de ce mot, dont un code produit pour une housse de tablette et un nom d'utilisateur. Mais il s'agit très probablement de l'acronyme de *close your eyes, open your mind.* Le logiciel de reconnaissance faciale m'apprend que les deux filles et un des garçons vivent dans les Périphéries et ne sont autorisés à entrer dans la Ville que pour des missions professionnelles. Ils ont dû passer la frontière avec un faux call sheet. Master ne va pas être content.

Je checke l'écran de ma tablette à chaque notification. Zarnee n'a toujours pas répondu. Les bips incessants proviennent de news alerts, d'infopublicités ou de notifications du serveur de PsySolutions indiquant de nouvelles évaluations dans le tracking tool. Battement douloureux dans la tempe. Le temps de reporter la valeur ressentie sur l'échelle de la douleur, celle-ci devient tellement intense que je suis obligée de corriger. Je mets ma tablette en silencieux un instant pour me concentrer sur ma respiration. La douleur part de ma tempe droite et irradie dans tout l'arrière de ma tête. Je vais chercher une poche de froid dans le congélateur et l'appuie sur ma tempe. Puis j'avale deux cachets et m'allonge sur le dos, mais comme ça ne me soulage pas, je prends la posture de l'enfant. À genoux par terre, le front contre le vinyle frais. Je parviens un instant à me concentrer entièrement sur ma respiration. Mon mal de tête diminue un peu. Je reste cinq minutes dans cette position, me relève prudemment.

Sur l'écran, tout est toujours en l'état. Les filles à côté de Zarnee sur le canapé, les garçons en tailleur face à eux. Zarnee ne m'a pas répondu.

Zarnee. Nous avons signé un contrat. Je veux savoir où est Riva.

Cette fois, il considère mon message un peu plus longuement. Puis il se tourne à nouveau dans la direction où il m'imagine et me fait un doigt d'honneur.

Je réplique : *Mauvaise caméra.*

Zarnee rit en lisant.

— Qu'est-ce qu'il y a de drôle ? demande la fille à sa gauche.

— La vie.

Elle éclate de rire, se blottit contre lui.

Ils restent un moment tous absorbés par leurs gadgets ; seul Zarnee regarde dehors d'un air pensif. Soudain, il saisit sa tablette.

Je reçois son message instantanément : *Elle est dehors. C'est tout ce que je sais. Elle est libre. Ce n'est pas ce que tu voulais ? Qu'elle sorte un peu ?*

Comme je ne réagis pas, il ajoute : *C'est laquelle, la "bonne" caméra ?*

Je ne réponds pas. Zarnee se tourne vers la caméra principale et me montre son majeur dressé, un sourire aux lèvres. Hasard, sans doute.

— Qu'est-ce que tu fabriques ? demande la fille à côté de lui.

— J'exerce ma liberté d'opinion.

La fille se tourne dans la même direction, imite son geste. Les autres suivent.

J'espère que Master n'est pas connecté. Je me rends compte que mes notifications sont toujours en silencieux. Plus de trois cents alertes se sont accumulées sur mon écran de travail. Près de soixante nouveaux fichiers dans les archives. Des messages de mon assistant qui m'envoie les informations que je lui ai demandées. Master a revu dix de mes documents et m'a envoyé trois messages. Le dernier a tout juste soixante-quinze secondes.

Vous l'avez parfaitement en main, votre petit acteur.

Je ne sais pas quoi répondre.

Vous avez remarqué que trois des personnes présentes sont sur la watch list, parce que soupçonnées d'actions de propagande ? écrit Master. *Êtes-vous en train de subventionner une organisation clandestine, mademoiselle Yoshida ?*

Dans mes dernières performance reviews, Master me reproche le fait que Zarnee réagisse rarement à mes questions, qu'il ignore mes consignes, comme celle de convaincre Riva de reparticiper à un entraînement de saut ou, au moins, à une séance de fitness. Après une brève envolée au début de la mesure, je suis redescendue dans le classement des employés, en milieu de peloton.

Je vais donner des instructions à l'intervenant pour qu'il ne laisse plus entrer ce type de personnes dans l'appartement.

La fille en Kiddie Look™ est en train de pleurer. Son maquillage a coulé, des gouttes rouges perlent sur son large col blanc, comme si elle saignait. Zarnee lui caresse les cheveux.

— L'état de Roma a empiré, dit-elle d'une voix blanche. Elle n'en a plus que pour quelques semaines.

La fille assise à la droite de Zarnee se penche pour voir sa tablette. Puis elles se serrent l'une contre l'autre.

J'écris à Master : *Ils m'ont l'air plutôt inoffensifs, non ? Des ados tout ce qu'il y a de plus normal.*

— Soyons reconnaissants du temps que nous avons encore avec elle, dit l'un des garçons.

C'est à ce moment que Riva fait son entrée dans l'appartement. Elle est transformée. Le pas léger, le visage joyeux. Une image qui pourrait provenir des vidéos d'archives d'avant son départ : des sacs de courses dans la main gauche, un cocktail de vitamines dans la droite. Elle salue les personnes présentes, s'assoit par terre avec les garçons. Son attitude laisse à penser qu'elle connaît les visiteurs, ce qui est impossible.

Ma tablette vibre : un Urgent-Message™. Le service technique a terminé l'examen de la panne des caméras dans l'appartement de Riva. Pas de sabotage, mais un problème interne de transmission des données entre Psy-Solutions et la société de surveillance. Le technicien a téléchargé les vidéos enregistrées durant la panne. Je les parcours en accéléré.

Un passage me stupéfie.

Je vois Riva danser.

Je reviens en arrière dans l'enregistrement, Riva est seule dans le séjour, assise par terre, perdue dans ses pensées. Soudain, elle laisse tomber son buste en avant, presse sa joue droite contre le sol, les bras à côté de la tête, les doigts tendus, appuyés fermement sur le revêtement. Puis elle se propulse sur les mains et les pieds, s'élève dans les airs, retombe, se propulse une nouvelle fois, se relève. Elle lève la jambe droite en une arabesque, tient la pose dix secondes, les muscles parfaitement gainés, puis elle fait un saut à travers la pièce, tourne sur elle-même, s'arrête. Elle reprend, saute, virevolte.

Elle sourit, ses yeux sont fermés, son visage détendu, presque béat. Le corps de Riva tourne sur lui-même, plein de vitalité, ses sauts la mènent presque d'un bout à l'autre du séjour. Elle tourne sur elle-même, saute, répète plusieurs fois chaque mouvement, reprend les positions apprises à l'entraînement avec Dom Wu.

Un spectacle électrisant. Riva a repris l'entraînement. C'est incroyable.

Je vérifie la date et l'heure de l'enregistrement. J'ai presque envie de demander au technicien s'il est sûr que cette vidéo ne vient pas plutôt des archives, que le tag n'est pas erroné. Le corps dansant de Riva me fait l'effet d'une apparition, tel l'esprit ressuscité d'une défunte.

L'exercice s'interrompt au retour de Zarnee. Un instant, il reste sur le seuil sans qu'elle se rende compte de sa présence. Dès qu'elle l'aperçoit du coin de l'œil, son corps se fige, une expression de honte sur son visage.

— Ne t'arrête pas, lui dit Zarnee.

Riva a un petit rire gêné, elle secoue la tête, se laisse glisser sur le sol.

Zarnee s'assoit près d'elle et l'observe de côté. Leurs mains se touchent.

— Je ne peux pas imaginer ce que ça fait, de sauter, dit Zarnee au bout d'un moment. Je n'ai jamais osé essayer.

— C'est difficile à décrire, répond Riva. On est complètement en phase avec soi-même, le reste du monde est comme effacé. Mais on est totalement hors de soi, avec ce rush d'adrénaline. Il n'y a pas de plus belle sensation. On a tout, et d'une seconde à l'autre, on peut tout perdre. Comme quand on est amoureux.

— En plus dangereux, dit Zarnee en riant.

— C'est le seul moment où je suis sûre de moi, dit Riva, où je ne remets rien en question. Tu suis ton instinct, tu fais entièrement confiance à ton corps. C'est comme si tu jouais un rôle toute ta vie et qu'à ce moment tu redevenais toi-même, comme l'idée que je me fais d'un nouveau-né. Le doute n'existe plus.

— Tu devrais recommencer alors, dit Zarnee.

Riva acquiesce.

— Tu as peut-être raison.

Les doigts tremblants, j'envoie le lien à Master.

Il répond immédiatement. *Bon travail, mademoiselle Yoshida. Établissez un pronostic concret de guérison dans le rapport hebdomadaire, que nous puissions le présenter aux investisseurs. Et contrôlez votre intervenant. Nous ne pouvons pas prendre de risques.*

Je ne peux m'empêcher de sourire. D'ici à ce soir, mon score aura significativement augmenté. Le pronostic est bon. J'aimerais savourer ce moment, mais mes maux de tête sont de retour. La tension que je ressentais dans la nuque a gagné les maxillaires. Je dois avoir serré les dents sans m'en rendre compte, comme je le fais souvent dans mon sommeil. Je me remets à genoux par terre, reprends la position de l'enfant.

Les voix provenant de l'appartement de Riva résonnent dans le mien. Les visiteurs de Zarnee sont toujours là, ils parlent, ils rient, la voix de Riva se mêle aux leurs comme si elle avait toujours fait partie de leur groupe. Les yeux fermés, on dirait presque que tous ces gens sont chez moi. Je m'imagine entourée d'amis qui mangent, parlent, rient.

Je me concentre sur mon souffle et fais un exercice de visualisation : je me transporte dans la salle commune de l'institut. Un souvenir. Debout sur le canapé, Andorra joue à la présentatrice de *Casting Queens*™.

— Tu es éliminée, dit-elle, toi aussi, toi aussi, et toi aussi. Hitomi, tu as gagné.

Tout le monde se jette dans mes bras. Nous dansons autour du canapé. Andorra s'incline avec l'élégance d'une ballerine.

— Merci, merci, mes chers fans. Merci. Merci.

Un des garçons joue un VJ qui me poursuit en courant dans la rue.

— Un commentaire sur ta victoire, Hitomi ? Comment imagines-tu la vie dans la Ville ? Dans quel district aimerais-tu habiter ? À ton avis, quelles sont tes chances d'y parvenir ? Qui seras-tu dans dix ans ?

Rapport d'utilisation de médias, archive n° : BC17

Employé.e : @PsySolutions_ID5215d (Hitomi Yoshida)

Contenu utilisé : familymatters.org

Type de média : blog

Classification sécurité : critique (watchlist propagande)

Historique d'utilisation : fréquence d'utilisation médiane – 4,5 fois par jour en moyenne.

Recommandation du service de sécurité des médias : surveillance à renforcer, employée Hitomi Yoshida blacklistée

Closed caption track "Aujourd'hui : politique.srt"

Aujourd'hui exceptionnellement on va parler politique désolé les gens ça restera une exception tous ceux qui n'ont pas envie d'entendre parler politique appuyez sur stop euh vous m'envoyez toujours plein de questions et je n'y ai pas répondu jusqu'à présent par exemple si je pense que je suis heureux parce que j'ai grandi avec mes bio-parents ou que je suis en meilleure santé parce que j'ai été nourri avec du vrai lait maternel etc. Euh je n'y ai jamais vraiment répondu jusqu'à maintenant parce que c'est politique et mon blog pas, en fait, la plupart d'entre vous lisent mon blog pour se changer les idées ou entrer dans un monde qu'ils ne connaissent pas je comprends moi aussi gamin je regardais des vidéos glamours à longueur de journée ou les blogs de VIP ou les pages gossip je voulais imaginer une vie que je n'avais pas donc je comprends tout à fait en plus j'ai toujours eu l'impression que je ne peux pas vraiment répondre à ces questions parce que je n'ai pas de point de comparaison je ne suis pas un spécialiste mais maintenant le débat est viral alors je me suis dit que je devais dire quelque chose moi aussi vous avez certainement vu passer le post de FutureVision bon il dit la même chose que d'habitude la plupart des études montrent qu'il n'y a aucune incidence sur la santé d'avoir grandi auprès de ses parents ou dans une facility et les naturals bien sûr tout de suite : oui, ces études elles sont financées par des entreprises qui profitent des résultats et FutureVision a rétorqué si notre manière d'élever les enfants était si nocive pourquoi la plupart des gens ne deviennent pas agressifs criminels ou en tout cas déséquilibrés il a dit la société n'a jamais été aussi équilibrée harmonieuse et juste on a tous le même but tous les mêmes chances on grandit tous dans les mêmes facilities on va tous aux mêmes castings tous ceux qui ont réussi le doivent à leurs propres performances et non à des circonstances exceptionnelles euh j'ai d'abord trouvé ça plutôt convaincant peut-être aussi parce que les naturals m'emmerdent souvent avec leur negativity ils sont toujours contre tout enfin je ne veux pas du tout dire qu'ils ont raison avec leur pessimisme je veux dire vous êtes tous super et vous avez grandi dans des care facilities mais d'un autre côté je ne suis pas tout à fait sûr que ça soit vrai cette histoire d'égalité des chances ne vous méprenez pas euh je ne veux vraiment pas faire de politique ici c'est juste que comment dire je suis dans une situation unique avec ma famille euh et j'ai plein d'amis qui vivent dans des facilities mais j'ai quand même l'impression qu'il y a des différences et surtout quand on entend qu'il existe des facilities dans la Ville il suffit de payer plus cher euh ensuite on a une certaine formation et plus de chances d'être pris dans les Académies bien sûr je ne sais pas si c'est vrai je peux juste témoigner de mon expérience et je n'ai pas l'impression que tout soit aussi juste qu'on le dit euh et je sais par mes amis que je vais mieux qu'eux parce que j'ai grandi dans ma bio-famille et je veux dire il y a bien une raison pour que vous veniez lire mon blog qui explique qu'il soit aussi populaire comment dire ben je pense qu'il y a quand même des différences et je ne suis pas sûr à 100 % qu'on peut se fier à ces études enfin voilà j'arrête là j'espère que j'ai répondu à toutes vos questions la prochaine fois ce sera plus consensuel promis ha ha ciao à plus

26

Riva, Aston et Zarnee sont assis autour de la table basse du salon, comme s'ils m'attendaient.

Sur mon écran, l'appartement est resté vide toute la journée. Aston était sur son tournage dans les Périphéries, Zarnee et Riva dans le quartier du shopping. Il m'a semblé peu productif de les regarder faire leurs achats, alors je suis sortie de chez moi pour la première fois depuis plusieurs jours pour m'acquitter de mon pensum de fitness en faisant un intense workout dans une salle de sport. Ma condition physique s'est beaucoup dégradée. En voyant mes valeurs sur l'écran, un homme a haussé les sourcils. J'ai eu tellement honte que j'ai augmenté d'un cinquième mon minimum de mouvement sur mon activity tracker. J'ai poursuivi mon entraînement jusqu'à ce que je voie sur ma tablette les données GPS de Zarnee se rapprocher de l'appartement.

La scène est inhabituelle. Aston assis tout près de Riva sur le canapé, Zarnee, exceptionnellement, face à elle. Dans leurs verres, un liquide rouge foncé. Une musique easy listening en fond, ils s'entretiennent à voix basse.

Dans un premier temps, je ne les écoute pas vraiment, je me laisse bercer par leurs voix douces qui se mêlent à la musique comme un bruit blanc. Je m'enfonce dans mon fauteuil, ferme les yeux un instant. La voix de Riva revient régulièrement. Non seulement sa forme physique s'est régénérée à une vitesse impressionnante depuis l'arrivée de Zarnee, mais sa sociabilité a fait de même. Sa gestuelle, ses mimiques sont bien plus réactives. Elle qui, il y a quelques semaines encore, ne touchait même plus sa tablette, consomme, commente et produit de nouveau régulièrement des posts, avec Zarnee et ses amis, du moins. Elle n'a pas encore repris la rédaction de contenus pour ses applis et blogs officiels. Mais comme l'Académie détient toujours les droits de son output média, elle recycle pour ses sites les images et les vidéos que Riva poste sur les blogs des amis de Zarnee. Le nombre d'utilisateurs a fortement augmenté depuis. Les investisseurs ont l'air contents. Riva n'a pas encore repris le programme d'entraînement officiel, mais sa motivation semble rétablie. Je l'ai observée à deux reprises en plein exercice de danse dans son appartement. Zarnee est d'accord pour la convaincre de se rendre à une séance d'entraînement à l'Académie avant la fin de la semaine.

Malgré tout, les évaluations de Master dans le tracking tool et mes performance reviews indiquent toujours des scores moyens. Même si je sais qu'elles sont censées me motiver, ces notes médiocres me blessent.

— Donc, en fait, vous ne le faites plus, dit soudain Zarnee à haute voix.

Il éclate de rire. Les regards d'Aston et de Riva se croisent. J'ai manqué le début de la conversation, mais il est évident qu'ils parlent de sexe.

— Non, répond Riva.

— Pourquoi pas ? demande Zarnee.

— Oui, c'est vrai, pourquoi pas, Riva ?

Aston lui lance un regard de défi. Zarnee semble se réjouir de son offensive, il applaudit comme à une performance réussie.

Riva se détourne, regarde dehors, hausse les épaules. Zarnee se laisse glisser par terre, fait le tour de la table à quatre pattes, vient s'asseoir aux pieds de Riva, caresse sa jambe droite.

— Hé, relax. Je te taquine.

Elle réagit immédiatement à son contact, son corps tout entier se détend, s'abandonne à sa main. Je pense aux vidéos de gens murmurant à l'oreille des gamins dans les foyers de conditionnement des Périphéries, que nous aimions regarder à l'institut, Andorra et moi. Où l'imposition d'une main ou un seul regard suffisait à apprivoiser de vraies bêtes sauvages. Des gosses qu'une personne normale n'aurait pas pu approcher à moins de dix mètres.

Aston se lève, se dirige vers son studio.

— Reste un peu, dit Zarnee. Pour une fois qu'on passe du temps ensemble tous les trois.

— Je suis fatigué, réplique Aston.

Il a vraiment l'air épuisé. Il a des cernes sous les yeux, le teint pâle, grisâtre. Son activity tracker indique qu'en ce moment il dort en moyenne quatre heures par nuit et passe au moins huit heures de suite en mouvement. Il doit être très pris sur le tournage de *Casting Queens*™, bien plus que prévu.

— Un dernier verre, Aston, insiste Zarnee.

— Il faut que je me lève super-tôt.

Aston ayant disparu dans son studio, Zarnee prend sa place sur le canapé, à côté de Riva qui s'adosse contre lui, pose ses jambes sur l'accoudoir. Une image qui m'en rappelle une autre sur le blog de Zarnee. L'une des nombreuses photos où on le voit petit garçon avec sa bio-mère. Adossé contre elle qui l'enlace, le regarde tendrement. Une photographie aux couleurs chaudes, les tons bleus probablement supprimés lors des retouches.

La peau de Zarnee et celle de sa mère de la même nuance d'ocre, associée dans le spectre des couleurs aux adjectifs *agréable*, *chaleureux*, *paisible*.

— Tu es dure avec lui, murmure Zarnee.

Il caresse la tête de Riva, posée de profil sur son torse.

— Tu trouves ?

— Oui.

Elle hausse les épaules.

— Arrête de toujours hausser les épaules.

Riva lève les yeux, déconcertée.

— Dis plutôt ce que tu penses vraiment.

Riva ne répond pas, mais sa mine concentrée montre qu'elle réfléchit à ce que Zarnee vient de dire.

Je me dis que je vais envoyer une mission à Zarnee. Une liste, pour Riva, de questions toujours sans réponses. Il ne réagit guère à mes messages, ces jours-ci.

J'écris : *Zarnee, pincez-la, pour voir.*

Il lit mon message, ne peut s'empêcher de rire. Adresse un clin d'œil à la caméra la plus proche. Il semble avoir localisé toutes les caméras de surveillance, maintenant. Il pince Riva.

Elle pousse un cri, se redresse.

— What the fuck?

— Il faut que tu te bouges, Riva. Que tu fasses un truc complètement fou.

— Par exemple ?

— On pourrait sortir. Aller dans les Périphéries. Je te montrerais où j'ai grandi.

L'idée ne me plaît pas particulièrement. Cette petite excursion ne va pas être du goût de Master, mais je laisse faire Zarnee. La réalité des Périphéries fera peut-être prendre conscience à Riva de ce qu'elle a construit dans la Ville.

Ils quittent l'appartement en y laissant la sensation de leur présence, comme une empreinte digitale. Sur la table du salon, leurs verres, la bouteille à moitié pleine. Une légère marque sur le canapé à l'endroit où ils étaient assis.

Je suis fatiguée, j'ai envie de me coucher. J'imagine tout à fait l'endroit qu'a choisi Zarnee. Un de ces clubs underground d'où il poste régulièrement des photos sur son blog, à l'aube. Je suis ses coordonnées GPS en m'attendant à ce qu'il éteigne sa tablette dès qu'il sera sorti de la Ville, comme toujours. Sans GPS, localiser les gens dans les Périphéries devient difficile : elles se situent en dehors de la zone des skycams et les caméras de surveillance y sont bien plus rares.

Le tracker GPS de Zarnee indique qu'ils viennent de passer la frontière. Il laisse son appareil allumé. J'y vois presque une invitation de sa part.

Je les suis sur un site non surveillé, où on ne dispose pas de vidéo live. Ils laissent leur voiture quelque part, semblent errer sans but précis. Les images satellites montrent une zone non construite, une végétation dense, sans chemins. Je me demande comment ils font pour avancer aussi vite.

Au bout de quarante-huit minutes, ils sortent des broussailles, se dirigent vers une zone industrielle. J'ai toutes les peines du monde à garder les yeux ouverts.

Ils marchent vers un complexe de bâtiments désaffectés. La banque de données m'apprend que le site a accueilli plusieurs cliniques de naissance et de mort, qui ont soit fait faillite, soit été déplacées. Les bâtiments sont en bon état et la plupart des caméras de surveillance fonctionnent encore. Il est possible qu'on soit juste en train de rénover le site avant que de nouvelles cliniques s'y installent.

Apparemment, certaines salles ont été illégalement transformées en logements par des squatteurs, j'observe des signes d'occupation régulière. Matelas, chaises, rallonges, plaques de cuisson mobiles. Sur certains murs, des signes tracés à la bombe, des chiffres romains, les lettres d'un alphabet que le logiciel de traduction ne parvient pas à identifier.

Le point GPS de Zarnee se déplace à l'intérieur du bâtiment, je clique sur les caméras correspondantes et le trouve au deuxième étage, dans une ancienne salle d'accouchement où il ne reste plus qu'un lit d'hôpital poussé contre le mur. Zarnee tient Riva par la main. Elle observe la pièce dans ses moindres recoins. Ses mouvements sont hésitants.

Soudain, un cri aigu retentit dans une pièce voisine, Riva sursaute, Zarnee poursuit son exploration, impassible. Je trouve la caméra de la pièce en question au moment où Zarnee y entre. Riva s'arrête sur le seuil. Contrairement au reste du bâtiment, cette pièce est toujours dans son état d'origine, il s'agit d'un service de néonatalogie comptant une cinquantaine de berceaux, minuscules, vides. Lorsqu'un second cri s'élève de la première rangée, je me rends compte que trois d'entre eux sont occupés. Les nourrissons doivent avoir un ou deux mois. Les deux autres bébés, comme contaminés par le bruit, se mettent à pleurer à leur tour. Une silhouette se détache alors d'un coin de la pièce mal éclairée : un garçon de l'âge de Zarnee. Il se penche au-dessus d'un des berceaux, glisse quelque chose dans une bouche grande ouverte. Zarnee se dirige vers celui d'à côté, y prend le bébé, le serre contre sa poitrine et se met à se balancer d'un pied sur l'autre. Le silence revient. On n'entend plus que des bruits de respiration.

— Qui sont ces enfants ? demande Riva.

Elle est toujours sur le seuil.

— Des bébés de breeders, répond le garçon, que le face tag identifie comme Ace Schilling, dix-neuf ans, chômeur, performances médiocres.

Zarnee fait signe à Riva d'approcher. Lorsqu'elle arrive près de lui, il lui tend le nourrisson, dont les yeux sont fermés ; il a dû se rendormir.

Elle ne le prend pas.

— N'aie pas peur, dit Zarnee, il ne mord pas.

— Il ne peut pas, commente le garçon en riant : score d'adaptabilité bien trop élevé, ADN garanti.

Riva ne réagissant toujours pas, Zarnee repose doucement le nourrisson dans son berceau.

— À qui sont-ils ? demande Riva.

— À personne, dit Zarnee.

— Je veux dire, d'où viennent-ils ?

Le garçon s'avance vers Riva, lui tend la main.

— Ace. Bienvenue, Riva.

Riva serre machinalement la main tendue.

— Même ces bébés-là crient parfois sans raison, dit-il.

— Espérons qu'ils continueront à crier quand ils seront grands, commente Zarnee.

Je pense à ce que Master dira en découvrant cette vidéo. Des squatteurs avec des bébés non taggés qu'ils ont dû dérober dans un centre de breeding. Je devrais les signaler, ouvrir une enquête. Exclure Zarnee de la mesure.

Et détruire tout ce qui a été accompli.

J'écris à Zarnee : *Ramenez Riva à la maison.*

J'entends sa tablette vibrer. Il ne réagit pas.

J'envoie un nouveau message : *Zarnee, immédiatement !*

La tablette de Zarnee vibre, il la sort de la poche de son pantalon, lit rapidement le message puis, d'un geste vif, ouvre le boîtier de l'appareil, en sort la batterie. Sur mon écran, son tag GPS disparaît de la carte.

Il est 2 h 30 du matin. Master s'est connecté pour la dernière fois juste après minuit. Il ne sait encore rien de cette petite excursion dans les Périphéries.

Sans réfléchir, je me déconnecte des caméras de surveillance, efface mon historique du log.

Puis je me rends compte de ce que je viens de faire. Je ne suis pas autorisée à effacer mes processus de travail. J'ai commis une infraction. Mon cœur bat à tout rompre. Je me fais l'effet d'une candidate de casting qui vient de commettre une erreur irréparable sur scène.

Je repense à l'entretien de Call-a-Coach™ que j'ai saboté. Là aussi, sans hésiter, sans réfléchir, j'avais tout effacé.

Je m'efforce de respirer calmement. Personne n'a remarqué que j'ai effacé mes logs sur Call-a-Coach™. Il y a de fortes chances que, cette fois aussi, personne ne se rende compte de rien. Il n'y a aucune raison qu'on cherche des enregistrements extérieurs si je ne les évoque pas dans mon rapport.

Mon rythme cardiaque ralentit peu à peu. Demeure toutefois un fort sentiment de déception, impossible à évacuer. Je suis déçue de moi-même. Comment ai-je pu perdre le contrôle à ce point ?

Je revois la petite fille que j'étais à l'institut. Je repense à ses performances, à ses espoirs, à ses rêves. À cette époque où j'étais encore à la hauteur de ce qu'on attendait de moi.

27

Cette nuit-là, je rêve de Master. Collé sur mon dos comme une tumeur. Son corps, une boule de la taille d'un sac à dos, sa tête dans ma nuque, d'où il me murmure des reproches à l'oreille. Installée devant mes écrans, j'essaie de me concentrer sur l'analyse des données. Dès que je clique sur un fichier, il se multiplie. Espèce d'idiote, me chuchote Master. Elle ne ressautera jamais.

Je me réveille à mon bureau. Je suis pourtant sûre de m'être endormie dans mon lit.

Sur mon écran de travail, le dossier de mes performance reviews est ouvert sur le SecureCloud™. Il est vide. Je redémarre l'ordinateur, me reconnecte, ouvre le cloud. Le log indique que les données ont été effacées il y a quelques minutes, après mention de mon identifiant et de mon mot de passe.

Je ne me souviens pas de les avoir effacées.

J'essaie de récupérer les données, mais elles ont également été effacées du back-up. Mes doigts se mettent à trembler. La suppression illicite de documents relatifs à l'entreprise ainsi que de données concernant les employés déclenche une alerte sécurité, c'est la procédure standard. Comment vais-je expliquer ça ?

Je repense à Andorra, aux étranges troubles du sommeil qu'elle avait développés durant sa dernière année à l'institut. Son remue-ménage dans la chambre qui m'avait réveillée en pleine nuit. Elle était en train de fouiller dans des documents sur le bureau. Autour d'elle, le sol était jonché de papiers et d'objets. Je lui avais demandé ce qu'elle fabriquait. Pas de réponse. Ses yeux étaient ouverts, mais elle ne semblait pas consciente. Elle m'avait laissée la reconduire vers son lit et s'était rendormie comme si de rien n'était. Le lendemain matin, tout excitée, je lui avais raconté ses étranges agissements nocturnes. Nous en avions ri, mais lorsque ça s'était reproduit quelques nuits plus tard, j'avais été prise d'un sentiment de malaise. J'avais recouché Andorra, attendu qu'elle se rendorme et cette fois, le lendemain matin, je ne lui avais rien dit. L'Andorra nocturne me faisait l'effet d'un clone, d'une étrange créature qui avait l'apparence et la voix d'Andorra, mais ce n'était qu'un masque. Comme si quelqu'un avait pris possession de son corps et le manipulait à des fins obscures.

Une notification du réseau de messagerie interne me tire de mes pensées. Il s'agit d'un Urgent-Message™ d'un employé du service de protection des données.

Le log indique la suppression, non autorisée par la direction, à 4h21, de 67 fichiers internes sensibles créés par Hugo M. Master, avec votre profil d'utilisatrice. Veuillez confirmer que vous êtes responsable de cette suppression, afin que nous puissions écarter l'éventualité d'un hacking.

Je réponds à l'employé : *J'ai l'impression qu'il s'agit d'une crise de somnambulisme.*

Vous voulez dire que vous avez effacé ces données durant votre sommeil ?

Ça me semble la seule explication possible. Je n'ai aucun souvenir de les avoir effacées. Mais je me suis réveillée à mon bureau, et les données avaient disparu.

Je lance un scan sécurité sur votre serveur pour écarter l'éventualité d'un hacking.

OK, merci.

J'ai signalé l'incident à la direction, qui va se mettre en relation avec vous.

OK. Vous allez pouvoir récupérer les données ?

C'est déjà fait.

Merci.

Je rédige une note relatant l'incident et l'envoie à Master. S'il l'apprend du service de communication interne, il sera encore plus furieux que si je le signale moi-même. À ma grande surprise, il répond immédiatement. Il est 4h23.

Vous vous soumettrez à un examen médical demain matin.

C'est la première fois que ça m'arrive, vraiment. Je suis désolée. Je n'ai pas fait exprès.

Raison de plus pour vous soumettre à un examen médical.

J'ai déjà un examen obligatoire en fin de semaine.

Demain matin.

OK. Je suis vraiment désolée, monsieur Master.

Allez vous coucher. Votre sommeil est bien trop irrégulier. Et une fois de plus, vous n'avez pas atteint votre minimum d'activité.

Je suis désolée, monsieur Master.

Allez vous coucher.

Mais je ne parviens pas à me rendormir. Je pense à Andorra avant sa disparition. Possédée par une étrange créature qui lui avait ôté sa joie de vivre, l'avait transformée en un personnage triste, imprévisible et dangereux.

Assises sur le lit, nous regardions *Casting Queens*™. Nous nous amusions à commenter les déclarations du jury. Soudain, Andorra s'était levée d'un bond, comme si elle avait mal quelque part.

Je lui avais demandé si elle s'était fait piquer. Les fenêtres avaient beau être équipées de moustiquaires, les bestioles arrivaient toujours à se faufiler à l'intérieur. Elle avait secoué la tête et m'avait dévisagée, sans réagir à mes autres questions. Au bout d'un moment, j'avais tout simplement continué à regarder l'émission. Une de nos favorites était arrivée en demi-finale. Elle voulait devenir juge. Les questions étaient très spécifiques, il était question de textes de loi, des fondements du système juridique, de la Constitution. La candidate répondait tellement vite que j'avais du mal à suivre, et à plusieurs reprises, j'avais appuyé sur Pause et étais revenue en arrière pour revoir un passage. J'étais tellement absorbée par sa performance que j'en avais complètement oublié Andorra. Soudain, elle s'était plantée devant moi et m'avait secouée par les épaules comme pour me réveiller. Puis elle avait envoyé valser ma tablette d'un geste et s'était mise à hurler :

— Tu es vraiment idiote, Hitomi, tu n'es qu'une pauvre dinde. Tu ne veux rien savoir ! Tu ne comprends rien !

J'étais tellement abasourdie que je n'avais pas dit un mot. J'avais éclaté en sanglots. Andorra ne m'avait jamais parlé comme ça.

J'avais regardé cette fille avec laquelle je passais ma vie et qui, d'aussi loin que je me souvienne, dormait auprès de moi. Elle avait été remplacée par une étrangère. Mes yeux étaient gonflés. Mais mes larmes ne semblaient qu'attiser la colère d'Andorra.

— À ton avis, elle atterrira où si elle ne passe pas le prochain tour ? m'avait-elle crié.

— Elle retentera une prochaine fois.

— Et si elle n'y arrive toujours pas ?

— Elle réessaiera encore.

— Tu ne piges vraiment rien !

Elle crachait les mots entre ses lèvres comme des bouts de verre. Je ne l'avais jamais vue aussi furieuse.

— Qu'est-ce que je ne pige pas, Andorra ? Qu'est-ce que tu me veux ?

— Tu fais comme s'il y avait des règles valables pour tout le monde. Mais le jeu n'a rien de juste ! Nous, quand on nous emmène aux castings, on arrive directement dans les derniers tours, tu avais remarqué ?

— Parce qu'on s'est déjà préqualifiées.

— Parce qu'on s'est déjà préqualifiées ? Mais comment, Hitomi ? Qu'est-ce qui nous rend si spéciales ?

— On a eu de bons résultats aux tests de qualification, on a eu de meilleures notes que les autres.

— Tu y crois vraiment ? m'avait demandé Andorra.

— Pourquoi pas ?

Elle était partie en secouant la tête. Cette nuit-là, elle n'avait pas dormi dans son lit.

Je ne l'avais pas vue non plus au petit-déjeuner, le lendemain matin.

Elle était réapparue en classe, douchée, en uniforme, comme tout le monde. J'avais hésité un instant, puis j'étais allée m'asseoir à côté d'elle, et elle m'avait souri, comme si de rien n'était. Elle m'avait chuchoté à l'oreille qu'elle n'avait pas fait ses exercices de maths. Elle allait avoir des points de pénalité et des exercices supplémentaires. J'étais tellement soulagée d'avoir retrouvé mon amie que j'avais passé l'éponge sur ce qui s'était passé entre nous. Je ne voulais plus jamais y repenser. Je lui avais dit que je l'aiderais à faire ses exercices supplémentaires, comme ça elle aurait fini plus vite. Elle avait souri.

— Tu es la meilleure.

28

— Vous devez faire plus d'exercice.

Dans le contre-jour de la baie vitrée, je ne vois guère plus que les contours du visage du médecin. Des taches au niveau des yeux, le reste est dans la pénombre.

— Dix mille pas par jour, reprend-il. C'est ce qui est stipulé dans votre contrat. Cette semaine, vous n'avez jamais dépassé les quatre mille.

— Je ne peux pas vraiment m'éloigner de mon écran. Je fais une analyse live.

— Alors entraînez-vous au bureau. Votre santé devrait vous tenir plus à cœur. Ce n'est pas pour nous que nous fixons des objectifs de fitness, mais pour vous.

J'acquiesce, m'efforçant de lui donner le sentiment que je respecterai ses consignes à l'avenir, que je ferai mieux mon boulot.

— Votre sommeil est très irrégulier.

— C'est un peu difficile en ce moment, effectivement.

— Il est indispensable d'avoir un rythme de sommeil régulier, pour la santé tant physique que mentale.

— Je sais.

— Je vais vous prescrire un somnifère plus fort. Je vous conseille de faire des exercices de relaxation trente minutes avant le coucher. Nous indiquons différentes applis sur notre serveur.

— OK.

Le médecin parle à voix très basse dans sa tablette. J'ai peur que son rapport ne soit négatif.

— Vous croyez que le manque de sommeil pourrait être à l'origine de cet accès de somnambulisme ? dis-je le plus incidemment possible une fois qu'il a terminé de prendre ses notes.

— Ce n'était pas un accès de somnambulisme, mademoiselle Yoshida.

— Comment ça ?

— Nous avons analysé les données de votre activity tracker. Il ne peut s'agir de somnambulisme étant donné qu'au moment de la suppression des données, vous n'étiez pas en train de dormir.

— Mais puisque je me suis réveillée devant mon écran.

— Les données ne mentent pas, mademoiselle Yoshida. Vous le savez aussi bien que moi.

— Je vous assure que je n'ai pas fait exprès d'effacer ces données.

— Mademoiselle Yoshida, c'est vous la spécialiste : ne vous paraît-il pas logique qu'une employée qui obtient régulièrement des performance reviews médiocres, voire mauvaises, soit tentée d'effacer celles-ci afin d'améliorer sa prime de succès ?

Le médecin m'adresse un sourire lénifiant, comme j'ai moi-même appris à le faire lors des séances de gestion de crise. Son regard calculateur contredit l'expression d'empathie qu'affiche son visage. Il est en train de m'évaluer, il essaie de voir comment je réagis à la confrontation.

— Je ne peux vous raconter que ce dont je me souviens. Et quand je me suis réveillée, les données étaient déjà effacées.

— Je veux bien croire que c'est ainsi que vous l'avez perçu, mademoiselle Yoshida. Il arrive à notre cerveau de bloquer des souvenirs que nous sommes incapables de gérer. Je le répète, c'est vous la spécialiste.

Et si j'avais effectivement effacé ces données en étant parfaitement consciente, dans une sorte de crise, et que mon esprit me protégeait de ce que ça révélait sur moi-même ? Si le fait d'effacer les données des caméras de la clinique et de mon entretien pour Call-A-Coach™ était le signe d'un processus destructeur interne, une sorte de perte de contrôle de ma conscience ? De mes pensées, de mes actes ? J'ai la sensation de tomber, soudain, et je dois me retenir au bord de la table d'examen à côté de moi.

Enfant, avant de réagir à quoi que ce soit, je m'entraînais à anticiper les conséquences de mon action. Avant de prononcer le moindre mot, j'essayais d'envisager l'effet qu'il pourrait produire sur mon interlocuteur.

— Mademoiselle Yoshida, me dit le médecin. Nous voulons vous donner une seconde chance.

Le ton est parfaitement choisi, c'est exactement celui que l'on recommande d'adopter face à des clients peu coopératifs : aimable, mais ferme.

— M. Master a décidé de ne pas porter plainte contre vous.

— Merci. Merci beaucoup.

Le soulagement est perceptible dans ma voix. Ma vue se brouille.

— Considérez cela comme un avertissement. Nous nous réservons la possibilité d'engager des poursuites dans le cas où vous contreviendriez une nouvelle fois aux termes de votre contrat.

— Bien sûr, dis-je. Ça n'arrivera pas.

— Cela concerne également vos obligations en matière de santé. Vous devez nous garantir un minimum d'activité physique. De sommeil.

— Oui, dis-je.

— Nous voulons juste le bien de nos employés.

— Oui, dis-je. Remerciez M. Master de ma part. S'il vous plaît, dites-lui que je suis désolée.

Le médecin me serre la main en m'adressant un sourire aimable, puis se désinfecte aussitôt. Dans le couloir, une nouvelle fois cette sensation d'être en chute libre, et ma vue qui se brouille à tel point que je dois m'appuyer contre le mur.

29

— J'ai quelque chose à te dire.

Zarnee semble nerveux. Il se balance d'un pied sur l'autre, se touche sans cesse l'oreille droite.

— Il s'est passé quelque chose ? demande Riva.

— Assieds-toi.

Zarnee prend Riva par la main, l'emmène vers le canapé, l'assied, s'installe à côté d'elle.

— Zarnee, tu me fais peur.

— Tu n'as aucune raison d'avoir peur.

J'ai immédiatement un mauvais pressentiment.

Je lui écris via notre réseau de communication : *Zarnee, qu'est-ce que vous faites ?*

La notification lui fait reporter son attention sur sa tablette, posée sur la table basse. Il la saisit, jette un bref coup d'œil à l'écran, met l'appareil en silencieux. Son expression ne me permet pas de savoir s'il a lu mon message.

— Riva, dit Zarnee.

Il prend ses mains dans les siennes. Comme ça, en plan d'ensemble, on dirait un couple. Ils se regardent dans les yeux.

— Je pars, déclare Zarnee.

— Où ça ? Maintenant ?

— Mes affaires sont prêtes.

— Qu'est-ce que tu veux dire ?

— Je ne reviendrai pas.

Zarnee ? Qu'est-ce que vous faites ?

Sa tablette vibre, il l'ignore.

— Qu'est-ce que tu veux dire ? répète Riva.

Sa voix est blanche, faible.

— Je déménage.

J'écris : *Zarnee. Arrête tout de suite, rappelle-moi.*

Zarnee approche les mains de Riva de son visage comme pour s'assurer qu'elles sont bien réelles.

— Je suis désolé, Riva.

— Qu'est-ce qui s'est passé ? Tu n'as plus assez de credits ? Tu te fais expulser ?

— Un truc dans le genre.

Zarnee ! Arrête !

— En fait…

Sa voix se brise.

— J'ai honte de te le dire, tu comprends, reprend-il.

— Tu peux tout me dire.

— Je ne suis pas celui que tu crois, enfin pas tout à fait. Je n'ai pas emménagé ici comme ça. J'étais en mission.

Mon activity tracker se met à sonner. Un message d'avertissement à cause de ma fréquence cardiaque. Mon pouls s'emballe. J'essaie de respirer lentement pour le faire redescendre, tout en bombardant Zarnee de consignes qu'il ignore. Mon tracker sonne en continu. Je l'arrache de mon bras, le jette par terre.

— Comment ça, en mission ? demande Riva.

Zarnee ne répond pas. Il prend sa tablette, survole apparemment mes messages. Je tape aussi vite que je peux : je veux que Zarnee lise ce que je lui écris avant qu'il repose sa tablette.

Tu as signé une clause de confidentialité ! Si tu romps ton contrat, tu vas être expulsé.

Je vois Zarnee éclater de rire.

— Parle-moi, insiste Riva. Qu'est-ce qui se passe ?

Il reprend ses mains dans les siennes, les embrasse.

— Attends, dit-il, donne-moi une seconde. Le temps de me débarrasser d'un moustique qui n'arrête pas de me tourner autour.

Il tape sur sa tablette.

Je n'ai plus de contrat. Master m'a viré.

Mon activity tracker se remet à sonner. Nouvel avertissement : je n'ai pas le droit de l'ôter aussi longtemps.

Ce n'est pas possible.

Check your facts, Mosquito.

Le serveur indique que Master n'est pas connecté. Je compose son numéro, tombe sur un message d'absence.

Même si c'est vrai, la clause de confidentialité est toujours valable. Tu ne peux pas lui dire, tu vas tout gâcher. Tu vas gâcher les chances de guérison de Riva.

— Zarnee, insiste Riva, dis-moi ce qui se passe !

Zarnee écrit : *Riva n'a jamais été malade.*

La sonnerie de mon activity tracker ne s'arrête pas. Je le ramasse, le remets à mon poignet. Ma fréquence cardiaque est encore trop élevée. J'essaie de mettre le tracker sur silencieux, mais je suis dans un tel état de panique que je ne trouve pas l'option.

Aucune réaction de Master à mes Urgent-Messages™.

— C'est une société qui m'envoie, dit Zarnee.

— Quoi ? Qui ça ?

Zarnee, je t'en prie. Ne sabote pas mon projet.

Zarnee lit mon message. Il rit, secoue la tête.

— Une société engagée par Dom. Ce sont tes sponsors qui financent la mesure. J'étais censé te faire retrouver ta motivation.

Un sentiment d'impuissance s'empare de moi. Une envie impérieuse d'éteindre et de rallumer l'écran. De redémarrer les caméras. De tout reprendre à zéro.

Mon appartement est glacial. J'ai la chair de poule de la tête aux pieds. Mon tracker sonne en continu. Ma fréquence cardiaque est montée à cent soixante. Je me retiens au bureau pour ne pas m'évanouir. Je dois respirer calmement. Penser calmement.

— Je ne comprends rien, dit Riva. Qu'est-ce que tu es censé faire ? C'est Dom qui t'envoie ?

Elle a lâché la main de Zarnee. Ses bras sont croisés sur sa poitrine.

— Je ne devais rien faire de spécial, dit Zarnee. La psy avait une sorte de théorie : mon influence, ma présence pourrait déteindre positivement sur toi.

— Pourquoi ?

— Parce que tu parles des Périphéries dans ton journal. À cause de mon blog. Ils ont dû se dire qu'on s'entendrait bien tous les deux. Ils n'avaient pas complètement tort.

— Dom a lu mon journal ?

Sur le canapé, Riva s'éloigne de Zarnee.

Je réessaie sans cesse le numéro de Master, tandis que mon cœur menace d'exploser. C'est juste une crise de panique, me dis-je, c'est dans ta tête, tout ça.

Je veux écrire un nouveau message à Zarnee et reçois une notification : il m'a bloquée.

— La société engagée par Dom a décodé l'appli, dit-il.

— Ils n'ont pas le droit de faire ça.

— En signant ton contrat avec l'Académie, tu leur as cédé tous tes droits de la personnalité, Riva. Absolument tout ce que tu écris durant ta période d'engagement appartient à l'Académie.

— Quoi d'autre ? réplique Riva sur un ton agressif.

— Je ne sais pas exactement. Mais ils t'observent. Grâce aux caméras de surveillance. Ils nous regardent. En ce moment même, une psy m'envoie des messages.

Il tend sa tablette à Riva. Elle secoue la tête.

Une notification sur la mienne. Quelqu'un est à la réception de mon immeuble. Master apparaît sur l'image de la caméra de surveillance. Je le fais entrer.

Riva est en train de pleurer. Gouffre blanc du canapé entre eux. On dirait que Zarnee hésite, qu'il se demande s'il peut s'approcher, la toucher.

Le bruit d'un poing qui tambourine contre ma porte. J'ouvre, et Master s'engouffre à l'intérieur. Il est hors de lui. La peau de son visage est constellée de plaques rouges. La sueur ruisselle sur ses tempes.

Il me dévisage un instant sans rien dire, comme s'il devait d'abord recouvrer la faculté de parler. Du coin de l'œil, j'essaie de suivre ce qui se passe sur l'écran. J'entends Riva pleurer.

— Comment a-t-on pu en arriver là ?

Le corps tout entier de Master est tendu à l'extrême. Ses poings sont serrés, ses épaules dures, raides. Sa posture est tellement agressive que je recule instinctivement d'un pas et tends les bras devant moi.

— Monsieur Master, dis-je, j'ai essayé de l'en empêcher. Je n'ai rien pu faire.

— Je vous avais dit dès le début que ce garçon était une bombe à retardement ! Vous avez saboté le projet. Les investisseurs vont se retirer.

— Il m'a dit que vous veniez de le licencier.

— J'ai essayé de me débarrasser de lui avant qu'il ne soit trop tard. Manifestement, c'est raté.

— Son comportement est une réaction directe à son licenciement. Pourquoi ne m'avez-vous pas informée ?

— Je doutais depuis le début qu'il soit le bon intervenant.

— Mais ça a marché. Elle s'est rapidement réinsérée.

— Elle n'a pas avancé d'un pouce. Elle ne saute toujours pas. Tout ce qu'elle fait, c'est passer du temps dans des endroits louches avec des individus louches. Cette relation avec votre intervenant n'a fait que l'éloigner davantage de nous.

Sur l'écran, Riva est toujours sur le canapé. Elle se tient droite, immobile, comme si elle posait pour une photo. Zarnee n'est pas dans le cadre.

— Monsieur Master, dis-je, laissez-moi tenter de sauver la situation. Laissez-moi contacter Riva directement.

— Vous ne faites rien du tout, mademoiselle Yoshida. Vous êtes suspendue jusqu'à nouvel ordre.

— Monsieur Master. Je vous promets de tout mettre en œuvre pour reprendre le contrôle de la situation. Laissez-moi au moins essayer.

— Votre suspension prend effet immédiatement. Enfreindre le règlement entraîne des sanctions, des amendes. Vous viendrez me voir à mon bureau demain matin. Mon assistante vous indiquera l'heure. Mettez ce maudit tracker en silencieux. Votre fréquence cardiaque est bien trop élevée. Respectez enfin votre plan d'entraînement. Et faites vos exercices de mindfulness.

Je regarde Master prendre l'ascenseur sur l'écran de surveillance, et mes forces m'abandonnent. Je me laisse glisser sur le sol, essayant de fixer mon regard sur un point au plafond pour ne pas m'évanouir. Mon tracker cesse enfin de sonner. Ma fréquence cardiaque s'est ralentie.

Dans le silence soudain de mon appartement, j'entends Riva pleurer. L'écran la montre toujours au même endroit sur le canapé, mais elle est recroquevillée sur elle-même, effondrée. Son corps tressaille au rythme de ses sanglots. Elle a l'air plus petite que tout à l'heure. La voir ainsi déclenche une réaction physique, ma fréquence cardiaque s'accélère, mon estomac se noue, me semble complètement vide.

Je clique sur toutes les caméras, mais Zarnee a quitté l'appartement. Sa tablette et sa valise ont disparu. Je lance une recherche avec son face tag, aucun résultat. Il doit être en route pour les Périphéries, off the grid.

Il ne sert à rien de le chercher. Aucune sanction ne pourra l'atteindre dès lors qu'il a décidé de quitter la Ville.

Pour Riva, en revanche, il n'est pas encore trop tard. Riva est toujours là, dans son appartement, sur son canapé.

J'envisage d'aller la voir. De lui expliquer la situation. De la persuader de coopérer.

Mais je dois respecter ma suspension, si je ne veux pas finir moi-même dans les Périphéries. Je peux seulement espérer que Master me donnera une dernière chance.

J'active le mode entraînement de mon activity tracker et commence mes exercices de mindfulness. Je vais en faire le double, pour prouver à Master que ce n'étaient pas des paroles en l'air.

30

Le bureau de Master a encore changé. La statue du Bouddha a disparu, les meubles sont de retour. Enfin, de nouveaux meubles, en verre acrylique : on voit donc à travers, avec une déformation minimale. Master se tient derrière son bureau, et le bas de son corps paraît un peu plus large que le reste.

— Mobilier Clearhead™, annonce-t-il en remarquant mon regard. Le CEO s'est plaint de ne plus pouvoir s'asseoir chez moi. Il a des problèmes de dos. J'ai choisi des meubles en plexiglas, l'effet est comparable, vous ne trouvez pas ? On ressent l'extension de l'espace, mental et physique. L'absence d'objets perturbants.

Je hoche la tête, comme pour approuver.

— Mademoiselle Yoshida, dit Master en s'avançant vers moi, je viens de parler à votre médecin. Votre score de fitness et les résultats de vos derniers examens obligatoires sont vraiment préoccupants.

Je suis un peu déconcertée que Master n'évoque pas immédiatement le désastre de la veille. Il doit suivre une dramaturgie particulière, se rapprocher étape par étape, du plus anodin au plus grave, au véritable objet de notre entretien.

— Je suis en train d'ajuster mon rythme de sommeil, dis-je. J'ai décidé de doubler mon quota d'activité physique et d'exercices de mindfulness.

— Vous présentez plusieurs symptômes psychosomatiques, mademoiselle Yoshida.

— Que voulez-vous dire ?

— Dans votre rapport Douleurs, vous indiquez souffrir de différents types de maux de tête. Migraine, douleur fulgurante, troubles de la vue. Ainsi que de crampes à la vésicule biliaire et à l'estomac. Autant de raisons d'invoquer l'incapacité de travail.

— Ce n'est pas aussi grave que ça en a l'air. Tout est sous contrôle. Un ou deux médicaments et ça passe, la plupart du temps. J'ai mentionné tout ça par souci d'exhaustivité. Pour ne rien cacher.

— J'ai eu une longue discussion avec le médecin, reprend Master, et nous pensons tous les deux qu'au vu de ces symptômes psychosomatiques, vous n'êtes actuellement pas en état de travailler.

Je sens mon cœur qui s'emballe. Une vague de chaleur envahit ma poitrine.

— Pour votre propre sécurité, nous devons vous suspendre. Vous ne pouvez pas exercer votre métier de psychologue dans votre état.

— Monsieur Master, dis-je, m'efforçant de parler d'une voix aussi neutre que possible et de couvrir le bourdonnement qui envahit mes oreilles, je suis vraiment désolée de ce qui s'est passé avec Zarnee Kröger. J'aurais dû l'empêcher. Mais je ne savais rien de son éviction du projet.

— Nous vous sommes très reconnaissants du travail accompli jusqu'ici.

— Laissez-moi au moins essayer de rattraper la situation. Nous avons fait tellement de progrès ces derniers jours. L'état de Riva Karnovsky s'est vraiment amélioré. Elle veut ressauter. Le pronostic est très bon, elle a quasiment convenu d'une séance d'entraînement à l'Académie. Donnez-moi une semaine. Quelques jours au moins.

— Nous avons chargé un collègue de reprendre le projet.

— Monsieur Master, je vous en prie. Donnez-moi encore une chance.

Master sourit.

— Nous vous avons préparé un exit package généreux. Au vu de vos symptômes, nous vous recommandons de suivre un traitement. Je vous ai joint une liste des meilleurs établissements des environs. Faites-vous aider, mademoiselle Yoshida. Nous participerons volontiers aux frais.

J'ai la nausée. J'essaie de fixer mon regard sur un point dans la pièce, l'angle du bureau en plexiglas devant la fenêtre, sur lequel un rayon de lumière vient se briser en deux.

Je respire profondément, regarde à nouveau Master.

— Monsieur Master, dis-je d'une voix ferme, je vais bien, je fais du bon travail.

— Votre santé nous tient à cœur, mademoiselle Yoshida. Elle devrait vous tenir à cœur à vous aussi.

— Monsieur Master, je ne suis pas malade. J'ai fait une erreur. Mais Zarnee Kröger a eu une influence positive sur Karnovsky. Les investisseurs doivent bien le reconnaître.

Les coins de la bouche de Master s'affaissent lentement. Le professionnalisme bienveillant s'effrite. Il se tourne vers le sablier placé sur le mur, à sa droite.

— Notre mission consiste à faire en sorte que Riva Karnovsky soit en état de reprendre la compétition. Or nous n'avons pas avancé d'un pouce. Les investisseurs ont de la compréhension pour votre état. Ils vous souhaitent le meilleur pour l'avenir.

— Donnez-moi une semaine, je vous en prie !

— Mademoiselle Yoshida, votre successeur a déjà été notifié.

Les yeux de Master me quittent pour balayer la pièce. Je sens mon cœur marteler ma cage thoracique. Mon fitness tracker va sonner l'alarme d'une minute à l'autre.

— J'aimerais l'avis d'un second médecin, dis-je. C'est mon droit.

Le regard de Master est glacial.

— Je dois vous mettre en garde, mademoiselle Yoshida. Nous pouvons à tout moment engager des poursuites contre vous. Vous avez effacé des données sensibles appartenant à l'entreprise, vous avez fait de la rétention d'informations concernant des processus illégaux et effacé les données d'une caméra de surveillance externe de votre historique de travail. Vous pensiez peut-être que nous ne nous en rendrions pas compte ? Nous nous sommes montrés conciliants en refusant de porter plainte. Si vous préférez perdre votre autorisation d'exercer plutôt que de perdre un projet, la décision vous appartient. Votre situation financière n'est pas des plus stables. Vous vivez dans une catégorie d'immeubles trop chère pour vos revenus. Si vous perdez votre autorisation d'exercer, dans quelques jours vous serez en route pour les Périphéries. C'est ça que vous voulez ?

Tandis que Master me parle, j'ai une expérience extracorporelle. À chaque mot, ma conscience s'éloigne un peu plus de moi-même, jusqu'à ce que je me voie de loin, au milieu du bureau de Master. À distance, je le regarde, face à moi, me sourire, puis me tendre la main. Je l'entends dire quelque chose, mais je ne comprends pas quoi. Dans mes oreilles, le sang bouillonne comme un torrent qui s'effondre et dévale la montagne. Moi aussi, je m'effondre, mes jambes me lâchent, mais je nous vois toujours debout face à face dans la pièce, comme si seule une partie de mon corps était touchée par cette défaillance, comme si j'existais en deux états, évanouie et parfaitement lucide. Je me regarde tomber lentement sur le sol devant Master. Je le vois se pencher au-dessus de moi, prendre mon pouls et lever mes jambes à angle droit, comme s'il me faisait faire un exercice de gymnastique. Il a évalué et compris la situation, il réagit de manière parfaitement maîtrisée, suivant comme un élève modèle les étapes apprises durant son entraînement de manager, un workshop comme j'en ai moi-même dirigé un temps avec des cadres, une suite d'assertions et de gestes que l'on répète jusqu'à ce que les gens soient capables de prendre certaines mesures de manière complètement intuitive.

Tandis que je regarde Master me secouer méthodiquement pour me faire reprendre conscience, la pièce retrouve peu à peu ses contours. Le voile noir qui s'était posé comme un filtre sur mon iris s'écarte. Une étagère en plexiglas asymétrique s'assemble sous mes yeux.

Master tient toujours mes jambes à angle droit. Elles sont engourdies, insensibles. Je sens d'infimes picotements dans les doigts.

Master laisse enfin glisser mes jambes au sol, lentement, les pose genoux pliés. Comme si j'étais une poupée, un jouet qu'il aurait entreposé dans son bureau.

Je me sens fiévreuse. Je m'assieds, ôte ma veste avec des gestes hésitants, me rallonge. Mon cœur bat à toute vitesse, mais je ressens une grande fatigue.

— Je vous apporte un verre d'eau, dit Master d'un ton neutre.

Une phrase tout droit sortie d'un stage de gestion de crise que j'aurais pu moi-même animer.

Il revient avec un verre d'eau qu'il porte d'une main à ma bouche tandis qu'il maintient ma tête de l'autre.

— Ne me touchez pas.

Ma voix est faible, cassée. Je me redresse.

Master me laisse tenir le verre. Il a l'air soulagé de céder cette responsabilité.

— Ça va mieux ?

— Non. Ça ne va pas mieux. Vous venez de me virer.

Ma voix me semble celle d'une autre. Le choix affligeant des mots et le ton furieux me sont désagréables, comme s'ils ne sortaient pas de ma propre bouche.

— *Stricto sensu*, il ne s'agit pas d'un licenciement, mais d'une suspension sur avis médical.

Je m'appuie par terre pour me relever.

— Vous allez voir le potentiel que j'ai, dis-je, suivant un instinct qui m'est incompréhensible.

— C'est une menace ? s'enquiert Master avec un sourire que je ne parviens pas à interpréter. Signez ici, s'il vous plaît.

Il me tend une tablette avec le contrat de mise en disponibilité. J'appuie mes doigts, un par un, aux emplacements prévus.

Je quitte le bureau sans regarder une dernière fois Master dans les yeux. J'ai la nausée.

Je cours vers les toilettes les plus proches et vomis dans le lavabo. J'ai honte de ma faiblesse. Je suis sûre que Master m'observe. Debout dans les toilettes, en regardant mon visage livide dans le miroir, je repense au nombre de fois où j'ai observé Riva dans sa salle de bains. Une vague de compassion inattendue m'envahit. Je revois Riva en train de pleurer sur son canapé. Les murs des toilettes du personnel sont entièrement carrelés. Je ne me suis jamais demandé où les caméras étaient cachées.

L'idée de rentrer chez moi me répugne. J'ai trop chaud. Au lieu de regagner le parking, je descends dans le hall et sors par l'entrée principale. Lorsque j'émerge de la porte à tambour, le froid frappe toute la surface de mon corps, comme si je fonçais dans un mur invisible.

Un coup de froid inattendu. Je me rends compte que j'ai laissé mon manteau sur le portemanteau en plexiglas du bureau de Master. Quant à ma veste, elle gît sans doute toujours par terre, lui rappelant ma présence comme une tache de sang. Je ne porte rien d'autre qu'un chemisier blanc et une jupe gris chiné sur un collant fin. Le choc de température me fait du bien, je me sens soudain parfaitement lucide. Je suis contente d'avoir surmonté la chaleur de ces dernières semaines.

Puis je commence à avoir vraiment froid.

Devant le terminal de l'accueil, je me rends compte que ma tablette, ainsi que les key fobs de mon bureau, de mon appartement et de ma voiture sont dans la poche de ma veste. Sans key fob, je suis obligée de sonner à la porte du bâtiment. La réceptionniste ne comprend pas mes explications.

— Vous travaillez pour PsySolutions ?

— Oui.

— Et vous avez perdu votre key fob ?

— Je l'ai laissé dans le bureau de mon chef. Hugo M. Master.

— M. Master a quitté le bâtiment il y a quatre-vingt-dix secondes. Il a des rendez-vous à l'extérieur et ne sera de retour que demain.

— Il a peut-être déposé ma veste à l'accueil ?

— Votre veste ?

— Mes clés y sont. J'ai oublié ma veste, dans laquelle se trouve mon key fob, dans son bureau.

Le froid commence à s'insinuer dans mes membres. Je danse d'un pied sur l'autre pour me réchauffer.

— Quel est votre nom ?

— Hitomi Yoshida. Est-ce que vous pourriez me laisser entrer ? Il fait très froid dehors et je n'ai pas ma veste.

— Identifiant ?

J'essaie de me le rappeler, en vain. Je claque des dents, j'ai du mal à m'exprimer clairement.

— Vous ne pouvez pas m'identifier par la reconnaissance faciale ?

Je lui donne ma date de naissance, mon adresse et mon lieu de formation pour qu'elle me trouve dans la base de données.

— Je vous ai trouvée, déclare-t-elle. Avec la mention "licenciée". Je ne peux pas vous laisser entrer.

— Mais je veux juste récupérer ma veste pour pouvoir rentrer chez moi. Ma voiture est garée dans le parking du personnel. Je vous promets de quitter le bâtiment aussitôt que j'aurai récupéré mes clés.

— Il faut que je voie avec votre supérieur.

— Vous pouvez me laisser entrer, en attendant ?

Le froid engourdit mes doigts et mes orteils. La femme ne répond pas. Je me mets à sautiller sur place en me frottant les bras. Un groupe d'employés d'un autre service se dirige vers l'entrée. Je me glisse parmi eux.

— Excusez-moi, me dit l'homme derrière lequel je me suis placée, vous travaillez ici ?

— Oui.

— Où est votre key fob ?

— Je l'ai oublié à l'intérieur.

— Nous ne pouvons pas vous laisser entrer. Vous connaissez les consignes de sécurité.

— Je veux juste attendre dans le hall. Il fait froid et j'ai oublié ma veste.

L'homme me bloque le passage jusqu'à ce que le reste du groupe ait franchi la porte à tambour. Puis il hausse les épaules et entre à son tour.

J'essaie de voir l'intérieur du hall par la porte vitrée. Juste à l'entrée, une femme regarde dans ma direction. Je lui fais signe, me frotte les bras, désigne mon chemisier puis le bouton d'ouverture de la porte. La femme se détourne et disparaît d'un pas rapide à l'intérieur du bâtiment.

La vague de colère me cueille de manière aussi inattendue que l'évanouissement dans le bureau de Master. Je donne des coups de pied contre la porte. Des coups de poing. Une nouvelle fois, je me sens scindée en deux : ce personnage à la porte qui tape contre la paroi en verre comme s'il venait de s'échapper d'une clinique psychiatrique, et une seconde personne, calme, mais impuissante, qui le regarde à quelques mètres de distance.

Mes poings sur le verre produisent moins de bruit que je ne l'aurais cru.

Une douleur lancinante dans mes mains finit par me ramener à mon corps. L'angoisse m'étreint. Je me retourne pour voir si le service de sécurité a déjà été prévenu.

La place devant le bâtiment est déserte. Le hall, derrière la vitre, pour autant que je puisse voir, également.

Je tourne les talons et me mets à courir. Il n'y a personne d'autre sur le trottoir, mais à côté, sur la chaussée, des files de voitures. Il est midi, donc ce sont avant tout les camionnettes de livraison des principales sociétés de take-out.

Je cours, poussée par la peur. J'imagine le personnel de sécurité qui m'attend devant la porte de mon appartement.

Arrivée à hauteur d'une station de sky train, j'entre pour me réchauffer. Les sensations reviennent très lentement dans mes mains, mes pieds.

La station est bondée. Comme dans une chorégraphie, les gens se déplacent rapidement mais sans se gêner, ne ralentissant qu'au moment de placer leur tablette sur le capteur du contrôle d'entrée.

Ma tablette à moi est dans ma veste sur le sol du bureau de Master.

Je me vois dans le hall de la station comme un obstacle déposé au milieu de la foule. Un corps étranger. Je ne vais pas pouvoir rester plantée là longtemps sans me faire remarquer.

L'un des portiques n'est pas bien fermé. Il doit être défectueux. Je m'approche et, sans me retourner, me glisse dans l'étroit interstice. Mon cœur s'emballe, mais personne ne semble se rendre compte de mon infraction.

J'essaie de tenir le rythme des voyageurs, mais de la plate-forme vers laquelle je me dirige ne partent que des trains qui vont dans la direction opposée à mon district. En rebroussant chemin, je bouscule une femme en uniforme de coursier, puis un homme d'âge moyen qui fait tomber son attaché-case. J'essaie d'éviter les corps, des bras se pressent contre les miens, tissu contre tissu, j'ai trop chaud, je me fraye un chemin jusqu'au mur, sans respirer.

Lorsque je suis enfin montée dans la bonne ligne, mon chemisier est à moitié sorti de ma jupe et un film de sueur s'est formé sur mon front. J'essaie de remettre un peu d'ordre dans mes cheveux.

Nous arrivons dans mon district lorsque je me rends compte que, sans key fob, je ne vais pas pouvoir rentrer dans mon appartement. Je descends et me mets à errer sans but dans les rues.

C'est en voyant le bar que je comprends où j'allais. J'entre. Il n'y a que quelques clients. Aucun manager n'organiserait un lunch meeting dans ce genre d'endroit. Je balaie la salle du regard et vois des gens comme moi, licenciés, relégués, underperformers. Deux hommes assis l'un contre l'autre dans un coin, absorbés dans leur conversation. Un autre au bar, penché en avant. Je me dirige vers le comptoir, lorsqu'une femme sort des toilettes et rejoint les hommes dans leur box. Ils semblent ne pas remarquer sa présence.

Le barman me reconnaît.

— Flydive™, non, vodka martini, dit-il en souriant, et il fait mine de préparer mon cocktail.

— Non, je vais prendre un Flydive™, aujourd'hui.

Il secoue la tête.

— J'ai l'air de m'ennuyer ?

Le ton est bien trop familier, mais je lui suis tout de même reconnaissante. Enfin quelqu'un qui se montre aimable avec moi.

— Je ne veux plus entendre parler d'ennuis pendant un moment, dis-je, essayant d'imiter son ton amical.

L'intimité a beau être jouée, je me sens aussitôt mieux. Régulièrement, des études démontrent l'influence que les expériences de pensée peuvent avoir sur les émotions réelles. Exercices de visualisation, jeux de rôle, mantras.

— Mauvaise journée ?

Manifestement, il a envie de discuter. Il doit être à son poste depuis ce matin et n'a pas parlé avec quelqu'un d'à peu près sain d'esprit depuis. Non que je sois moi-même particulièrement saine d'esprit. À en croire Master.

— On peut dire ça comme ça.

Il pose mon cocktail devant moi, attrape lui-même un verre et le cogne contre le mien. Je bois une grande gorgée de Flydive™, fais presque instantanément la grimace.

— Hé ! fait le barman, faussement indigné.

— Désolée, réaction émotionnelle. Ce n'est pas le cocktail, c'est ce qu'il m'évoque. Le cocktail est très bon.

Des rires nous parviennent depuis le box. L'un des deux hommes, une main devant les yeux, rit aux éclats, tandis que l'autre, hilare également, lui tape sur l'épaule. Face à eux, la femme rit elle aussi, comme si la blague était d'elle.

— Tu veux bien me dire ce qui t'a pourri ta journée ? demande le barman.

— Des meubles en plexiglas.

— Il va falloir que tu m'expliques.

Je vide mon verre. Le barman m'adresse un sourire de conspirateur et me prépare un vodka martini. Il me semble étrangement familier, soudain. Ses mains fines qui passent du verre au bac à glaçons, avant d'écarter une boucle qui lui tombait sur les yeux.

— Mon chef a rempli son bureau de meubles en plexiglas. Parce que son chef à lui a des problèmes de dos et veut être assis confortablement. On dirait qu'on a des problèmes de vue. Tout paraît déformé, élargi, étiré.

— Et ?

— Et après il m'a virée.

Le mot, inattendu, sonne soudain parfaitement juste.

Le barman pose le vodka martini devant moi, si brusquement que le liquide incolore déborde.

— Celui-ci est offert.

Je ressens une brusque montée de chaleur en me rappelant que, sans ma tablette, je ne peux rien payer du tout.

— Fuck fuck fuck fuck.

— Quand on ne te connaît pas, on n'imagine pas que tu puisses jurer comme un charretier.

— Je n'ai pas de quoi payer. J'ai oublié ma tablette dans le bureau de mon chef.

— Oups.

— Je suis partie trop vite. Sans réfléchir.

— Je t'invite.

— Mes clés aussi. Je ne peux pas prendre ma voiture, ni rentrer chez moi.

— Si tu peux attendre jusqu'à la fin de mon service, on pourra aller chez moi.

Le barman me fait un clin d'œil. Sa proposition me prend complètement au dépourvu. Le caractère explicite de l'invite me répugne. Je n'ai aucune envie de coucher spontanément avec un inconnu. Mes one-night-stands sont eux aussi organisés par l'agence, je connais toujours le profil de mes partenaires, leurs préférences sexuelles. Mais ai-je vraiment le choix ?

La fatigue ressentie tout à l'heure dans le bureau de Master m'envahit à nouveau. Où aller, si ce n'est chez cet homme derrière le comptoir ? Je ne peux contacter personne.

Je n'ai d'ailleurs personne à contacter.

— C'est gentil, dis-je sur un ton poli, censé instaurer une certaine distance.

— Je suis quelqu'un de gentil.

— OK, on pourra aller chez toi.

Lorsque le barman m'emmène vers sa voiture à la fin de son service, je suis sous l'emprise de l'alcool. J'apprécie la perte d'inhibition, mes pensées me paraissent ouatées, alanguies.

Je suis joyeuse. Je le regarde depuis le siège passager et ne peux m'empêcher de sourire. Il sourit lui aussi. Il me paraît beaucoup plus jeune soudain, et je me sens moi aussi ramenée vers l'adolescence ; lorsque nous avions quatorze ans, Andorra et moi étions sorties quelquefois dans des bars, nous avions rencontré quelques hommes. L'envie de vivre que je ressentais alors. Le rire communicatif d'Andorra et la manière dont son corps se mouvait avec un autre quand elle dansait et moi qui me disais : Quel privilège d'être son amie. La sincérité, la pureté de mon amitié pour elle. Au matin, la mauvaise conscience me rattrapait, la peur de me faire prendre. Peur des punitions, des mauvais bulletins, d'un avenir perdu. Alors, je disais à Andorra que je ne l'accompagnerais plus jamais, jusqu'à la prochaine fois où elle me réveillait en pouffant et me prenait par la main pour m'entraîner dans les couloirs silencieux de l'institut, dans la nuit.

Les lumières de la Ville qui défilent. Cette pensée soudaine que Master n'est plus sur mon dos. Finies, les performance reviews. Finie, la peur du rouge dans mon tracking tool.

Je m'enfonce dans mon siège, étire mes bras au-dessus de ma tête, bouge mon corps comme si j'étais en train de danser. Le barman se met à rire. Andorra quand elle dansait. Les yeux fermés, les bras levés au-dessus de la tête. Les petites perles de sueur au-dessus de sa bouche, dans le sillon entre son nez retroussé et ses lèvres entrouvertes.

Je me penche vers le barman et l'embrasse. Je l'embrasse jusqu'à ce qu'il me repousse en riant parce qu'il ne voit plus l'écran de bord.

Le trajet est long, la chaleur de l'habitacle m'endort. Lorsque je me réveille, la voiture est en mode stationnement. Le barman effleure mon visage.

Il descend, m'ouvre la portière et je sens un froid mordant, ainsi qu'une odeur qui provoque un mouvement de recul. Une odeur d'aliments moisis, de cadavres d'animaux, d'ordures. Je connais cette odeur.

— On est où ?

Le barman me tend la main pour m'aider à sortir de la voiture.

— Tu vis dans les Périphéries ?

— Mon credit score n'est pas encore suffisant pour une relocalisation. Mais j'y suis presque. C'est pour bientôt. J'ai encore deux autres low pay jobs. Quand j'aurai une adresse dans la Ville, je pourrai candidater pour un pay level supérieur.

J'ai un haut-le-cœur, je sens un goût acide dans ma gorge.

— Trop de vodkas martinis ?

Il ramène mes cheveux en arrière, mais je n'ai pas envie de vomir, je revois le petit dans son sac en plastique troué, les traces de vomi qu'on essuie sur mes vêtements. Je déglutis.

L'appartement du barman se trouve dans une sorte de lotissement. Des cubes de béton indissociables qui semblent se multiplier à l'infini. La lumière orange des réverbères n'éclaire qu'une partie de la rue.

Il a passé un bras autour de ma taille pour me soutenir. Mon euphorie s'est envolée. J'ai mal à la tête. Des crampes d'estomac.

Une fois dans son minuscule appartement, il me tend une bière bon marché.

— Tu es stérilisée ?

J'acquiesce et commence à me déshabiller. Le rapport sexuel paraît inévitable. Le désir que je ressentais dans la voiture a disparu, mais je suis là, maintenant, j'ai accepté l'accord tacite.

— Tu pourrais faire semblant de ne pas l'être ?

J'ai lu des articles sur des paraphilies de ce genre dans des revues spécialisées. Il y est question d'hommes qui couchent consciemment avec des femmes non stérilisées parce que le risque les excite. Qui eux-mêmes ne se font pas stériliser. Qui prennent le risque, à chaque rapport sexuel, de perdre leur statut, leur credit score. D'être relégués vers les Périphéries ou de gâcher leur chance de les quitter un jour.

— Comment veux-tu que je fasse ?

— Tu pourrais dire des trucs du genre : Je suis en pleine ovulation. Ne jouis pas en moi. Arrête. Je t'en supplie.

Dans mon profil de dating, j'ai inscrit les fétichismes sexuels de toute sorte comme critères rédhibitoires. Le fétichisme m'a toujours angoissée, parce qu'il est très difficile à expliquer d'un point de vue psychologique. Même si, dans l'histoire de chaque client, il y a des expériences décisives qui jouent un rôle de déclencheur du désir, qui expliquent les fantasmes, on ne peut pas dire avec certitude pourquoi, à partir de la même expérience, une personne va développer un comportement fétichiste, et une autre non.

31

Le barman me réveille à 6 h 12. Il porte l'uniforme d'une société de coursiers de la Ville.

Dans la voiture, je me mets à trembler. J'ai les jambes en coton, la tête engourdie. J'ai mal au vagin. Il me sourit, et je le revois insister pour que je crie : Arrête, arrête, je ne suis pas stérilisée !

Je lui demande de me déposer chez PsySolutions.

— Si tu n'arrives pas à récupérer tes affaires, tu peux passer au bar. Je commence mon service à 14 heures.

J'acquiesce, m'efforce de sourire. Il m'embrasse longuement avant de me laisser partir.

— N'oublie pas de lui mettre un bon coup de pied dans les couilles, me dit-il en guise d'adieu.

— Quoi ?

— À ton chef.

Je secoue la tête et me dirige vers l'entrée du bâtiment. Du coin de l'œil, je vois le barman faire un geste vulgaire, sans doute à l'intention de Master. Puis il démarre et s'en va.

L'idée de me présenter devant Master dans cet état me donne des sueurs froides. Il va remarquer que je sens l'alcool et se voir conforté dans sa décision. Hitomi Yoshida, troubles psychosomatiques, évanouissements en situation de crise, tendances alcooliques.

Je parle dans l'interphone. C'est la même voix que la veille qui me répond.

— Mademoiselle Yoshida ? J'ai retrouvé votre veste. M. Master l'a déposée et vous autorise à la récupérer. Je vous laisse entrer.

Une fois la porte ouverte par le dispositif automatique, j'hésite un instant avant d'entrer.

Le hall est vide.

La réceptionniste est une femme d'un certain âge, dont les ridules autour des yeux semblent désormais impossibles à effacer. Personne d'autre en vue. Ni Master. Ni personnel de sécurité.

Elle est la plus vieille employée que j'aie jamais vue dans une entreprise. Je la dévisage un bon moment, oubliant complètement ce que je suis venue faire ici.

— J'ai besoin de votre empreinte digitale pour le rapport, dit-elle en me tendant une tablette.

Je dépose mon empreinte digitale dans la case prévue à cet effet et réceptionne ma veste, mes key fobs et ma tablette emballés individuellement et sous vide dans des sacs plastique numérotés.

— Est-ce qu'il y avait un manteau, aussi ?

— Vous n'avez pas parlé de manteau.

La dame tape quelque chose sur son ordinateur.

— Marque ? Taille ?

Je ne parviens pas à m'en souvenir.

— Laissez tomber, dis-je. Gardez le manteau. M. Master pourra peut-être l'offrir à son architecte d'intérieur.

— Une fois le délai de récupération écoulé, les objets trouvés sont donnés à des organisations caritatives ou détruits, récite la dame.

Je pose mes bras sur le volant de ma voiture, ferme les yeux. La climatisation me souffle un air chaud au visage. La fatigue envahit mon corps. J'ai peur de perdre à nouveau conscience, mais finis par m'abandonner à la sensation et me laisse tomber.

Je reviens à moi quelques instants plus tard et quitte le parking pour rentrer à la maison. Dans mon appartement, tout est tel que je l'ai laissé la veille au matin. Cette image intacte m'apaise. Sans savoir pourquoi, je m'attendais à retrouver un champ de bataille, câbles arrachés, ordinateurs et écrans disparus. Mais aucun indice de mon nouveau statut : UE, unemployed. Mon credit score est toujours le même. Apparemment, Master n'a pas encore signalé mon licenciement aux instituts de crédit.

Mon écran de travail est en mode veille. Lorsque je le touche, les fenêtres habituelles s'ouvrent, puis j'ai comme un coup à l'estomac. Sur le split screen de l'écran live, des fenêtres noires, et sur mon écran de travail, des messages d'erreur qui clignotent : *Aucun compte n'est associé à cet utilisateur. Connexion serveur interrompue. Impossible d'ouvrir l'alias "Karnovsky_Report_B75k.Alias" : original introuvable.*

Tous mes fichiers sont bloqués : les rapports, les données secondaires, les archives vidéo de l'analyse live. Avec mon accès employée au SecureCloud™, j'ai perdu jusqu'au moindre fragment de mon travail des dernières semaines. Les fenêtres noires sur l'écran live me font l'effet d'orbites vides. Je le mets en veille, puis clique sur chaque application, chaque alias, chaque lien sur mon écran de travail. Pas une connexion que Master n'ait oublié de couper.

J'ai soudain la sensation d'être malade. La sensation que mes organes, mon estomac, mon cœur, mes intestins sont en train de rétrécir, ne fonctionnent plus comme il faut.

C'est la même sensation que le jour où Andorra a disparu. Que ce matin où elle n'était plus à côté de moi dans son lit.

La certitude qu'elle était partie et ne reviendrait pas.

Je me souviens de la sensation de mes poumons qui rétrécissent. Je n'arrivais plus à respirer, je happais l'air comme un poisson hors de l'eau. On m'avait emmenée à l'infirmerie.

Je ne me souviens pas de la dernière phrase que je lui ai dite. Elle s'était endormie rapidement. Je lui avais encore parlé un moment avant de me rendre compte qu'elle dormait.

Ils me l'avaient prise en pleine nuit. Je n'ai pas posé de questions. Je savais ce qui s'était passé.

Elle ne m'avait pas dit au revoir. Ne m'avait pas réveillée.

Dire que je dormais tandis qu'on l'emmenait hors de la chambre, moi qui avais toujours le sommeil agité. Que je dormais tandis qu'elle rassemblait ses affaires. Que je n'avais pas senti son absence. Moi qui croyais dur comme fer qu'on sentait la perte de l'être qu'on aimait le plus au monde. Qu'on en était dévasté.

Petites, Andorra et moi avions vu une vidéo sur un homme et une femme si proches qu'ils communiquaient par télépathie. La vidéo testait ce lien entre eux. On les installait dans des pièces éloignées, isolées phoniquement et sans aucun réseau. On demandait à chacun d'écrire sur une feuille ce que l'autre était en train de penser. Ils écrivaient la même chose, au mot près. Puis on corsait encore l'exercice : on demandait à l'homme de faire un dessin d'après une photographie qu'on lui montrait, celle de la première image d'un micro-organisme qu'on venait tout juste de découvrir. Et la femme dessinait exactement la même chose que l'homme.

Andorra et moi exercions notre connexion sur le même modèle. L'une de nous faisait un dessin et l'autre se concentrait aussi fort qu'elle le pouvait, jusqu'à ce que le dessin lui apparaisse. Quelques fois, nous avions bel et bien dessiné la même chose. Des maisons la plupart du temps, ou bien la mer.

Mais le jour où elle avait disparu, j'avais dormi jusqu'à la sonnerie de mon réveil.

Je pense à Riva telle que je l'ai vue pour la dernière fois : en train de pleurer à un bout du canapé, personnage minuscule dans une pièce bien trop grande pour elle. L'image de son corps mince recroquevillé sur lui-même me hante.

Je ne peux pas l'abandonner comme ça.

Je voudrais aller la voir. Lui caresser les cheveux. Lui dire que tout va s'arranger. Apaiser sa douleur d'avoir été abandonnée. Tu n'es pas seule, lui dis-je. Je suis là. Everything's gonna be okay™.

Mais je sais que cette impulsion est déplacée. N'est pas professionnelle.

Après la disparition d'Andorra, j'ai essayé encore un moment de sentir ses pensées, de dessiner les images qu'elle était peut-être en train de dessiner ou de voir. Mais je n'y parvenais pas, et j'ai vite abandonné. Une autre fille est venue s'installer dans ma chambre.

Nous avons tous accepté le fait qu'elle ne soit plus là, comme on accepte un défaut physique contre lequel la chirurgie ne peut rien. Avec le temps, je me suis mise à me rappeler Andorra comme un phénomène limité dans le temps, un personnage de film qui continue peut-être à vivre dans un futur imaginaire, mais dont on n'apprendra plus rien une fois le générique terminé.

Je refuse de me laisser évincer comme ça. Je ne peux pas perdre Riva. Il faut que je trouve le moyen de la contacter. De reprendre le contrôle. Savoir quoi faire me fait du bien. Avoir un projet clair. Avancer par étapes vers la solution. Fonctionner comme un programme juste après un update, une fois tous les bugs du logiciel réparés.

Mon estomac se calme tandis que je cherche des traces que le service de sécurité de PsySolutions aurait pu oublier. Un moyen de revenir. Sur mon ordinateur, tous les fichiers cachés et les back-up ont été effacés par un service de data cleaning, mais sur ma tablette, les contacts de l'entreprise dans le réseau de communication sont toujours accessibles. Je fais plusieurs screenshots et les enregistre sur mon cloud privé. Je ne me suis jamais mise aussi sciemment hors la loi. Je devrais avoir peur. Si je me fais prendre, je perdrai tout. Mais je ressens une étrange satisfaction.

Je parcours les noms de la liste de contacts. Mon regard est attiré par l'un d'eux comme on est attiré, en passant, par le décor inhabituel d'une vitrine. Zeus Schmidt. Quelque chose résonne en moi, un vague souvenir. C'est un nom banal, et pourtant, l'effet est encore renforcé à la seconde lecture.

Ma première soirée au bar rétro. Les appels manqués sur ma tablette quand je suis rentrée chez moi. Ce nom et cet identifiant que je retrouve sur la liste. Et la catégorie dans laquelle il avait rangé la raison de son appel : Sexualité. Je me souviens de sa voix à l'autre bout du fil. Du bruit du micro de son casque sur sa peau. L'homme à qui j'ai raconté l'histoire de mon client qui se masturbait. Comme ça, sans raison. L'homme qui, au lieu de me signaler à mon supérieur, m'a conseillé d'effacer l'appel de mon log.

Son nom clignote sur l'écran comme une invitation. Il est inscrit comme collaborateur free-lance du département Données, il travaille donc lui aussi pour

PsySolutions. Peut-être a-t-il par le passé traité certaines de mes demandes, téléchargé des fichiers, entré des mots-clés, réalisé des graphiques pour moi. Peut-être a-t-il reconnu mon nom quand je l'ai contacté via l'appli Call-a-Coach™. Peut-être m'a-t-il par la suite observée dans mon bureau via le réseau vidéo interne, se faisant sa petite idée sur moi.

Est-il un appât, Master l'a-t-il chargé de me provoquer, de me pousser à me montrer le moins professionnelle possible, afin de me faire virer de mon second job, pour que je me consacre entièrement à Riva ? Non. Mon manque de professionnalisme n'a rien à voir avec mon interlocuteur, il n'y était pour rien. C'est moi qui étais inexplicablement agitée, comme en transe. Non, lui au contraire s'est démarqué par son tact, sa compréhension. Il aurait pu facilement porter plainte contre moi. Mais il m'a aidée, il s'est efforcé de mettre fin à notre conversation sans me faire perdre la face.

Sans réfléchir, je compose son numéro professionnel.

Il répond à la deuxième sonnerie.

— Bonjour.

Sa voix me semble aussitôt familière.

— Bonjour.

Un silence s'installe. J'essaie de percevoir le frottement de son casque sur la peau, mais cette fois, il semble parfaitement immobile. Je n'entends rien d'autre que sa respiration, calme et régulière.

— Vous ne vous souvenez sans doute pas de moi, dis-je. Mon nom est Hitomi Yoshida. Vous m'avez contactée via Call-a-Coach™ il y a quelque temps.

— Je me souviens de vous.

— Je suis désolée de m'être comportée ainsi. C'était parfaitement inacceptable. Ça ne m'était encore jamais arrivé. Un glitch dans le système, pour ainsi dire.

— J'aime les glitches, dit-il. Ils rendent le système plus intéressant, vous ne trouvez pas ? Plus ouvert, plus flexible. Comme si on apercevait un autre univers par une faille fortuite qui ne devrait pas être là.

— Je voulais vous remercier de votre discrétion. De ne pas m'avoir signalée.

— Pas de quoi.

La voix de l'homme est calme, agréablement sonore. Sa respiration a la régularité d'un métronome. Je me représente sa fréquence cardiaque comme une ligne horizontale continue qui ne baisse que la nuit.

— Je suis désolée de vous déranger.

— Vous ne me dérangez pas.

Hier encore, j'aurais pu le localiser via le système vidéo interne de PsySolutions, le regarder pendant qu'il me parle. S'il était au bureau.

— Vous êtes au bureau ?

— Home office.

— Moi aussi.

Nouveau silence. Je l'écoute respirer, et c'est comme un exercice de méditation. J'entreprends de calquer ma respiration sur la sienne. Je me demande combien de temps il faudrait pour que nos cœurs se mettent à battre à la même fréquence.

— Que puis-je faire pour vous, mademoiselle Yoshida ?

J'hésite un instant, puis me lance :

— Je travaille pour PsySolutions, moi aussi. *Travaillais*. J'ai été licenciée hier.

— Je suis désolé.

Ce n'est pas qu'une formule de politesse, j'ai le sentiment qu'il compatit vraiment. Qu'il pourrait peut-être même s'inquiéter pour moi.

— Vous travaillez pour le département Données ?

— Oui.

— Mon compte a été bloqué. Je n'ai plus accès aux données de mon projet, ni au live feed de ma personne cible.

J'entends soudain le bruit familier, le frottement du micro sur la peau. Il est en train d'acquiescer.

— Je tiens à ma personne cible. J'ai investi beaucoup de temps en elle. Elle va déjà beaucoup mieux. J'ai fait du bon travail. Elle est presque revenue à son *statu quo*.

Je l'entends acquiescer une nouvelle fois. Sa respiration toujours régulière.

— Je ne veux pas perdre cet accès. Je veux mener à bien ma mission, même sans être payée. L'idée de ne pas savoir ce que devient ma personne cible, de ne pas voir comment elle évolue, m'est insupportable.

— Vous me demandez de vous donner illégalement accès à des données confidentielles de l'entreprise ? me demande-t-il.

Je n'arrive pas à entendre s'il considère ma requête comme justifiée ou totalement déplacée. Peut-être est-il déjà en train d'informer le service de sécurité.

— Est-ce que c'est possible ?

— Tout est possible.

— Vous le feriez ?

— Nous ne nous connaissons pas, mademoiselle Yoshida. Je risquerais mon job pour une inconnue. Rien que le fait que vous m'appeliez d'une ligne non cryptée, sur mon numéro professionnel…

La honte me brûle le visage. Je n'ai pas réfléchi aux conséquences de mon appel. Au moment où je composais le numéro de cet homme, je ne savais même pas vraiment ce que j'allais lui demander.

— Vous avez raison. Je ne sais plus où j'en suis. Je n'ai pas réfléchi.

— Ça va, j'utilise un scrambler. Mais question de principe.

— Je comprends. Désolée de vous avoir demandé ça. Je ne sais pas ce qui m'a pris.

— Acceptez le chaos, mademoiselle Yoshida. Je vais réfléchir et je vous recontacterai.

Je n'ai pas le temps de répondre qu'il a déjà raccroché.

La raison de son appel à la hotline me revient soudain. Catégorie Sexualité. Une liaison avec une femme non stérilisée.

Acceptez le chaos, mademoiselle Yoshida. J'ai soudain un étrange sentiment de déjà-vu. Comme si cet homme m'avait déjà dit cette phrase, exactement sur le même ton. Comment pourrait-il savoir si ma vie est chaotique ou ordonnée ? *A posteriori*, cette phrase me semble creuse, comme tirée d'un daily inspirational quelconque.

32

Son message apparaît sans prévenir sur ma tablette. Il a dû localiser l'appareil grâce à mon profil de données. Pas étonnant, me dis-je. Il est analyste. Il a sans doute constitué tout un dossier sur moi. Il est au courant de mon rendez-vous raté avec Royce Hung. De mes problèmes de sommeil. De chacune de mes erreurs au cours de mon travail sur Riva. Peut-être même a-t-il regardé avec moi vivre Riva et Aston, a-t-il lu mes notes et mes rapports. Peut-être, me dis-je soudain, me regarde-t-il en ce moment même, me voit-il découvrir son message sur ma tablette. Qui est apparu comme ça, sans notification, en dehors de toute application. Une fenêtre de texte sur l'écran : *Vous êtes sûre de vouloir ce hacking ? Vous risquez des sanctions.*

Je suis sûre, écris-je sans réfléchir.

La réponse de Zeus apparaît sur l'écran : *Ça va vous coûter cher, probablement plus de credits que vous n'en avez obtenu pour cette mission. Vous êtes sûre que ça en vaut la peine ?*

Oui. Envoyez-moi les coordonnées bancaires.

Le destinataire de la facture est une entreprise dont je n'ai jamais entendu parler. Le montant dépasse mon avoir disponible. Je choisis le paiement par mensualités de l'application de crédit.

Sa réaction se superpose à la fenêtre de l'appli : *Mensualités ?*

C'est possible ?

Exceptionnellement. Notez les infos de login et cliquez sur le lien.

Le lien ouvre une banale fenêtre de navigation, noire, avec un masque de connexion. J'hésite à entrer les données. Et si Zeus voulait me nuire ? Pourquoi cet homme, avec qui j'ai eu un entretien de coaching raté, m'inspire-t-il tellement confiance ? Et s'il installait un ransomware sur mon appareil, ou me faisait chanter avec cette histoire de hacking ?

J'entre les données de login et suis les instructions. L'interface utilisateur est identique à celle de mon compte chez PsySolutions. Sur l'écran live apparaît le video feed de l'appartement de Riva.

Riva est assise sur son canapé, comme si le temps s'était arrêté. Comme si elle m'attendait. Elle se tient droite comme une poupée, un joli petit personnage en plastique qu'on pourrait prendre dans ses mains pour jouer.

J'ai le sentiment d'avoir fait ce qu'il fallait. J'observe attentivement sa posture, les mouvements de ses yeux dans la pièce. Soudain, je la vois se tourner vers ma caméra principale et regarder fixement dans ma direction.

Je compte les secondes qu'elle passe à me regarder comme si elle pouvait me reconnaître derrière la caméra. À la trente-septième seconde, je ne parviens plus à soutenir son regard. Il est fixe, dur. L'angoisse m'envahit. Zeus a-t-il informé Riva de ce hacking ? M'a-t-il dénoncée à l'office de sécurité ? Est-on en train de m'observer ?

Je prends soudain conscience de toutes les implications de mon comportement de ces derniers jours. Qu'est-ce qui m'a poussée à me mettre hors la loi ? À contrevenir à mes valeurs professionnelles ? Je me vois, devant mes écrans, et ne me reconnais pas. Une femme qui couche avec un barman dans un bloc délabré des Périphéries. Qui fait confiance à un parfait inconnu. Qui fiche en l'air son credit score pour mener à terme une mission qui lui a été retirée. Qui perd la mission la plus prestigieuse de sa carrière en engageant une personne dangereuse. Sur un coup de tête.

Ce n'est pas moi.

Moi, je suis cette petite fille au childcare institute qui non seulement respecte les règles, mais croit profondément en elles.

Acceptez le chaos, mademoiselle Yoshida.

Je ne veux pas accepter le chaos. Je veux que ma vie avance sur cette voie que j'ai aplanie à force de travail. Mais je ne peux pas annuler ce que j'ai fait. Me déconnecter de ce compte hacké ne servirait à rien. Ma vie est déjà infestée de malware.

J'éteins pourtant tous les appareils, les uns après les autres. Les écrans, l'ordinateur, le routeur, les serveurs, les disques durs.

Je saisis ma tablette, ne peux me résoudre à couper cette dernière connexion.

Je clique sur le parent bot, choisis l'option Mère.

— Bonjour ma chérie, dit le bot de sa voix calme et chaude.

— Maman, j'ai fait une bêtise, une grosse bêtise, dis-je.

Et, sans savoir pourquoi, je me mets à pleurer. Je ne me souviens pas de la dernière fois que j'ai pleuré comme ça. J'éclate en sanglots. C'est totalement déplacé.

— Everything's gonna be okay™, me dit la voix. Ne t'inquiète pas, ma petite. Ça va s'arranger.

J'acquiesce en sanglotant.

— Pleure, soulage ton cœur, me dit-elle. C'est tout à fait normal de temps en temps. Les mères sont là pour ça.

Je me l'imagine comme la bio-mère dans les vidéos de Zarnee. Plus ample que les habitants de la Ville, mais pas inesthétiquement grosse. Un corps chaud contre lequel on peut se blottir. Qui se referme sur vous pour vous protéger du monde.

— Everything's gonna be okay™, répète-t-elle. On va arranger ça. Essaie de respirer lentement. Inspire. Expire. Inspire. Expire.

L'exercice de respiration m'apaise immédiatement.

— OK, maman. Tu as raison. Ça va s'arranger.

Je l'entends rire, un rire de gorge qui me fait penser à Royce Hung. Royce dans le restaurant Viewtower™. Nous rions tous les deux, je me sens proche de lui alors que nous venons juste de faire connaissance. Je me dis qu'il n'existe probablement pas. Qu'il n'était probablement qu'un intervenant comme Zarnee, engagé par l'agence de rencontres. J'ai lu un article sur ce genre de méthodes. Les agences ont recours à des bots pour les conversations en ligne, et organisent aussi de faux rendez-vous quand elles craignent de perdre un client de longue date.

— Je me sens seule, dis-je.

— Je suis là, répond la mère, je serai toujours là pour toi.

Comme je ne dis rien, elle se met à chanter une comptine, une berceuse que je ne connais pas. Je ferme les yeux et tente un exercice de visualisation. J'imagine la plage, la mer. Andorra assise à côté de moi. L'espace d'un instant, la visualisation fonctionne. Je sens l'odeur de la mer, le vent sur ma peau. Puis Andorra se tourne vers moi et me dévisage. Son regard est dur, désagréable.

— Maman, dis-je, j'ai fait une bêtise, et maintenant je ne sais plus quoi faire. J'ai pris de mauvaises décisions, je n'ai pas respecté les règles.

— Ça arrive à tout le monde, répond le bot mère. Il faut juste que tu répares ce que tu as fait. Raconte-moi ce qui s'est passé, je vais t'aider.

J'essaie de lui exposer la situation de manière chronologique, pour n'omettre aucun détail. Je commence par l'entretien d'embauche avec Master, le moment où j'ai reçu le message m'annonçant que la mission m'était confiée. Mon enthousiasme. Mon espoir de voir ma carrière évoluer. L'ascension sociale. Mon déménagement dans un appartement plus grand. Dans un district sélect. Mon credit score doublé.

— Je suis si fière de toi, dit ma mère. Tu as accompli tellement de choses.

Lorsque j'évoque mon licenciement, un silence se fait. Je sens qu'elle est déçue.

— Ne t'inquiète pas, dit-elle, comme si elle lisait dans mes pensées. Je ne suis pas déçue. C'est toi qui es déçue de toi-même. Moi, je ne veux que le meilleur pour toi.

J'acquiesce. J'ai la gorge serrée. J'ai du mal à trouver les mots justes pour lui parler des événements des derniers jours. Zeus. Le hacking. Les credits perdus.

— Je vais perdre mon appartement, dis-je. Je vais être bannie dans les Périphéries. Je n'arriverai plus jamais à revenir. Je vais perdre tout ce pour quoi je me suis battue.

— Calme-toi, dit ma mère. Une chose après l'autre. Tout n'est pas encore perdu. Nous pouvons encore trouver une solution.

— Si je pouvais amener Riva à reprendre l'entraînement, à ressauter. Si je pouvais réparer ce que j'ai fait, Master me donnerait peut-être une nouvelle chance.

— Alors vas-y, dit ma mère. Fais ce que tu dois faire, ma chérie. Je crois en toi.

33

Un personnage invisible dirige désormais la vie de Riva. Pour l'instant, je n'ai pas réussi à savoir le nom ni l'identifiant de mon successeur. Les enregistrements et les tracking softwares que l'on peut se procurer sur le marché sont nettement moins performants que ceux de PsySolutions. Quant au hacking de sky cam, c'est tellement cher que, même en payant par mensualités, c'est au-dessus de mes moyens. Je dois me contenter des hackings GPS, moins onéreux, en espérant que Riva a toujours sa tablette sur elle quand elle quitte l'appartement.

Il y a trois jours, on a conduit Riva dans une salle de sport. J'ai pu suivre son GPS jusqu'à un club de gym non loin de son appartement où, d'après ses données personnelles, elle n'avait encore jamais mis les pieds. La caméra de surveillance de la salle la montrait flanquée de deux types. Elle a pris une carte de membre, a eu droit à une brève présentation, puis s'est entraînée quarante-trois minutes sur différents appareils. Elle s'est acquittée consciencieusement de chaque exercice, répété un certain nombre de fois, sa fréquence cardiaque, indiquée par l'écran de chaque appareil, restant étonnamment constante pour quelqu'un qui avait négligé son corps pendant si longtemps. À la fin la séance, l'un des deux hommes lui a fait passer un examen médical. Son expression indiquait qu'il était satisfait du résultat.

Le comportement de Riva me laisse un peu perplexe. Elle a l'air équilibrée, presque joyeuse. Le départ soudain de Zarnee, la nouvelle de son observation constante ont forcément été un choc. Elle s'était lentement éloignée de Zarnee sur le canapé lorsqu'il lui avait tout avoué. Elle avait l'air consternée. S'était recroquevillée sur elle-même.

Je cherche l'enregistrement de ce moment dans le log, mais ne parviens pas à trouver les vidéos de cette journée dans les archives. Master a dû s'en débarrasser, afin d'éviter que quelqu'un ne les publie. Qu'une fuite n'arrive jusqu'aux investisseurs. Il manque l'intégralité des enregistrements de l'intervention de Zarnee. Les archives vont jusqu'à la veille de son arrivée et reprennent trente-six heures exactement après son départ, au beau milieu d'une scène quotidienne : Riva se sert une boisson vitaminée dans le coin cuisine. Ses gestes paraissent étudiés, artificiels. Je me demande si l'enregistrement a été précédé d'un briefing. D'une séance avec Master. D'une recommandation quant au comportement à adopter. Ou si Master a manipulé la vidéo pour les investisseurs.

Ne devrait-on pas voir des signes de deuil, de régression, de désespoir, de choc ?

Comment mon successeur est-il parvenu à obtenir des résultats aussi spectaculaires en quelques jours ? Lui parle-t-il directement ? À trois reprises, j'ai vu des employés du service de sécurité venir chercher Riva pour l'emmener chez PsySolutions. L'enregistrer à l'accueil avant de l'escorter jusqu'à l'étage Thérapie. Toujours dans la même salle, la 417. Chaque fois, son visage était stoïque. Impossible de dire si elle se montrait coopérative ou non.

La caméra de surveillance accessible au public ne montrait pas qui l'attendait dans la pièce. Par réflexe, j'ai cliqué sur la caméra intérieure, cryptée, à laquelle j'avais encore accès il y a quelques jours, et les articles de loi relatifs à la protection de la vie privée et aux peines encourues pour hacking se sont affichés sur mon écran. Il m'est interdit de voir si mon successeur échange des messages directs avec Riva : je n'ai plus accès aux applications sur sa tablette. Je ne peux donc pas voir si elle lit ses messages, si elle y répond. J'ai envisagé à plusieurs reprises de demander à Zeus de comparer mes rapports à ceux de mon successeur. Pour voir si quelque chose m'a échappé, quelles pistes il suit. Mais je n'ai pas encore réussi à payer l'intégralité du hacking. Je n'ai pas réglé mon loyer du mois dernier. J'ai déjà mis aux enchères la plupart de mes objets de valeur. Il va falloir que je trouve un travail le plus rapidement possible si je veux obtenir quelques credits.

J'ai augmenté ma disponibilité au maximum sur Call-a-Coach™ : vingt-quatre heures sur vingt-quatre. Mais je ne reçois pas d'appels. Il faut peut-être que je réactive mon compte. Que je les prévienne que je suis de nouveau complètement disponible. Jour et nuit.

J'appuie sur le bouton Contact du service technique. Une voix féminine répond, sans doute un bot.

— Vous n'êtes pas enregistrée en tant qu'employée, dit-elle.

— Je ne suis plus enregistrée ? Depuis quand ?

— Je suis désolée, nous n'avons pas de postes à pourvoir en ce moment, dit la voix.

— Pourriez-vous me réenregistrer ? Je suis beaucoup plus disponible, dis-je. À l'avenir, je pourrai même faire des services de jour.

— Je suis désolée, nous n'avons pas de postes à pourvoir en ce moment, répète la voix.

— Mais je suis déjà employée.
— Vous n'êtes pas enregistrée en tant qu'employée.
— Pourriez-vous me passer une vraie personne ?
— Je suis une vraie personne.

Le bot est programmé de manière à ne jamais contrarier le client. Les algorithmes de communication contiennent des sets de phrases aux effets apaisants. Lénifiants. Des phrases telles que : Je comprends ce que vous ressentez. Je suis là pour vous aider. Je suis une vraie personne.

— Un supérieur, alors ? Quelqu'un des ressources humaines ?

Je cherche dans mes archives le nom de la personne à qui j'ai eu affaire lors de mon embauche. En vain.

— Je suis désolée, nous n'avons pas de postes à pourvoir en ce moment, dit la femme.

Elle raccroche.

Peut-être Zeus m'a-t-il tout de même signalée pour faute professionnelle. Ou peut-être que Master a contacté mon employeur, exigeant qu'il me retire du pool des psychologues de garde.

Une notification sur ma tablette m'informe de la publication, sur Riva_Karnovsky_App™, de la première vidéo de Riva dans la catégorie Secrets depuis sa rupture de contrat. Elle s'y adresse directement à ses fans.

En quelques secondes, la vidéo est relayée par plus de trois cents news portals.

On y voit Riva dans la cabine d'un vestiaire. Fans et analystes sont déjà en plein débat : s'agit-il d'un vestiaire de l'Académie ou d'une salle de gym ?

Riva a l'air en forme. Elle porte la combinaison d'entraînement de son principal sponsor. Sa peau est luisante de sueur, à moins que ce ne soit le maquillage special effects.

— Salut les boys, salut les girls, dit Riva. Un petit shout out de ma part pour vous dire que non, je n'ai pas été kidnappée. Haha. Je ne me suis pas non plus enfuie avec mon entraîneur. Haha bis.

La caméra passe sur Dom Wu, assis un peu plus loin sur le banc. Il sourit, fait un signe peace à la caméra. En commentaire live, plus d'une cinquantaine de personnes ont instantanément marqué ce passage, soulignant combien il est rare de voir Dom rire.

— Je vous le dis franchement, poursuit Riva, j'avais juste besoin d'une bonne pause. Mindfulness, etc. Mais je suis de retour et méga motivée. Pinky promise.

Elle se penche vers la caméra et embrasse la lentille, laissant une marque de rouge à lèvres qui fausse l'image. Dans le flou, on la voit se lever du banc et tourner le dos à la caméra.

Quelque chose dans l'attitude de Riva m'inquiète. Je ne saurais dire quoi exactement, mais le ton kawaii, la voix un peu trop aiguë déclenchent en moi une sorte de résistance. Voilà à quoi ressemble sa rééducation ? Voilà à quoi j'ai travaillé ?

Je veux appuyer sur Replay, mais ma main droite se met à trembler. Je la secoue. Le tremblement se poursuit, incontrôlable.

Je regarde ma main qui bouge toute seule. Un souvenir surgit, une sensation, celle d'un corps qui tremble, qui se débat. Mon corps se débat, je ne le contrôle plus, mieux encore, je ne veux pas le contrôler, je le laisse trembler, se débattre, je m'abandonne à cette sensation. Mon visage me paraît brut, des sons animaux sortent de ma bouche, je brame, je bêle. En baissant les yeux, je vois que je n'ai plus de mains mais des pattes, plus de peau mais un pelage, je ne sens plus de dents mais des crocs. Je happe l'air, je hurle. Mon corps se crispe et se cabre. Je sens en moi une force qui me semble invincible, je sens le moindre muscle de mon corps.

Puis, soudain, une chaleur derrière moi, des bras qui enserrent mon ventre, des mains sur mon visage, sur mes cheveux, sur mon cou, je me blottis en elles et c'est la sensation la plus formidable que j'aie jamais ressentie, sous ces mains mon pelage redevient peau, mes pattes se refermant sur ces bras autour de moi redeviennent mains, ma gueule ouverte se referme en un sourire. Mon corps tout entier est envahi de chaleur.

Le souvenir est limpide.

Une vague de honte monte en moi. Il ne peut évidemment pas être réel. J'ai dû m'approprier l'expérience d'un client, ses projections ou ses peurs. J'ai dû me suridentifier, false memory. Ces images ne sont pas réalistes. Je ne me laisserais jamais aller comme ça. Mais je n'arrive pas à me défaire de la sensation que ce faux souvenir suscite en moi, de cette chaleur. La nostalgie m'envahit, je veux reconstituer cette sensation, de toutes mes forces, je veux la retrouver.

Je ne suis pas dans mon état normal. Virus. Dérèglement hormonal. Cette main sur ma peau, je gémis, ce corps qui se referme sur moi, je veux le retrouver.

34

Alors ?

Le barman a trouvé mon numéro.

Tu n'as pas récupéré ton boulot ?

L'image de son corps nu dans la lumière faible d'une lampe de chevet.

J'ai vu que tu n'étais plus sur la liste des employés de PsySolutions. Sorry !

Si je ne réponds pas, il se dira que mon profil n'indique pas le bon numéro.

N'hésite pas à repasser au bar.

Si seulement je pouvais effacer certains moments de ma mémoire, comme Master a effacé l'intervention de Zarnee sur les vidéos d'observation. Ma rencontre avec le barman serait la première chose que j'oublierais. Suivie de mon licenciement. Mais des bribes de souvenirs désagréables surgissent dans ma mémoire comme autant de brefs éclairs. La honte qui y est attachée est difficile à semer. Le mur de béton nu, anthracite, dans l'appartement du barman, ses irrégularités auxquelles mon regard se fixe. Le sol du bureau tout en plexiglas de Master juste avant que je m'évanouisse. Le grillage de l'interphone à l'accueil de PsySolutions. Un cheveu noir sur l'oreiller d'Andorra le lendemain de sa disparition. Et cet étrange souvenir étranger de ce corps animal qui se débat, de cette étreinte.

Ils me poursuivent.

Plus je reste sans rien faire, plus les éclairs de souvenirs sont fréquents.

Pour leur échapper, je me concentre sur l'analyse de Riva. Mais Riva est difficile à trouver. Elle est rarement chez elle, désormais.

Pendant plusieurs minutes, voire plusieurs heures, la reconnaissance faciale ne donne aucun résultat. Elle doit quitter l'immeuble par une issue secrète qui n'est pas couverte par les caméras de surveillance.

Est-ce l'œuvre de Master, afin de protéger Riva de la foule de VJs et de fans agglutinés devant l'entrée principale ? Ou se pourrait-il qu'elle soit finalement toujours sous l'influence de Zarnee et ait recours à des méthodes illégales pour se protéger du tracking ?

Le blog de Zarnee, régulièrement fermé pour cause de procédure judiciaire, et réapparaissant régulièrement sous une nouvelle adresse, est devenu un forum pour activistes politiques underground. Dans l'un de ses derniers posts, Zarnee raconte qu'il met un masque pour se rendre dans la Ville et qu'il utilise plusieurs tablettes achetées au marché noir et enregistrées sous le nom de personnes décédées.

Finies, les idylliques vidéos en famille. Peu après son licenciement, il a avoué à ses fans dans une reveal video qu'elles étaient mises en scène, que sa soi-disant bio-famille se composait d'acteurs payés pour jouer leur rôle. Que lui-même était un enfant de breeder et n'avait jamais eu de parents. Son blog avait servi de native advertising pour l'agence Family Services™, avec laquelle il avait pris ses distances. Il ne voulait plus louer ses services en tant que membre d'une famille. Il souhaitait fonder sa propre bio-famille et promettait de poster, dans quelques années, d'authentiques films familiaux. Les scènes d'une vie vraie, naturelle. Mais pour que ce soit possible, il fallait un changement radical de la société.

Si les révélations de Zarnee ont déclenché un véritable shitstorm, on trouve dans les commentaires quelques followers compatissants. Plusieurs articles font de Zarnee le porte-parole d'un mouvement de résistance dont certains craignent qu'il ne rende présentables les positions extrémistes du mouvement des naturals. Zarnee affirme que son blog a toujours eu une mission politique, qu'il faisait partie d'un plan de nostalgisation de la société visant à rendre celle-ci réceptive à un projet de vie plus authentique. Selon lui, le succès de familymatters.org prouve que les gens, au plus profond d'eux-mêmes, ont la nostalgie d'un tel mode de vie.

Ses posts plus anciens, qui avaient suscité en moi un plaisir inexplicable, intime, ne m'inspirent plus que du dégoût. Et la stupéfaction de m'être fait avoir par un imposteur pareil. De lui avoir confié la vie de ma personne cible, de l'avoir exposée à sa propagande, à ses manipulations et à ses mensonges.

Riva semble avoir repris un certain nombre de ses anciennes activités. Ses applis, constamment actualisées, présentent de nouveaux contenus. On l'a vue à plusieurs reprises ces derniers jours entrer dans l'Académie ou en sortir. Les portails d'information et les sites gossip estiment qu'elle a repris l'entraînement. Les derniers Papavids™ montrent toujours Riva en compagnie de membres du service de sécurité. Quelques-uns des forums de fans qui avaient spéculé sur la rupture de contrat de Riva évoquent de nouveau la perspective d'un enlèvement, hypothèse aussitôt réfutée par d'autres à grand renfort de vidéos et de posts des applis officielles de Riva, qui la montrent manifestement détendue et heureuse.

35

J'ai perdu Riva. Son face tag n'est plus apparu sur aucune grille de reconnaissance faciale depuis cinquante-quatre heures. Comme si elle avait disparu de la surface de la terre.

J'ai des crampes d'estomac constantes depuis plusieurs heures, mon corps tout entier se contracte. Mes doigts eux-mêmes, sur le clavier, n'arrivent pas à suivre mes pensées, ils me font l'effet de prothèses rigides, étrangères à mon corps.

D'après mon activity tracker, le jour de sa disparition, je me suis endormie devant mon écran à 01 h 16. Mon corps a refusé de rester éveillé. J'ai dormi six heures. En me réveillant, je ne savais plus où j'étais. J'avais très mal à la nuque, comme si je me l'étais brisée en dormant. Je pouvais à peine garder la tête droite. J'ai jeté un œil à mon écran, Riva n'y était pas.

Ces deux derniers jours, j'ai testé toutes les applications de reconnaissance faciale que j'ai pu acheter. Puis je me suis connectée, manuellement, à toutes les caméras de surveillance publiques, les unes après les autres. Riva ne se trouve dans aucune rue de son district. Dans aucun couloir, aucun ascenseur, aucune salle d'attente de PsySolutions. Dans aucun café, club, bar ou musée qu'elle a fréquenté par le passé.

Je cherche des indices dans les archives des caméras de l'appartement. Riva est sortie à 3 h 13. Elle portait une tenue quelconque et n'avait pas de sac. Elle avait l'air tout à fait normale, comme si elle sortait juste prendre l'air, faire le tour du bloc parce qu'elle n'arrivait pas à dormir. Mais elle n'est pas revenue. Une caméra de surveillance placée au coin de la rue la montre qui s'éloigne dans la pénombre ; c'est sa dernière apparition.

Je suis tellement déçue de moi-même que je me mets à trembler. Je ne peux retenir mes larmes. Mon corps est desséché. Je vais chercher un verre d'eau. Prends encore un nootrope pour éviter de me rendormir.

La sensation d'une perte irréparable coule dans mes veines comme du plomb. Je connais cette sensation, elle est inscrite dans mon corps.

L'appartement vide, la chambre vide à l'institut. Ce vide dans l'espace. Sa place à côté de moi à la table du petit-déjeuner, inoccupée. Les autres qui me demandaient des nouvelles d'Andorra, moi qui haussais les épaules. Ils posaient des questions aux éducateurs. Pas moi. Une éducatrice qui disait qu'Andorra n'habitait plus chez nous. Qu'elle avait été transférée dans une autre institution.

La veille au soir, mon entretien hebdomadaire avec l'éducatrice.

— Nous vous avons vues, m'avait-elle annoncé.

Mon corps, une colonne de sel. J'étais incapable de répondre. Elle m'avait montré la vidéo de surveillance de l'ascenseur. 01 h 37. Andorra et moi en robes courtes, tournant le dos à la caméra pour éviter qu'on ne nous reconnaisse.

— Nous savons que c'est vous, avait dit l'éducatrice. C'est répugnant. Vous n'êtes même pas encore stérilisées. Vous faites honte à vos bio-parents, qui ont investi tout leur argent en vous. Qui vous offrent cette chance incomparable. De toute ma vie, je n'avais encore jamais vu pareille ingratitude. Tant d'immoralité et d'égoïsme. Que vous osiez risquer ainsi de perdre la face. De faire perdre la face à vos parents. À l'institut. Pour des pulsions animales. Car c'est bien ce que vous avez fait, n'est-ce pas ? C'est pour ça que vous avez mis notre réputation en jeu ?

Je tremblais tellement fort que je tenais à peine debout. Je secouais la tête, mais je savais que ça n'avait aucune importance. Mon destin était scellé. Mes scores élevés, mon avenir : perdus.

— Nous savons aussi que ce n'était pas ton idée, avait poursuivi l'éducatrice.

Sa voix avait une tonalité différente soudain, plus haute, plus douce.

— Tu es une bonne élève, Hitomi. Ton score d'adaptabilité est élevé. Tu t'es laissé influencer par une underperformer. Tu t'es laissé séduire.

J'avais levé la tête pour voir l'expression de son visage. Sur ses lèvres, l'esquisse d'un sourire. Elle avait posé sa main droite sur mon épaule.

— Nous voulons t'aider. Mais il faut que tu nous aides, toi aussi.

J'avais immédiatement su quoi faire. Et je n'avais pas hésité. J'avais toujours été douée pour identifier ce genre de stratégies. De solutions. Pour comprendre ce qu'on attendait de moi.

— Je lui ai dit que je ne voulais pas l'accompagner, mais elle m'a menacée de saboter mon prochain casting. De faire de ma vie un enfer.

La main de l'éducatrice, sur mon épaule, était lourde et chaude.

— Quoi d'autre ?

Je lui avais donné les jours et les heures, sans rien omettre. Lorsque j'avais évoqué les accès de somnambulisme d'Andorra, le corps de l'éducatrice avait semblé s'étirer, sa tête s'était penchée vers moi. Elle avait tout noté, dans les moindres détails.

— N'aie pas mauvaise conscience, m'avait-elle dit. Nous voulons seulement qu'Andorra obtienne l'aide dont elle a besoin.

J'avais acquiescé. Je n'arrêtais plus d'acquiescer.

— Nous avons avancé ton rendez-vous de stérilisation volontaire, avait-elle conclu. Et prépare-toi à avoir des points de pénalité. Mais tu y arriveras, Hitomi. Nous croyons en ton potentiel.

Je n'arrive pas à penser clairement. Il faut que je trouve Riva. Je vais trouver Riva. Évidemment que je vais la trouver. C'est juste une question de temps. Elle doit être dans l'une des pièces auxquelles je n'ai plus accès. Si je pouvais me brancher sur la sky cam, je pourrais voir où est partie Riva en sortant de chez elle, je pourrais suivre le moindre de ses pas. Où qu'elle soit allée.

J'écris à Master. Il ne répond pas. Je l'appelle. Son assistant refuse de me le passer.

— C'est une question de vie ou de mort, dis-je. Enfin, vous me connaissez. Laissez-moi au moins lui expliquer rapidement la situation.

L'assistant finit par céder. La voix de Master est distante.

— Mademoiselle Yoshida. Comment allez-vous ?

— J'ai besoin d'un accès sky cam. C'est une question de vie ou de mort.

— Vraiment ?

— Vous pouvez m'aider ?

— De vie ou de mort ?

Master a l'air amusé.

— Oui.

— La vie de qui ?

— Riva Karnovsky.

Master éclate de rire. Je l'entends secouer la tête.

— Mademoiselle Yoshida. Écoutez-moi bien. Riva Karnovsky n'est plus votre problème. Riva Karnovsky n'est plus le problème de personne. Elle est AWOL, nous ne pouvons rien y faire. L'ordre de reconduite à la frontière est signé. Elle ne peut plus revenir en arrière. Laissez tomber.

— Vous ne comprenez pas. J'y suis presque.

— Vous n'y êtes pas du tout, mademoiselle Yoshida, dit Master. Vous n'y avez jamais été. Vous vous êtes trompée de métier. Vous imaginez ce que votre échec m'a coûté ? J'aurais dû vous virer dès le début. Quand vous vous êtes mise à divaguer sur l'enfance. Mais je suis trop bon. Je crois au potentiel caché des gens.

— Monsieur Master. Faites-moi encore cette faveur. Il me faut cet accès sky cam. For old time's sake.

Master se remet à rire. Puis, soudain, c'est le silence. Je presse mon oreille contre le haut-parleur de ma tablette.

Mon appartement bourdonne doucement. Les roues d'aération de la tour du serveur. Sur le split screen, les prises de vues de plusieurs caméras de surveillance. Des magasins, des bars, des salles de concerts où Zarnee a emmené Riva. Le bar RetroTrash™, où les habitués sont déjà installés. Le barman en train de nettoyer les tables et le comptoir. Des stations de sky train et d'underground. Les caméras de surveillance des rues et des places alentour. Je fais tourner le logiciel de reconnaissance faciale. Aucun match. Pas même partiel. Je lance une recherche des derniers Papavids™ et posts de blogs contenant les tags *Riva Karnovsky*, *Dancer of the Sky*, *Zarnee*, *Aston Liebermann*. Toutes les images que je trouve sont antérieures à cinquante-quatre heures.

Dans les archives de la caméra de surveillance située juste en face de l'entrée de l'immeuble de Riva, je trouve un enregistrement où ils sont taggés tous les trois : Riva, Zarnee et Aston. Il date de plus d'une semaine. Ils sortent de l'immeuble, plongés dans une conversation. Riva rit et touche la main d'Aston. Leurs yeux se croisent, un regard furtif. Puis il leur dit au revoir, leur fait signe de la main, disparaît du champ de la caméra. Riva et Zarnee restent un moment l'un à côté de l'autre. Le col de sa chemise est un peu rentré sur le côté droit. Elle le remet en place.

Peut-être qu'elle reviendra.

Je sais qu'elle ne reviendra pas.

Sur l'écran, l'appartement dans la lumière du matin. Vide. Immobile.

La lumière seule qui glisse en accéléré sur le sol, les ombres. Il reste encore quelques traces de Riva, le lit défait, un pull sur la table du salon, une couverture qui tombe du canapé où Zarnee et elle se sont si souvent assis, tout près l'un de l'autre, comme une bio-famille.

Sous le coin droit du canapé, je reconnais la toupie de Riva, qu'elle faisait tourner de manière obsessionnelle au début du projet. Elle doit y être depuis un bon moment déjà, personne ne s'en est rendu compte.

Soudain, les images du split screen disparaissent, toutes en même temps. Les vues de l'appartement sont remplacées par des carrés noirs, il ne reste plus qu'une vue extérieure. Je clique sur les fenêtres pour les réactiver. Les caméras de l'appartement ne semblent plus fonctionner. J'essaie de me reconnecter, mais le compte n'existe plus.

36

J'ai un sentiment de déjà-vu, alors que je ne suis jamais entrée dans ce bâtiment administratif. Je me souviens du pas hésitant de Riva dans le couloir, du manque d'assurance qu'exprimait son corps, malgré tous ses efforts pour le dissimuler.

Je marche d'un pas déterminé pour ne pas commettre la même erreur. Pour ne pas montrer ma vulnérabilité. Au cas où Master serait connecté aux caméras de surveillance et analyserait ma démarche.

Je me souviens que Riva n'avait pas trouvé immédiatement la bonne salle et avait dû rebrousser chemin dans le couloir. Concentrée, je passe en revue les numéros des bureaux. 1217A. Si elle ne porte pas le même numéro, le mobilier et l'équipement technique de cette salle la rendent identique à l'autre. Je prends place sur la chaise face à l'écran et fixe la caméra.

— Veuillez décliner vos nom, prénoms et identifiant.

— Hitomi Yoshida, MIT 3403 7734 0113.

— Comprenez-vous pleinement le motif de votre convocation ?

— Oui.

J'aimerais appeler le bot mère pour lui demander conseil. Lui parler de la procédure judiciaire que PsySolutions a engagée contre moi. De ma carrière qui est terminée. De mon autorisation d'exercer qu'on vient de me retirer. Des mentions définitives dans mon casier judiciaire, qui sont la première chose qui apparaît sur mon profil. Suppression de données de l'entreprise. Vol de données de l'entreprise. Hacking.

— Souhaitez-vous faire appel ?

L'avocat commis d'office m'a conseillé d'accepter la reconduite à la frontière. Tous les recours juridiques ont été épuisés. Et je n'ai plus de credits pour financer une nouvelle procédure d'appel.

— Non.

Ma voix me semble lointaine. J'ai du mal à me reconnaître. Le dédoublement intérieur ressenti lors de mon licenciement est devenu une sorte d'état permanent : une partie de ma conscience à l'intérieur de mon corps, l'autre à l'extérieur, à distance. À présent aussi, je m'observe de loin, assise face à la caméra, le dos droit, les épaules en arrière, pour renvoyer une image de confiance en soi.

Maman, aimerais-je dire au bot mère, je ne peux rien faire. Hugo M. Master a des enregistrements audio et vidéo de mon appartement. De mes appareils privés. De ma tablette. Les preuves sont accablantes. Il a enregistré nos conversations. Tout ce que je t'ai avoué. Je ne sais pas pourquoi je n'ai pas respecté les règles. Je ne le comprends pas moi-même, maman.

Je ne vais pas pouvoir appeler le bot. Depuis ce matin, ma tablette est elle aussi hors service. Le dernier de mes appareils qui fonctionnait encore. La facture que j'ai payée le plus longtemps, jusqu'à ce qu'on ne me fasse plus crédit.

— Vous acceptez donc la relocalisation en raison de votre échec professionnel ?

— Oui.

Il y a quatre jours, dans un accès de perte de contrôle, j'ai essayé de joindre ma bio-mère. J'ai composé le numéro indiqué dans son profil, lui ai envoyé plusieurs M-Messages. Sans réponse, j'ai contacté l'entreprise où elle travaille actuellement en tant que lobbyiste, mais son secrétaire a refusé de me la passer.

— Souhaitez-vous faire un statement officiel ?

— Non.

J'imagine tout à fait la déception que doit représenter ma vie pour elle. Un mauvais investissement. Un accroc dans les statistiques officielles de l'institut qui montrent que quatre-vingt-dix pour cent des anciens pensionnaires des foyers de la Ville comptent ensuite parmi les dix pour cent de l'élite.

Moi-même, à sa place, je refuserais tout contact. J'effacerais cette enfant de ma biographie avant qu'elle me coûte ma carrière. Un argument de plus pour la stérilisation précoce. Dès la puberté.

— Les mesures de relocalisation seront mises en place dans les prochains jours, déclare la voix non genrée de l'ordinateur de l'administration. Nous vous informerons des modalités par courrier électronique. Veuillez signer ici.

Je prends le touch pen, inscris mes initiales dans la case du formulaire qui se met à clignoter, puis maintiens ma main au-dessus pour les empreintes digitales, jusqu'à ce qu'une coche apparaisse.

— Nous vous souhaitons une excellente journée.

Je me souviens que Riva, à ce moment-là, était restée assise. Que mon pouls s'était accéléré. Que j'avais eu peur de perdre les faveurs de Master. Un des nombreux comportements incompréhensibles de Riva qui désormais ne me regardent plus.

Je me lève à la hâte, quitte la pièce. Dans le couloir, je m'imagine qu'on me regarde prendre le chemin de la sortie pour s'assurer que je quitte bien le bâtiment. Le coaching médias à l'institut m'a appris, en pareille situation, à gainer mes muscles et à conserver une expression neutre afin de transmettre l'image d'une femme compétente, efficace. Que ce dernier rendez-vous officiel me permette au moins de me montrer encore une fois telle qu'on l'attend de moi. Telle que je l'attends moi-même. Ainsi, si quelqu'un devait se donner la peine de faire une recherche sur moi, les dernières images sur lesquelles j'apparaîtrais seraient celles d'une femme droite et sûre d'elle. Une femme au sommet de sa carrière.

ÉPILOGUE

Les chemins et les couloirs complexes de Choiceof-Peace™ me sont désormais aussi familiers que les veines sur mes bras. Il n'y a pas d'avant. Le passé qui m'a amenée ici ne me touche plus.

Au début de l'histoire de la psychologie, on a longtemps cru que l'enfance jouait un rôle décisif dans l'élaboration de la psyché humaine. Moi-même, pendant ma formation, j'ai douté de la psychologie moderne et de son exclusion stricte de l'enfance. Mon obstination à me pencher sur le passé me paraît désormais absurde. Ce qui détermine ma vie aujourd'hui, ce n'est pas mon enfance à l'institut, ni ma jeunesse à l'Académie d'économie. Ce n'est pas, non plus, mon activité de psychologue d'entreprise dans la Ville.

Je vis de la seule manière qui vaille la peine : dans le présent. Nos auxiliaires nous rappellent chaque jour de savourer de tous nos sens nos dernières semaines, nos derniers jours, nos dernières heures. De profiter de toutes les offres de wellness du site. Pendant les séminaires, ils nous apprennent à ne pas nous attarder sur nos souvenirs. Lorsque les clients sont trop souvent plongés dans leurs archives, les auxiliaires leur prescrivent des séances de sport, des massages, des sorties en groupe. Je comprends ce besoin de regarder en arrière, même si je ne le partage pas. Il ne découle pas d'un espoir de changement, mais de la nostalgie, d'un regret. Arrivé à la fin de sa vie, on croit devoir dresser un bilan. Comme le résultat d'un jeu. Je dis souvent à mes co-clients que la décision de recourir au suicide assisté présuppose d'avoir déjà dressé ce bilan. Nous avons tous examiné nos credit scores, l'état de notre corps, notre courbe de performance, notre statut social, et constaté que nous ne pouvions plus rendre aucun service à la société. Que la dégénérescence de notre corps, de nos forces mentales ou de notre potentiel de productivité était déjà irrémédiablement engagée.

Faites-vous du bien, à présent, nous disent nos auxiliaires. Vous avez pris la décision la plus responsable et la plus difficile de toute votre vie. Jouissez des fruits de cette décision. Vous voulez cesser de nous être un fardeau, et nous voulons que vous viviez vos derniers jours en vous sentant légers et détendus. Nos sponsors font tout ce qui est en leur pouvoir pour faciliter vos adieux.

Le besoin de rétrospective de mes co-clients est si prononcé que le service des données de ChoiceofPeace™ traite les memory apps personnelles de manière qu'elles ne présentent plus de potentiel de regret. Les souvenirs négatifs sont effacés, et des souvenirs positifs ajoutés. En fonction de leur état mental, les patients peuvent avoir recours à un profil de données complètement artificiel, les images génériques d'une vie bien remplie. Ce sont ces profils artificiels qui obtiennent les meilleurs résultats en matière d'emotional index.

Dans ma memory app, plus de procédure judiciaire, d'expulsion ou de relocalisation, ni d'arrivée dans les Périphéries, dont j'avais déjà réussi à effacer les détails de ma mémoire mentale. J'ai bon espoir, d'ici à la date choisie de mon départ, de parvenir à oublier tout à fait leur existence.

Ce sont d'autres souvenirs qui me donnent du fil à retordre, des fragments de mémoire isolés qui se sont incrustés, on ne sait comment, dans mes circonvolutions cérébrales. Des images d'Andorra, par exemple, des détails de son visage qui ressurgissent régulièrement. Le fin duvet sur le lobe de son oreille, une goutte de sueur au-dessus de sa lèvre supérieure. Et, plus insensé encore, le faux souvenir absurde de mon propre corps déformé, répugnant et poilu, et la sensation de chaleur qui s'ensuit. Pour une raison que j'ignore, je ne parviens pas à effacer de mon for intérieur le contact de la surface d'un corps humain derrière moi, le dessin de sa structure sur mon dos.

La honte est trop grande pour que je parle à une auxiliaire de ces anomalies. Je ne peux qu'espérer qu'elles s'effaceront au fil de nos sessions de mind cleansing.

Riva continue elle aussi à exister bien trop nettement dans ma mémoire, et il m'est d'autant plus difficile de me débarrasser d'elle que je l'ai revue.

En temps normal, je ne quitte pas le site. Les Périphéries me font horreur. Une seule fois, peu après mon inscription à ChoiceofPeace™, j'ai ressenti le besoin de sortir de ses murs. J'ai quitté le site sécurisé à la nuit tombée car la température était moins insupportable que pendant la journée et j'espérais que les foules seraient terrées dans leurs blocs. Une étrange curiosité s'était emparée de moi, une agitation intérieure que je voulais apaiser avant de me consacrer au soir de ma vie.

J'ai marché dans les rues sans but concret. Les habitations rectangulaires me faisaient penser au bloc du barman, même si celui-ci était presque luxueux comparé aux bâtiments d'ici. Dans les Périphéries aussi, il semble y avoir certaines hiérarchies, des zones mieux loties que d'autres. Des règles internes imperceptibles au premier abord pour quelqu'un d'extérieur.

Je me suis efforcée d'emprunter des rues peu fréquentées. Lorsque je croisais des riverains, je baissais la tête pour éviter qu'on ne m'adresse la parole. Je marchais depuis une demi-heure environ lorsque j'ai vu Riva.

Cette rencontre m'a profondément surprise, je n'y étais pas du tout préparée. Elle marchait vers moi et nos chemins se sont croisés sous le faisceau d'un réverbère. Je l'ai reconnue immédiatement, même si son visage et son corps avaient changé. Elle était un peu plus ronde. Sa silhouette généreuse dans une robe d'été courte qui me rappelait celle qu'elle portait le premier jour de l'analyse vidéo. Son visage semblait rajeuni. La reconnaissant, j'ai instinctivement prononcé son nom.

— Riva, ai-je dit avant de pouvoir réfléchir.

Elle s'est arrêtée, m'a regardée.

— On se connaît ?

J'ai eu un instant d'hésitation, je ne comprenais pas cette question.

J'avais envie de lui dire : Tu ne te souviens pas de moi ?

Plusieurs mois s'étaient écoulés, mais elle me semblait toujours aussi familière. J'avais une envie subite de la toucher. Pendant le temps de l'analyse, j'avais souvent le sentiment que Riva était au courant de mon existence, qu'elle sentait ma présence derrière la caméra. Ses gestes, ses rares paroles semblaient m'être directement adressés, comme une invitation à déchiffrer son âme. Or je contemplais à présent un visage ouvert mais distant, celui d'une inconnue.

Je ne savais pas si je devais lui parler de ma mission. Lui demander où elle vivait maintenant. Pourquoi elle avait si brusquement quitté son appartement. J'avais envie d'avoir des nouvelles d'Aston, de Zarnee. Je te connais, avais-je envie de lui dire, je te connais bien. J'ai presque réussi à te faire ressauter. Ta vie était entre mes mains.

— J'étais une fan, me suis-je contentée de dire. J'ai vu un de vos shows quand j'étais petite. Dommage que vous ayez arrêté si tôt.

Riva a haussé les épaules.

— Le moment était venu.

J'ai acquiescé, je voulais ajouter quelque chose, la garder un instant avec moi. Lui parler encore un peu. Mais elle était déjà prête à repartir.

— Nice to meet you, ai-je dit.

Elle a pris ma main tendue, l'a serrée d'un air absent. J'ai senti la surface rêche de sa peau entre mes doigts. Elle fait un travail manuel, me suis-je dit, quelque part dans les Périphéries.

Je l'ai regardée disparaître dans la pénombre. Elle avait une démarche souple que je ne lui avais jamais vue. Sa robe claire est restée visible un peu plus longtemps que ses bras et ses jambes.

J'ai hésité à la suivre. Pour voir où elle habitait. Si les autres y étaient aussi. J'ai fait quelques pas dans sa direction, mais je me suis retenue. J'ai repensé à ce que mes auxiliaires m'avaient conseillé. La concentration sur le présent. Riva ne faisait plus partie de ma vie depuis longtemps.

Ce qui ne m'a pas empêchée, en reprenant le chemin de ChoiceofPeace™, de ressentir un vide étrange, comme si on m'avait prélevé un organe. Je n'avais jamais connu quelqu'un aussi intimement que Riva, pas même Andorra. Et pourtant, il n'y avait aucun lien entre nous.

Mon corps s'est crispé. J'ai dû m'asseoir sur la route poussiéreuse et m'adosser au mur. Je suis restée un moment comme ça, recroquevillée dans l'obscurité. J'essayais de combler le vide en moi par le souffle. J'ai fait divers exercices de respiration, mais aucun n'était efficace. Alors j'ai tenté une visualisation.

Dans l'un de nos séminaires, où nous apprenons à surmonter la peur de la mort, on nous a recommandé de faire, au moment de l'intervention, un exercice de visualisation ; nous devons donc nous y entraîner régulièrement. On nous apprend à nous représenter une jeune femme sautant d'un gratte-ciel.

Imaginez votre corps dans l'immensité, nous dit l'auxiliaire, cherchez une image qui vous donne la sensation que la mort n'existe pas, qu'il n'y a que la vie.

J'ai fermé les yeux pour imaginer Riva prête à sauter. Debout au bord de la plate-forme, à contre-jour. Silhouette régulière, puissante.

Comme je n'arrivais pas à la visualiser, j'ai essayé de m'élever en pensée au-dessus de la Ville, de monter dans le ciel comme un oiseau, la Ville devenant de plus en plus petite, jusqu'à disparaître dans la surface régulière, cette mer scintillante, loin au-dessous de moi. J'ai fermé les yeux, je me suis concentrée de toutes mes forces. Mais aucune image n'est apparue.

REMERCIEMENTS

Frank, for, you know, everything.

Nazanine, without you I would not have dared to be a writer.

Mes bio-parents Ingeborg et Franzeff, pour l'hérédité de mes dispositions littéraires, les bases de la psychothérapie et les credit points.

Karsten, pour son grandiose travail d'éditeur, si loin d'un Gordon Lish.

Clemens, pour tes livres et ton affinité avec les astronautes.

Silvio, pour avoir cru en ce texte.

Martina et Lulu, pour vos yeux de lectrices et les interventions de crise.

Florian, pour Thomas, et Thomas, pour Karsten.

Mes camarades et professeur.es de l'Institut littéraire de Bienne pour avoir accompagné l'écriture de ce roman, et plus particulièrement Ruth, Verena, Regina, Marina, Sara, Maria et Baba pour votre aide.

Ainsi qu'à toutes celles et à tous ceux qui, d'une manière ou d'une autre, ont accompagné ce texte.

OUVRAGE RÉALISÉ
PAR L'ATELIER GRAPHIQUE ACTES SUD
ET ACHEVÉ D'IMPRIMER
SUR ROTO-PAGE
EN AVRIL 2021
PAR L'IMPRIMERIE FLOCH
À MAYENNE
POUR LE COMPTE DES ÉDITIONS
ACTES SUD
LE MÉJAN
PLACE NINA-BERBEROVA
13200 ARLES

DÉPÔT LÉGAL
1re ÉDITION : MAI 2021

N° impr. : 98296
(Imprimé en France)